Dreikönigssingen

Stefan Holtkötter

Dreikönigssingen –
ein Fall für Tönne Oldenkott

Kriminalroman

Verlag topp+möller
Detmold 2015

Cover: © Beate Kahramanlar,
TRYXZ 3D Design, Havixbeck,
Fotos: © Depositphotos.com/digifun,
© Depositphotos.com/bloodua,
© Depositphotos.com/furtseff,
© Depositphotos.com/nuttakit
Umschlaggestaltung: Kreativagentur · topp+möller conAct

Bibliografische Information Der Deutschen Bibliothek
Die Deutsche Bibliothek verzeichnet diese Publikation in der Deutschen Nationalbibliografie; detaillierte bibliografische Daten sind im Internet über http://dnb.ddb.de abrufbar.

ISBN: 978-3-936867-59-6

Erste Auflage 2015

Verlag und Gesamtherstellung: topp+möller, Detmold
Lektorat: Dr. Annika Krummacher

1

Was für ein Höllenlärm. Diese Windböe war noch schlimmer als die vorherigen. Der Sturm rüttelte am Dach, als wollte er es mit einem Ruck herunterreißen. Überall heulte und stöhnte es. Als wären sie im Krieg. Dann plötzlich Stille. Von jetzt auf gleich. Bis es aufs Neue zu heulen begann, erst ganz leise, dann immer lauter.

Tönne Oldenkott hielt sich im Kerzenschein an den Perlen des Rosenkranzes fest. Ein flackerndes Wetterleuchten erhellte den Himmel. Kahle Äste wurden vom Wind hin- und hergeworfen. Dann wurde das Flackern schwächer, und schließlich war die Nacht wieder tiefschwarz.

„Gebenedeit ist die Frucht deines Leibes, Jesus", murmelte er. „Bitte für uns Sünder jetzt und in der Stunde unseres Todes." Dann nahm er die nächste Perle und begann von vorne: „Gegrüßet seist du, Maria, voll der Gnade."

Draußen in der Diele näherten sich Schritte. Die Küchentür wurde aufgedrückt, und der starke Luftzug hätte beinahe die Kerze gelöscht. Susanne stand vor ihm, in dem weiten Micky-Maus-T-Shirt, das sie als Nachthemd trug.

„Papa? Bist du etwa auf? Was machst du denn hier?" Sie schloss die Tür, und das Kerzenlicht beruhigte sich wieder. „Warte, ich schalte mal das Licht ein."

„Nein, nicht das Licht!", sagte er schnell. „Die Kerze reicht völlig. Ich bete, dass uns der Sturm verschont, das ist alles."

Sie war zu müde, um darüber zu lachen. Aber er wusste genau, was ihr durch den Kopf ging. Sie hatte einfach keinen Sinn für Traditionen.

„Uns verschonen? Was soll denn bitte passieren? Das Haus hat Blitzableiter, und das Dach ist neu gemacht. Der Sturm zieht vorbei und fertig. Hier passiert nichts."

Sie bemerkte den Kissenhaufen auf dem Küchenboden.

„Was hast du denn mit den Sitzkissen gemacht?"

„Eine nackte Holzbank reicht völlig, wenn ich den Rosenkranz spreche. Alles andere stört nur das Gebet.“ Sie wollte etwas erwidern, aber er schnitt ihr das Wort ab. „So verweichlicht bin ich noch nicht“, sagte er entschlossen.

Er würde niemals zugeben, dass ihm inzwischen die Knochen wehtaten auf der harten Bank. Außerdem bekam er einen kalten Hintern. Er hoffte, dass er sich keine eine Erkältung holte.

„Früher bedeutete so ein Sturm Gefahr“, sagte er unbeirrt. „Da wurden sogar die Kinder aus den Betten geholt. Alle haben den Rosenkranz gebetet. In der Küche bei Kerzenlicht. Damit die Gefahr vorübergeht.“

Susanne verschränkte die Arme. Sie schien in dem weiten T-Shirt zu frieren. Tönne glaubte schon, sie werde ihm jetzt Vorhaltungen machen, aber ihre Stimme klang einfach erschöpft.

„Geh wieder ins Bett“, sagte sie. „Wir brauchen alle unseren Schlaf.“

Ein greller Blitz flackerte auf. Das Gewitter war jetzt ganz nah.

„Ungewöhnlich für die Jahreszeit“, sagte Susanne.

Der Blitz erlosch, im nächsten Moment folgte Donnergrollen. Aber draußen war es nicht mehr ganz so schwarz wie zuvor. Irgendwo war ein Licht.

„Was ist denn bei Kerkerings los?“, fragte Susanne und stellte sich ans Fenster.

Tönne wollte eilig aufstehen, aber mit seinen steifen Knochen war das gar nicht so einfach. Vielleicht hätte er die Kissen doch an Ort und Stelle lassen sollen.

„Vielleicht ist bei denen der Blitz eingeschlagen und es brennt?“, meinte er.

„So ein Quatsch, Papa! Es brennt doch nicht! Das sind nur die Scheinwerfer von einem Auto.“

„Um diese Uhrzeit? Wer kann das denn sein?“

„Was weiß denn ich! Jedenfalls fährt gerade ein Wagen vom Hof der Kerkerings. Also nichts Besonderes."

Da wollte Tönne entschieden widersprechen, aber in diesem Moment öffnete sich die Küchentür, und das Kerzenlicht begann wieder zu flackern. Annie, sein sechsjähriges Enkelkind, stand ängstlich und verschlafen im Raum.

„Mama?", kam es schwach und zittrig. „Ich kann nicht schlafen."

„Natürlich kannst du nicht schlafen", sagte Tönne und machte ihr mühsam auf der Bank Platz. „Bei diesem Unwetter! Setz dich zu uns, Annie. Wir beten den Rosenkranz, damit der Sturm uns verschont. Damit er den Blitz nicht einschlagen lässt und unser Haus nicht in Flammen aufgeht."

Susanne verzog den Mund. Aber Tönne wusste, die Kinder waren den alten Traditionen gegenüber offener. Und tatsächlich: Annie war sofort gebannt.

An irgendwen musste man den Stab ja weiterreichen.

„Siehst du die Kerze?", fragte er, während Annie zu ihm auf die Bank kroch. „Die ist in der Kirche geweiht worden, an Mariä Lichtmess. Nur diese Kerze darf in Sturmnächten brennen, sonst keine. Es ist, als würde die Heilige Jungfrau selbst durch die dunkle Nacht schweben, um uns zu beschützen."

„Mit ihrem Heiligenschein?", fragte sie.

Tönne war gerührt. Er hätte platzen können vor Stolz. Annies atheistische Eltern hatten doch noch nicht alles ruiniert.

„Ganz richtig", sagte er. „Mit ihrem Heiligenschein. Und nun müht sie sich ab, alles Unheil von uns fernzuhalten."

Er deutete hinaus in die Sturmnacht, um vage die Richtung zu zeigen, in der die Jungfrau gerade umherschweben könnte. Sein Blick fiel auf zwei rote Lichter, die sich entfernten. Das Auto, das Susanne gesehen hatte. Ob Alfred Kerkering so spät noch unterwegs war? Unwahrscheinlich. Der war doch alles andere als eine Nachteule. Und dann bei diesem Wetter.

„Meinst du den Sturm?“, fragte Annie.

„Nein“, sagte er und rückte näher. „Es ist nicht nur der Sturm. Da draußen ...“ Seine Stimme wurde verschwörerisch. „Da draußen wartet das Böse. Es versucht zu uns durchzukommen, mit Blitz und Donner. Wenn wir nicht achtgeben, steht es vor der Tür. Es will zu uns herein, verstehst du? Dann kommen Kälte, Dunkelheit ...“ Er beugte sich vor, damit sein Gesicht in Kerzenlicht getaucht war, und flüsterte: „... und der Tod. Um uns zu holen.“

Wie zur Untermalung donnerte es kräftig, und es zuckten helle Blitze. Annie stieß einen kurzen Schrei aus.

„Papa!“, ermahnte ihn Susanne. „Was soll das denn? Du machst ihr Angst, siehst du das denn nicht?“

Aber Tönne erkannte, dass Annie an seinen Lippen hing und auf jedes Wort wartete. Er sah zu Decke, lauschte. Als müsste er sichergehen, dass das Böse immer noch draußen war.

„Nichts“, sagte er. „Keine Angst. Diesmal sind wir davongekommen.“ Bedeutungsschwer fügte er hinzu: „Diesmal.“

Jetzt begann Annie zu weinen. Ganz plötzlich, wie aus dem Nichts. Ach herrje. Das wollte er natürlich nicht. Er wollte doch nur ...

„Du bist wirklich unverantwortlich“, sagte Susanne und nahm das Kind in den Arm. „Aber echt! Wir gehen ins Bett. Und das solltest du auch tun. Es ist nicht nötig, dass du hier herumsitzt und den Rosenkranz betest.“

Mit einem vorwurfsvollen Blick verließ sie mit Annie auf dem Arm die Küche. Tönne blieb allein im Kerzenlicht zurück. Draußen war es wieder stockdunkel.

Er fühlte sich ein wenig schuldig wegen Annie, aber früher war das eben anders gewesen. Man hatte das Unheil gespürt. Früher, dachte er und richtete den Blick in den stürmischen Nachthimmel, da waren solche Nächte manchem zum Verhängnis geworden. Und wie zur Bestätigung zuckte ein greller Blitz, gefolgt von einem lautstarken Donnerschlag, und tauchte die alte Bauernhausküche in unheilvolles, gespenstisches Licht.

„Na also“, sagte Susanne, als sie am nächsten Morgen in seine Küche trat. „Wie es aussieht, haben wir alle überlebt.“

„Dir auch einen guten Morgen, liebe Tochter.“

Oben im ausgebauten Dachstuhl, wo Susanne mit ihrer Familie lebte, hörte er die beiden Mädchen miteinander streiten.

„Und das Haus steht auch noch. Wer hätte das gedacht?“, fuhr sie fort.

Tönne stieß ein Brummen aus. Sollte sie sich ruhig über ihn lustig machen. Er würde gar nicht darauf achten.

Auf der Anrichte hantierte er mit der Kaffeemaschine herum. Sein morgendliches Ritual, das ihm immer wichtiger geworden war, seit er später am Tag keinen Kaffee mehr trinken konnte. Sonst lag er die ganze Nacht wach, ob er wollte oder nicht. Mit Entschlossenheit und festem Willen war da nicht viel zu erreichen. So sehr ihm das auch gegen den Strich ging – neuerdings hieß es: Kein Kaffee nach zehn.

„Papa, ich wollte dich was fragen. Kannst du ein Auge auf Sophie halten? Die beiden Mädchen haben ja heute keine Schule, und ich muss jetzt zur Arbeit. Annie lade ich auf dem Weg in die Firma bei ihrer besten Freundin zum Spielen ab. Sophie wird dann um halb zehn von einer Freundin abgeholt, der Marie, du weißt schon. Aber bis dahin müsstest du ein bisschen nach ihr sehen.“

„Sicher. Ich geh gleich mal zu ihr hoch. Wir können zusammen frühstücken.“

„Danke. Bei Sophie ist es mir lieber, wenn jemand in der Nähe ist. Sonst denkt sie sich nur irgendeinen Unsinn aus, und dann ...“

Sie wurden vom lauten Klingeln des Telefons unterbrochen. Susanne schnappte sich den Hörer, ehe Tönne reagieren konnte.

„Hier bei Tönne Oldenkott", sagte sie und verzog dann das Gesicht, als hätte sie in eine Zitrone gebissen. Dreimal setzte sie an, etwas zu sagen, aber sie kam nicht zu Wort. Schließlich verdrehte sie die Augen und machte mit der Hand eine schnatternde Bewegung.

„Nein, hier ... nein. Es ist alles ... ja, Aenne, ganz richtig ..."

Das musste Aenne Vaalbrock sein, vom anderen Ende der Nachbarschaft. Sie wollte wahrscheinlich wissen, ob alle den Wintersturm gut überstanden hatten.

„Hier ist alles in Ordnung, Aenne! Ich geb dich mal weiter. Bis bald!" Susanne hielt die Hand vor die Muschel und stieß die Luft aus. „Meine Güte, was für ein Waschweib."

„Susanne, bitte! Wie redest du denn!"

Vielleicht tratschte Aenne manchmal tatsächlich ein bisschen viel, aber Tönne wollte nicht ungerecht sein. Schließlich hatte sie schon oft interessante Informationen für ihn gehabt, die er ohne sie nie bekommen hätte. Da musste man im Gegenzug auch mal nachsichtig sein.

„Bei Aenne sind nur ein paar Dachpfannen runtergekommen", fasste Susanne genervt zusammen. „Nichts Dramatisches. Dafür ist bei Lütke-Heuerling ein Baum auf den Carport gefallen. Und die sind nicht versichert. Das wird wohl ziemlich teuer werden."

„Jetzt gib schon her", sagte Tönne ärgerlich.

Ohne weiter auf seine Tochter zu achten, nahm er den Hörer in die Hand.

„Guten Morgen, Aenne! Was für ein Sturm, oder? Susanne sagt, bei euch sind ein paar Pfannen runtergekommen?"

Aenne Vaalbrock stutzte. „Ist *das* deine erste Frage, Tönne? Dann weißt du es noch gar nicht?"

„Was weiß ich nicht?"

Susanne deutete zur Tür und flüsterte: „Ich bring Annie jetzt weg und geh zur Arbeit. Denkst du auch an Sophie?"

Er nickte fahrig. Natürlich dachte er an Sophie. Als wenn er sein Enkelkind vergessen würde! Susanne winkte und verschwand.

Aenne fuhr fort: „Ich wollte mit deiner Tochter nicht darüber sprechen, weil ich dachte ... Ach, herrje. Hast du denn noch gar nicht aus dem Fenster geschaut?“

Tönne reckte den Hals. Draußen im grauen Licht waren die Überreste des Sturms zu sehen. Nasser Schnee auf den Feldern, zerrupfte Hecken, abgerissene Zweige und überall dreckiges Schmelzwasser.

„Aenne, ich weiß nicht, was du ...“

Er stockte. Der heruntergekommene Hof der Kerkerings rückte in sein Blickfeld. Knapp hundert Meter entfernt. Dort herrschte ziemliche Betriebsamkeit. Autos standen herum, darunter ein paar Streifenwagen der Polizei, überall uniformierte Menschen, und rotweißes Absperrband leuchtete zwischen den grauen Gebäuden. Ein Leichenwagen fuhr an der baufälligen Scheune vorbei und hielt direkt vor dem Wohnhaus. Tönne erkannte Stefan Berkebrook vom Lokalblatt, der mit einem Polizisten herumdiskutierte, offenbar, weil er nicht auf den Hof durfte.

„Siehst du es jetzt?“, fragte Aenne.

„Ich denke schon. Was ist bei Kerkerings los?“

„Und ich dachte, du wüsstest längst Bescheid“, jammerte sie. „Es sind doch eure nächsten Nachbarn. Es ist ... es ist ein Unglück passiert. Gestern Nacht.“

„Ein Unglück? Was meinst du damit?“

„Ach, Tönne! Alfons Kerkering. Er ... Hilde hat ihn heute Morgen auf dem Hof gefunden. Er ist tot.“

Tönne starrte hinüber zu den Nachbarn. Alfons. Keine siebzig Jahre alt. Er musste vom Blitz erschlagen worden sein. Das war die einzige Erklärung. Dieser furchtbare Wintersturm.

„Was genau ist passiert, Aenne?“

„Ich weiß es noch nicht bis ins Kleinste“, sagte sie. Es war nicht zu überhören, wie unangenehm ihr das war. Sonst wusste sie ja immer über alles Bescheid. „Ich dachte, du würdest mir vielleicht ... Weil du doch der nächste Nachbar bist. Ich habe vorhin Gerd rübergeschickt, damit er nach dem Rechten sieht. Ich dachte, so kriege ich die fehlenden Puzzleteile zusammen. Aber er wurde weggeschickt, als wäre er ein Staubsaugervertreter. Kannst du dir das vorstellen? Die haben gesagt, ein Kommissar kommt später und befragt uns."

„Ein Kommissar?" Also war es vielleicht doch kein Blitzschlag. „Aber was heißt das denn? Wie ist Alfons ums Leben gekommen?"

„Ich habe eben mit Magda Bruns gesprochen, du weißt schon, seine Schwägerin in Bad Bentheim. Die sagt, Alfons ist gestern Nacht überfallen worden, von einem Einbrecher. Es heißt wohl, er wäre nachts von einem Geräusch aufgewacht und wollte auf seinem Hof nachsehen. Dabei hat er den Einbrecher überrascht."

Tönne musste sich setzen. Das Auto, das Susanne gesehen hatte. Natürlich. Das musste dieser Einbrecher gewesen sein. Hätte er nur genauer darauf geachtet. Vielleicht wäre Alfons noch am Leben.

Aenne begann zu schimpfen. „Seit Monaten ist die Polizei schon hinter diesem Unmenschen her, und was ist passiert? Gar nichts. Er zieht hier in der Gegend rum und räumt nachts Scheunen und Tennen aus. Eine Schande ist das. Neulich hat er bei Moorkamp am helllichten Tag den Holzspalter und die Stichsäge mitgehen lassen. Aus ihrer Werkstatt. Am helllichten Tage. Da fragt man sich doch, wofür wir überhaupt eine Polizei haben, wenn die nichts dagegen unternimmt."

Alfons war kein einfacher Mensch gewesen. Und er hatte auch kein gutes Herz gehabt, das musste Tönne leider einräumen. Es war nie leicht gewesen, mit ihm auszukommen. Nicht für seine Familie und auch nicht für seine Nachbarn. Trotzdem. Keiner sollte so aus dem Leben gerissen werden.

„Wie ist Alfons denn ...?“, begann er. „Ich meine, was genau ist ...?“

Er wusste nicht, wie er es ausdrücken sollte. Das Wort kam ihm nicht über die Lippen: Wie ist er *ermordet* worden?

Aber Aenne verstand ihn auch so.

„Er ist erschlagen worden“, klärte sie ihn auf. „Womit weiß ich nicht. Aber der Einbrecher soll ihn schrecklich zugerichtet haben. Sein Gesicht ...“ Sie stockte.

„Was ist mit seinem Gesicht?“, fragte Tönne.

Aenne zögerte. Das war gar nicht typisch für sie. Sonst protzte sie gerne und ganz besonders mit den kleinen Details, die sie wusste.

„Keiner weiß was Genaues“, sagte sie jetzt ausweichend. „Wir müssen abwarten.“

„Ich verstehe“, sagte er. „Der Herr sei seiner Seele gnädig.“

„Ich hoffe nur, dass sie diesen Einbrecher schnell fassen. Jetzt, wo es ein Todesopfer gibt, werden die ja wohl ordentlicher ermitteln.“

Tönne war mit den Gedanken bereits woanders.

„Und was ist mit Hilde?“, fragte er. „Hat die was gesehen?“

„Die hat geschlafen. Das hat Magda Bruns erzählt. Sie hat von allem gar nichts mitbekommen.“

Die Ärmste. Es war keine gute Ehe gewesen. Trotzdem war so etwas nicht leicht. Nicht nach fünfundvierzig Ehejahren. Tönne war der nächste Nachbar. Er musste sich um sie kümmern. Sobald die Polizei fort war, würde er hinübergehen.

„Habt *ihr* denn gestern Nacht geschlafen?“, fragte er.

Der Bauernhof von Gerd und Aenne Vaalbrock lag ein paar hundert Meter entfernt hinter einem Kiefernwäldchen. Von ihrem Küchenfenster konnten sie ebenfalls zu den Kerkerings hinübersehen, genau wie er.

„Bei dem Wetter?“, meinte Aenne. „Nein, die Ruhe hätte ich nicht. Wir haben die Lichtmess-Kerzen angezündet. An Schlaf war ohnehin nicht zu denken.“

Tönne horchte auf. Die Lichtmess-Kerzen. Na also. Das musste er unbedingt Susanne erzählen. Die tat ja immer so, als wäre er ein wunderliches, verschrobenes Großväterchen, nur weil er die Traditionen pflegte. Dabei machten das noch eine ganze Menge Leute.

„Hast du denn nichts gesehen?“, fragte er.

Die Frage schien sie aufzuwühlen. Sie atmete kräftig durch, als müsste sie zunächst ihre Fassung zurückerlangen.

„Da war ein Auto“, sagte sie. „Auf dem Hof von Kerkering.“

Sie hatte es also auch gesehen.

„Und? Sag schon. Wer war das?“

Schließlich hatte Aenne einen Feldstecher auf der Küchenfensterbank stehen. Damit konnte sie bis zur Hauptstraße sehen.

„Ach, Tönne!“, rief sie gequält. „Hätte ich doch nur geahnt, was los ist. Ich mache mir solche Vorwürfe. Ich *wollte* ja nachsehen, wer da mitten in der Nacht unterwegs ist. Natürlich wollte ich das. Aber Gerd ...“ Nun klang ihre Stimme beinahe verzweifelt. „Er hat gesagt: Geh weg vom Fenster. Sei nicht immer so neugierig. Das geht uns nichts an.“

Tönne wusste nicht, was er dazu sagen sollte. Gerd hatte sich also das eine Mal gegen sie durchgesetzt. Das würde sie ihm bestimmt den Rest seines Leben vorhalten, wenn er wieder einmal fand, dass seine Frau es mit ihrer Neugierde zu weit trieb.

„Hätte ich nur nicht auf ihn gehört!“, klagte Aenne. „Dann würde der Mörder jetzt schon hinter Gittern sitzen! Dabei bin ich doch gar nicht neugierig! Ich halte nur die Augen offen, genau für solche Fälle. Ach, hätte ich doch nur nicht auf ihn gehört!“

Tönnes Blick wanderte zur Fensterbank, wo der Stummel seiner Lichtmess-Kerze stand. Düstere Genugtuung erfüllte ihn. Er hatte es doch gewusst. Auch wenn Susanne nicht mehr daran glauben wollte – solche Nächte durfte man nicht unterschätzen. Denn sonst fand man in ihnen den Tod.

2

Schmelzwasser tropfte im Garten von den Ästen. Der Nebel auf den Feldern verdichtete sich, und die Dächer von Kerkerings Bauernhof verschwanden zunehmend im dichten Grau. Drüben fuhren die ersten Autos vom Hof. Ein Polizist hielt das Absperrband hoch, damit sie untendurch fahren konnten.

Tönne schüttelte den Kopf. Es war wirklich ein Schock. Ein Mord, mitten in ihrer Bauernschaft. Erst die Einbruchserie, die seit gefühlten Ewigkeiten anhielt, und jetzt das. Allerdings war er fest davon überzeugt, dass kein Einbrecher Alfons erschlagen hatte. Diesen Mord musste ein anderer begangen haben. Und Aenne hatte ihm schon den ersten Hinweis geliefert.

Er blickte noch eine Weile aus dem Fenster und beobachtete das Geschehen bei den Nachbarn. Sobald die Polizei abzog, würde er mit Hilde sprechen. Aber das schien nicht so schnell der Fall zu sein. Es sah überhaupt nicht nach Aufbruch aus da drüben. Also überlegte er sich etwas anderes.

Er musste näher ran ans Geschehen. Irgendwie. Die Polizei hatte Gerd Vaalbrock weggeschickt. Dann würden sie auch Tönne nicht auf den Hof lassen, nächster Nachbar hin oder her. Die einzige Möglichkeit war, dass er mit seinem Traktor zu seinem Acker auf der anderen Seite des Kiefernwaldes fuhr, und zwar über den Feldweg, der hinter Kerkerings Scheune verlief. Das würde ihm keiner verwehren können. Von dort hätte er einen guten Ausblick auf den Nachbarhof.

Zum Glück sprang der alte Traktor gleich beim ersten Versuch an. Seit Tönne in Rente war und die Ländereien verpachtet hatte, brauchte er ihn ja kaum noch. Besonders im Winter stand er oft monatelang ungenutzt in der Scheune herum und verstaubte. Und inzwischen war er ja auch wirklich nicht mehr der Neueste. Als er ihn vor fünfunddreißig Jahren angeschafft hatte, war das sein ganzer Stolz gewesen, aber heute ging der Traktor fast schon als Oldtimer durch.

Mit lautem Knattern rollte er aus der Scheune und fuhr auf den matschigen Feldweg hinter den Ställen. Er wurde ordentlich durchgeschüttelt, denn auf dem unbefestigten Weg waren eine Menge Schlammlöcher. Sein Rücken machte sich bemerkbar, aber darauf wollte Tönne keine Rücksicht nehmen.

Kerkerings Hof rückte näher. Er bot schon seit Jahren ein erbärmliches Bild. Von der Holzscheune war kaum mehr als ein Gerippe geblieben, mit löchrigen Wänden und fehlenden Dachpfannen. Daneben die flechtenbewachsene Melkkammer, deren Fenster mit Spanplatten vernagelt waren. Und beim Anblick der Ställe konnte man Mitleid mit dem Vieh bekommen. Das einzig Neue auf dem Hof war das Dach auf dem Haupthaus, und das war aus billigem Wellblech. Dabei war der Bauernhof mal ein Schmuckstück gewesen. Altes Fachwerk, ein großzügiger Giebel, schöne Hofanlagen. Aber inzwischen hätte man viel Geld reinstecken müssen, um ihn überhaupt noch zu retten. Geld, das natürlich nicht da war.

Tönne knatterte im Schritttempo heran. Ja, von hier konnte er mehr sehen. Auf dem Pflaster vor der Tenne waren die Umrisse eines Körpers aufgemalt. Offenbar war das der Fundort von Alfons' Leiche. Gott hab ihn selig, direkt vor seiner Werkstatt. Aber die Markierung lieferte keinen weiteren Hinweis auf das Verbrechen. Und viel mehr war auch nicht zu sehen. Überall standen Leute im Weg herum.

Er ließ den Traktor im Leerlauf auf dem Feldweg stehen. Da Susanne die Scheinwerfer des Autos gestern Nacht vom Küchenfenster aus gesehen hatte, musste der Wagen über diesen Feldweg gefahren sein. Tönne betrachtete den Boden. Da waren Spuren im Schlamm. Tiefe Reifenabdrücke. Ob man wohl brauchbare Spuren nehmen konnte? Vermutlich war die Erde viel zu nass. Es musste ein großer und schwerer Wagen gewesen sein, so viel war sicher.

Tönne kratzte sich am Kopf. Wenn er jetzt nicht umkehrte, würde er die Reifenspuren völlig ruinieren. Aber bestimmt wären die für die Polizei sowieso wertlos. Und er hatte gesehen, was er sehen musste. Ihm reichte die Information, dass es gestern Nacht ein schwerer Wagen gewesen war. Also dachte er nicht weiter darüber nach.

In der Hofeinfahrt tauchte ein roter Golf auf. Er gehörte Thomas Kerkering, Alfons' Sohn, der in Münster lebte. Nach kurzer Diskussion mit der Polizei durfte er passieren und hielt vor dem Wohnhaus.

Tönne hatte ihn schon lange nicht mehr zu Gesicht bekommen. Er und sein Vater hatten nie ein gutes Verhältnis gehabt. Thomas war ein sehr lebendiges Kind gewesen, spontan, vorlaut, manchmal ziemlich ungestüm. Aber eigentlich nicht verkehrt. Tönne hatte ihn sehr gern gehabt, und Martin war ständig bei ihm auf dem Hof gewesen, um Tönne im Stall oder auf dem Acker zu begleiten. Für Alfons war aber alles Laute und Lebendige ein Affront gewesen. Ein Kind hatte still und gehorsam zu sein. Er hatte immer versucht, Thomas' Charakter mit Gewalt aus ihm herauszuprügeln.

Heute würde man wohl zum Jugendamt gehen, aber früher hatte man sich nicht eingemischt in die Angelegenheiten anderer Leute. Alfons war eben der Vater gewesen.

Hilde Kerkering tauchte in der Haustür auf. Sie sah aus wie ein Gespenst. Thomas stürzte auf sie zu und nahm sie in den Arm. Dann führte er sie eilig ins Haus und schloss die Tür. Tönne reckte den Kopf, aber sie waren aus seinem Blickfeld verschwunden.

Plötzlich war da ein bekanntes Gesicht, mitten zwischen den Uniformierten. Lisbeth. Natürlich, die gehörte ja auch zur Dorfpolizei. Das hätte er fast vergessen. Sie stand mit ein paar Kollegen am Streifenwagen und trank Kaffee aus einem Pappbecher.

Eilig zog er das Handy hervor, das Susanne ihm für Notfälle besorgt hatte. Er fand ja eigentlich, dass er dieses neumodische Zeug nicht brauchte. Aber Susanne hatte darauf bestanden, und jetzt war froh, nicht auf stur gestellt zu haben. Er betrachtete das Gerät in seiner Hand. Susanne hatte ihm gezeigt, wie er es bedienen musste. Sie hatte sogar Nummern für ihn abgespeichert. Die von Lisbeth zum Beispiel. Er drückte ein paar Tasten. So genau hatte er nicht aufgepasst, als Susanne ihm das Ganze erklärt hatte, aber es konnte ja nicht so schwierig sein.

Nichts passierte. Das Handy blieb tot.

Da donnerte es gegen die Tür des Traktors. Ein Polizist stand da und fuchtelte wild in der Luft herum. Seine Rufe wurden vom lauten Knattern des Traktors übertönt. Tönne stellte den Motor ab.

„Sie können hier nicht entlangfahren! Das ist ein polizeilicher Tatort. Bitte drehen Sie um."

„Ich fahre zu meinem Land. Wollen Sie mir das etwa streitig machen?"

„Und wo soll das sein, Ihr Land?"

Tönne deutete zum Kiefernwald. „Da hinten fängt es an."

„Dann fahren Sie eben. Aber schnell. Hier stehen bleiben können Sie jedenfalls nicht."

Unwillig stellte Tönne den Motor an. Dieser Armleuchter. Aber es gab ja ohnehin nichts mehr zu sehen. Also fuhr er in einem Bogen um den Kiefernwald herum und erreichte die Hauptstraße, die ihn zurück zu seinem Hof führte.

Ein einsamer Fahrradfahrer tauchte auf. Das war Alwin Osterholt, Landwirt im Ruhestand. Sein Bauernhof lag unten am Moorbach, und er drehte jeden Tag mit dem Rad seine Runden durch die Bauernschaft. Um fit zu bleiben, wie er sagte. Aber jeder wusste, dass er seine Ländereien abfuhr, um zu sehen, was sein Pächter dort machte. Damit er ihm später vorhalten konnte, was alles falsch lief. Und wie er es besser machen würde, wenn er noch am Ruder wäre.

Mit zunehmendem Alter wurde Alwin immer zittriger auf seinem Fahrrad, aber die tägliche Fahrt zu seinen Ländereien, die ließ er sich von nichts und niemandem nehmen.

Alwins Neffe arbeitete in Münster bei der Staatsanwaltschaft. Und häufig erzählte Alwins Bruder brühwarm weiter, was sein Sohn ihm – streng vertraulich, versteht sich – von seiner Arbeit berichtete. Gut möglich, dass Alwin mehr über das Geschehen bei Kerkerings wusste. Tönne wollte sich die Gelegenheit jedenfalls nicht entgehen lassen. Laut knatternd brachte er den Traktor zu stehen, und Alwin stieg umständlich vom Rad. Das ganze Manöver wirkte ziemlich wacklig.

Tönne warf die Tür auf und beugte sich hinunter.

„Alwin! Pass auf, dass du nicht umkippst“, rief er.

Sein Nachbar schien erstaunt zu sein, ihn zu sehen.

„Tönne, du bist das? Ich dachte, dein Schwiegersohn sitzt auf dem Traktor.“

Martin? Was war das denn für eine Idee? Martin und Treckerfahren! Der arbeitete als Erzieher im Kindergarten. Mehr brauchte man dazu wohl nicht zu sagen.

„Ich würde das ja nicht mehr machen“, meinte Alwin. „Also mit dem Traktor auf der Straße. Wir Alten müssen vorsichtig sein. Du weißt ja, das Reaktionsvermögen lässt nach.“

Wollte er damit andeuten, dass Tönne langsam zu senil fürs Treckerfahren wurde?

„Da kannst du sicher gut für dich sprechen, Alwin“, meinte er vergrätzt. „Du musst es ja wissen.“

Aber Alwin hörte gar nicht richtig zu. Kopfschüttelnd sah er zu den Kerkerings herüber. Er wirkte ziemlich angeschlagen.

„Du hast schon gehört, was bei Kerkering passiert ist, oder?", stellte Tönne fest und stieg langsam vom Traktor. Dabei versuchte er möglichst gelenk und routiniert auszusehen. Es sollte bloß keiner auf die Idee kommen, er wäre ernsthaft zu alt zum Treckerfahren.

„Alfons. Gott hab ihn selig." Alwin sah ganz betroffen drein. „Das war dieser Einbrecher, nicht wahr? Sind wir denn vor gar nichts mehr sicher? Das hätte jeden von uns treffen können."

„Glaubst du wirklich, das war ein Einbrecher, Alwin?"

Er wirkte überrascht. „Ja, wer denn sonst?"

„Jetzt komm schon." Tönne seufzte. „Hast du inzwischen mit deinem Bruder gesprochen? Oder sogar mit deinem Neffen? Dem von der Staatsanwaltschaft."

„Berthold? Aber der hat doch Schweigepflicht!" Alwin schien empört. „Was denkst du denn? Und selbst wenn er mir im Geheimen etwas anvertrauen würde, dann müsste ich Stillschweigen bewahren. Das ist doch selbstverständlich."

Also hatte Alwin noch nichts gehört. Denn wenn er etwas Bedeutsames erfahren hätte, dann hätte er das gar nicht für sich behalten können. Das wusste Tönne genau.

„Ein Einbrecher war das jedenfalls nicht", stellte er fest.

„Wie kommst du darauf?"

„Denk nach, Alwin! Wer hätte Grund, Alfons umzubringen?"

Alwin sah ihn verstört an. Dann plötzlich schien der Groschen zu fallen. Er schlug sich die Hand vor den Mund.

„Du meinst den Windpark?"

„Ganz genau. Den Windpark."

Denn das war es, womit sich Alfons Kerkering in der Nachbarschaft viele Feinde gemacht hatte. Ein Windpark war geplant gewesen, in regionaler Eigenverantwortung. Fünfundzwanzig Windräder. Das Planungsgebiet hatte lange festgestanden, die Baugenehmigung war so gut wie durch. Die Finanzierung stand, ökologische Gutachten waren erstellt worden, Emissionsrichtlinien, Schalltechnik, alle Auflagen hätten erfüllt werden können. Eigentlich wäre der Rest nur noch Formsache gewesen.

Auch Alfons' Land war betroffen. Es wäre für ihn zwar endlich eine Möglichkeit gewesen, etwas Geld zu verdienen. Er hätte es ja auch bitternötig brauchen können, so wie bei ihm alles aussah. Aber nein. Alfons hat sich geweigert, seine Zustimmung zu geben. Aus blankem Starrsinn. Oder weil jeder Fortschritt Teufelszeug war. Vielleicht auch, weil grüne Energie für ihn immer noch zu weit von der CDU entfernt war, jedenfalls von seiner guten alten CDU. Oder einfach, weil es ihm Spaß gemacht hatte, seinen Nachbarn eins auszuwischen. Schließlich herrschte bei den anderen Bauern geradezu Goldgräberstimmung. Alfons hatte ein Leben lang für Ärger in der Bauernschaft gesorgt. Aber mit dieser Geschichte war er wirklich zu weit gegangen. Und dann, ganz plötzlich, lag er erschlagen auf seinem Hof, und zwar ziemlich übel zugerichtet, wenn man den Andeutungen von Aenne Vaalbrock Glauben schenken wollte. Von jemandem, der eine Menge Hass in sich herumgetragen hatte.

„Aber das ist doch unmöglich“, meinte Alwin. „Ein vorsätzlicher Mord? Nein. Das war keiner von hier. Keiner, den wir kennen. Ich sag dir, das war der Einbrecher. Der wollte nur die Werkstatt ausräumen.“

„Werner Ohntrup hat Alfons gedroht, erinnerst du dich?“ Der Großbauer Werner Ohntrup war der Initiator des Windparks. Bei ihm liefen die Fäden zusammen. Er hätte das meiste Startkapital gegeben. „Bei Tonius in der Kneipe, du warst doch dabei. ‚Ich mach dich platt, Alfons!‘, hat er gesagt. ‚Du machst uns das nicht kaputt.‘“

„Ja, schon. Aber das hat der Werner doch nicht so gemeint. Der hatte einen über den Durst getrunken, das ist alles.“

„Eine ganze Menge Leute war wütend auf Alfons. Und es ging um Geld. Um viel Geld.“

„Trotzdem. Das war der Einbrecher, glaub mir, Tönne. Der Täter kam ganz bestimmt nicht von hier. Das muss ein Pole oder ein Zigeuner sein."

Tönne schnaufte. Natürlich. Ein Pole oder ein Zigeuner, war ja klar. Er dachte nach. Seltsam war es schon, dass ausgerechnet gestern Nacht Gerd Moorkamp seine Frau zurückgepfiffen hatte, als sie sich für die Nachbarn interessiert hatte. Schließlich lag auch Moorkamps Land im Planungsgebiet. Auch sie hätten vom Windpark profitiert.

Aber mit Alwin war nicht darüber zu reden, das merkte er schon. Der würde so was nicht wahrhaben wollen. Tönne blickte zum Hof hinüber. Lisbeth stand noch immer am Streifenwagen herum.

„Kannst du mit einem Handy umgehen, Alwin?"

„Na ja. Ich schätze schon. Ich kann's versuchen."

Tönne reichte ihm das Gerät. „Ich muss mit Lisbeth sprechen. Die Nummer ist da irgendwo im Gerät. Kannst du die raussuchen?"

Alwin nahm das Handy wie etwas Wertvolles und Zerbrechliches entgegen, betrachtete es mit zusammengekniffenen Augen und begann dann mit größter Behutsamkeit darauf herumzutippen. Das alles sah nicht sehr fachmännisch aus. Sicher wusste Alwin von Handys auch nicht mehr als Tönne. Er spielte sich nur gerne auf, das war alles.

Tönne wollte ihm das Gerät schon wieder aus der Hand nehmen, da sagte Alwin: „Lisbeth ist nicht gespeichert."

„Was? Woher weißt du das?"

„Na ja, sie ist einfach nicht drin. Vielleicht ist sie unter Gül eingespeichert?"

Das glaubte Tönne kaum. Als wenn irgendwer Gül zu ihr sagen würde. Gül, das klang wie Gülle. Auch wenn er wusste, dass es türkisch war und Rose hieß, fand er, dass ein Name, der wie Gülle klang, nicht zu so einem freundlichen Mädchen passte. Lisbeth fand er viel geeigneter. Es war Tönnes Idee gewesen, sie so zu nennen, und die meisten im Ort taten es ihm inzwischen nach.

„Hier ist es: Gül Yilmaz."

Alwin hielt ihm triumphierend das Gerät entgegen. Tatsächlich.

„Jetzt gib schon her", brummte Tönne und nahm das Handy an sich. Aber die Verbindung stand noch immer nicht. „Ja, wie geht das denn jetzt hier? Was muss ich noch machen?"

„Einfach den Knopf da drücken."

Woher wusste Alwin das alles nur? Der war doch sonst immer so ein alter Knochen, in allem. Und hier wusste er plötzlich mehr als ein Teenager? Tönne musste sich wirklich wundern.

„Dann will ich es mal versuchen", verkündete er und wandte sich von Alwin ab, um ungestört sprechen zu können. „Gleich weiß ich mehr."

Das Freizeichen ertönte. Tönne sah rüber zu den Kerkerings. Und tatsächlich zog Gül ein Handy aus der Uniform hervor. Sie warf einen Blick aufs Display, dann drückte sie den Anruf weg und steckte ihr Telefon zurück in die Tasche. Als wäre nichts gewesen, führte sie das Gespräch mit ihrem Kollegen fort. Die Leitung war tot.

„Was ist denn jetzt?", fragte Alwin.

„Es geht keiner ran. Sie hat ihr Handy wohl nicht bei sich, wo immer sie gerade ist. So muss es sein."

„Dann musst du es eben später noch mal versuchen."

Lisbeth hatte doch sicher gesehen, dass er es war, der anrief. Oder etwa nicht? Obwohl er es sich ungern eingestand, spürte er einen Stich in der Herzensgegend.

An den tiefen Furchen auf Alwins Stirn erkannte Tönne, dass der gerne noch weiter diskutiert hätte, wer nun der Täter gewesen sein könnte. Aber darauf hatte Tönne keine Lust. Er verabschiedete sich eilig und kletterte wieder auf seinen Traktor, wobei er sich noch einmal sehr darauf konzentrierte, souverän und hemdsärmelig auszusehen und keinesfalls gebrechlich. Schließlich war er noch lange nicht im Alter, in dem man das Treckerfahren aufgeben sollte.

Zu Hause angelangt, griff er wieder nach seinem Handy. Er ging damit ins Wohnzimmer. Hier irgendwo hatten die Mädchen ein billiges Fernrohr liegen lassen, das ihnen ihr Vater mal für den Wald geschenkt hatte. Damit würde er Lisbeth vom Küchenfenster aus beobachten können, wenn er noch einmal anrief. Und er würde sehen, wie sie diesmal reagierte.

Er wollte unbedingt wissen, was sie von der Sache hielt. Und was die Leute von der Kripo darüber dachten. Es hatte schon einmal einen Mord gegeben in Buddenbeck, und auch da hatte sich die Kripo ziemlich blöd angestellt. Aber die kannten das Land und die Leute eben nicht, was sollte man also erwarten. Tönne war es gewesen, der alles aufgeklärt hatte. Gemeinsam mit Lisbeth. Sie waren ein gutes Team gewesen.

Ohne eitel zu sein, konnte Tönne von sich behaupten, eine gute Auffassungsgabe und ein großartiges Gedächtnis zu haben. Wenn ihm einmal etwas gesagt wurde, dann konnte er das immer wieder abrufen. Er konnte Sachen im Kopf behalten. Das war wichtig. Sich alle Details zu merken und nichts zu vergessen. Die Übersicht behalten. Und weil er über diese Fähigkeiten verfügte, hatte er auch den Mord aufklären können.

Ein gewaltiger Lärm ließ das Haus erzittern. Tönne fuhr zusammen. Das Geschirr im Schrank schepperte, und eine kleine Porzellanfigur fiel klirrend von der Fensterbank.

Er lief so schnell er konnte nach oben. Was mochte das gewesen sein? Als er ins obere Wohnzimmer trat, blieb ihm der Mund offen stehen. Sophie lag auf den Scherben des Glastisches, halb begraben von zwei Wohnzimmerschränken.

Sophie. Er sollte auf sie aufpassen. Ach herrje. Die hatte er völlig vergessen.

Ihrem mitleiderregenden Dackelblick nach zu urteilen, war ihr nichts passiert. Sie versuchte nur, ihr schlechtes Gewissen zu überspielen. Tönne entdeckte ein Seil, das an die beiden Schränke geknotet war. Vermutlich hatte Sophie Seiltanz im Wohnzimmer üben wollen.

Er überlegte, was zu tun war. Susanne würde ihn vermutlich lynchen. Die Kleine brauchte eine ordentliche Strafpredigt. Aber Sophie blickte, als wäre sie gar nicht in der Lage, irgendein Wässerchen zu trüben. Jemand anders musste das Chaos verursacht haben. Sie war nur das arme Opfer.

„Hallo, Opa“, piepste sie so herzzerreißend, dass Tönne gar nicht dazu in der Lage war, sie in irgendeiner Weise zu bestrafen.

3

Am frühen Nachmittag ging es mit dem Streifenwagen zurück zur Wache. Gül fuhr, schon aus Prinzip. Die Jungs gingen wie selbstverständlich davon aus, dass sie auf dem Beifahrersitz Platz nehmen würde. Da musste sie es von Zeit zu Zeit auf einen Machtkampf ankommen lassen, auch wenn es ihr im Grunde egal war, ob sie fuhr oder nicht. Aber so waren sie nun mal, die Jungs: kochen, putzen, Müll runtertragen, alles kein Problem. Aber im Streifenwagen das Steuer einer Frau zu überlassen und selbst die Hände in den Schoß zu legen, das ging dann doch zu weit. So hatten die sich das nämlich nicht vorgestellt, als sie früher *Kojak* geguckt und dabei den Entschluss gefasst hatten, Polizisten zu werden.

Michael saß neben ihr und spielte mit seinem Smartphone herum. Irgendein Action-Game, das seine ganze Konzentration erforderte. Wenn es sich so für ihn auf dem Beifahrersitz aushalten ließ, bitte. Gül wartete. Als er sein letztes Leben verloren hatte und Game-over auf dem Display blinkte, nahm sie das Gespräch auf.

„Ein Mord bei uns in Buddenbeck! Wahnsinn, oder?“

Michael sagte nichts dazu. Das war typisch für ihn. Er war ein typischer maulfauler Westfale. Aber dieses Verbrechen war so unfassbar, das musste auch ihn beschäftigen.

„Ich glaub ja, der Sohn war’s, oder?“, meinte sie. „Der Thomas. Weil er ans Erbe wollte. Der war schon immer ein fieser Typ. Weißt du, ich kenn den von früher. Der war in der Klasse von meinem ältesten Bruder. Dem traue ich alles zu.“

Michael legte die Stirn in Falten, sagte aber weiter nichts.

„Der ist Vertreter für Biohöfe“, fuhr Gül fort. „Da ist es doch sicher ein Traum, einen eigenen Hof zu haben. Um da selber bio zu produzieren. Aber mit dem Alten war sicher nichts in der Richtung zu machen. Der Herr Kerkering war ja eher der sture Typ, da durfte nichts geändert werden. Wie auch immer. Ich bin sicher, Thomas war das. Oder was meinst du?“

„Ja, möglich. Keine Ahnung.“

Mehr war nicht aus ihm rauszuholen. Gül sah frustriert auf die Straße. Aber zu schweigen, das schaffte sie auch nicht.

„Hast du gesehen, wie der Typ von der Kripo gekotzt hat?“ Sie lachte. „Mann, ich hätte echt gedacht, die hätten mehr drauf, die Jungs. Aber der Tote sah schon schlimm aus, oder? Da muss einer echt einen ziemlichen Hass gehabt haben.“

Michael brummte. Dann tippte er mit dem Finger auf dem Display herum und öffnete ein neues Spiel. Candy Crush. Gül konnte es nicht fassen. Sie wurde laut.

„Mensch, Michael! Wir haben einen Mord, hier in Buddenbeck! Das lässt dich doch nicht kalt, oder?“

Er blickte erstaunt auf. „Ähem ... nee. Schlimm das Ganze, echt.“

Dann schien er abzuwarten, ob das reichte oder ob sie mehr von ihm erwartete. Gül seufzte. Die arme Frau, die Michael mal heiraten würde. So was Träges. Abenteuer und wilde Romantik wären da wohl Fehlanzeige. Aber es gab ja viele Männer, die so waren wie er, und trotzdem fanden sie alle irgendwann eine Frau. Was war nur los mit den Mädels? Wollten die wirklich so was haben?

Michael erkannte, dass sie mit dem Thema durch war. Er richtete sich im Sitz auf. Plötzlich waren seine Lebensgeister wieder erwacht.

„Was essen wir eigentlich heute?“, fragte er. „Sollen wir zur Pizzeria? Oder machen wir heute Pommes Schranke?“

War das alles, was ihn interessierte? Was sollte sie denn dazu nur sagen?

„Lass mal, Michael. Ich geh in der Pause kurz nach Hause. Will mir ein frisches Hemd anziehen.“

Sie brauchte erst mal eine Pause. Und bei ihrer Mutter gab es immer irgendwas zu essen. Sie würde sich freuen, wenn Gül ihr Essen dem auf der Arbeit vorzog. Sie verstand ohnehin nicht, warum ihre Tochter nicht jeden Tag in der Pause nach Hause kam. Wo sie doch bekanntermaßen die beste Köchin im Universum war.

„Wenn du meinst“, sagte Michael. „Dann mach ich heute Mantaplatte.“

Damit war alles besprochen. Gül fuhr auf den Parkplatz der Wache und stieg aus. Gerade rückte sie die Uniformhose zurecht und warf sich die Uniformjacke über, da hielt auf der Straße mit quietschenden Reifen ein feuerroter Alpha Romeo. Ziemlich alt zwar, aber dafür umso lauter. Auffälliger konnte ein Auto jedenfalls nicht sein. Ihr Kollege Miko saß darin, trotz des feuchtkalten Wetters hatte er das Fenster heruntergekurbelt und lässig den Arm rausgelehnt. Und natürlich trug er seine alberne Sonnenbrille, selbst an diesem diesigen Wintertag.

Er grinste breit und schob die Sonnenbrille mit betont cooler Geste ins Haar. Was für ein Fatzke! Trotzdem konnte Gül nicht ignorieren, wie umwerfend er aussah.

„Hey Gül! Ich hab eine gute Nachricht für dich!“

„Ach ja? Hast du gekündigt?“

„Guck mal auf den Dienstplan. Wir arbeiten die ganze nächste Woche zusammen. Nur wir zwei, auf Streife."

Das Ganze mit einer Geste, als müsste sie vor lauter Glück zerschmelzen. Als würden ihm sämtliche Frauen der Welt zu Füßen liegen, und sie hatte das große Los gezogen.

„Ich kann mir nichts Schöneres vorstellen", sagte sie nüchtern.

Sein Blick fiel kurz auf Michael. Er zögerte. Es war offensichtlich, dass er ihn nicht als Zuhörer haben wollte. Gül gab sich einen Ruck und trat auf den Sportwagen zu.

„Ich denke immer noch oft an das Schützenfest im Sommer zurück", sagte er mit gedämpfter Stimme.

Das Buddenbecker Schützenfest. Gül und Miko waren beide dort gelandet und hatten wider Erwarten einen richtig schönen Abend zusammen verbracht.

„Du kannst sagen, was du willst, aber du warst mit Abstand die schönste Frau an dem Abend. Ich wünschte, ich hätte ein Foto davon."

Gül hatte eine Münsterländer Schützenuniform getragen. Sie selbst war ja der Meinung, jedes achtjährige Mädchen habe an dem Tag besser ausgesehen als sie. Aber er schaffte es, diese Plattitüde so aufrichtig vorzubringen, dass es schwerfiel, ihm nicht zu glauben.

„Bist du deswegen bei der Polizei? Weil du auf Frauen in Uniform stehst?"

Eigentlich wollte sie gar nicht zickig sein, aber da war es ihr schon rausgerutscht. Außerdem musste sie unbedingt überspielen, wie geschmeichelt sie sich gerade fühlte.

„Es ist völlig egal, was du anziehst. Das weißt du ganz genau."

Auch das mit so einer Ernsthaftigkeit, dass Gül gegen ihren Willen schwach wurde.

„Vielleicht können wir das mal wiederholen", sagte er. „Nicht unbedingt auf dem Schützenfest. Aber ... wir könnten mal was trinken gehen. In Münster. Mal richtig einen draufmachen. Was denkst du?“

„Ich ... ich meine, also ...“

„Gül, wo bleibst du denn?“, kam es genervt von Michael.

„Wir reden später“, sagte Miko. „Nächste Woche haben wir ja Zeit genug. Ich freu mich drauf.“

Dann zwinkerte er ihr zu und lächelte auf eine Weise, die ihr neu war. Ganz weich und ein bisschen verletzlich, ein Lächeln, das für sie allein bestimmt war.

„Wir sehen uns, Michael“, rief er, schob die Sonnenbrille zurück und brauste mit quietschenden Reifen davon.

„Was für ein Aufschneider!“, kam es von Michael.

Gül erwischte sich dabei, wie sie Miko mit versonnenem Lächeln hinterhersah. Aber sie hatte sich schnell wieder im Griff.

„Echt albern“, sagte sie. „Nimmst du die Autoschlüssel mit rein? Ich bin in einer halben Stunde zurück.“

Nachdem sie sich von Michael getrennt hatte, steuerte sie den Marktplatz an, wo sie mit ihren Eltern in einem hübschen Miethäuschen samt kleinem Garten wohnte. Sie hatte sich zwar nicht angemeldet, aber ihre Mutter hatte sowieso immer genug zu essen da.

Als sie den Hausflur betrat, stellte sie fest, dass offenbar gerade Gäste zu Besuch waren. Im Wohnzimmer schien ziemlich was los zu sein. Auch aus der Küche drangen Geräusche. Sie runzelte die Stirn. Es hatte sich doch gar niemand angemeldet. Wenn jetzt Familie da war, wäre es vielleicht besser, heimlich wieder zu verschwinden. Doch in dem Moment steckte ihre Mutter den Kopf aus der Küche. Es war zu spät, um zu fliehen. Sie war entdeckt worden.

„Gül? Ach, wie schön!“ Sie strahlte übers ganze Gesicht. „Das trifft sich ja gut. Deine Tante Fatma ist zu Besuch. Mit deinen Cousinen. Wir haben gerade gegessen.“ Sie winkte Gül zu sich heran. „Komm und sag deiner Tante guten Tag.“

Als Gül nicht sofort freudig herbeilief, wurde ihr Tonfall schärfer. „Jetzt komm schon her, wenn ich es sage. Komm!"

Sie packte Gül und schob sie mit aufgesetzt strahlendem Lächeln in die Küche. Ihre Hände schraubten sich dabei tief in ihre Schultern. Gül sollte wohl gar nicht erst auf die Idee kommen, sich Unhöflichkeiten herauszunehmen.

Inzwischen wünschte sie sich, sie wäre mit Michael zur Pommesbude gefahren. Ausgerechnet Tante Fatma. Ihre Eltern waren ja immer so stolz darauf, sehr modern zu sein, aber die älteste Schwester ihrer Mutter konnte so lange auf die beiden einreden, bis ihre ganzen modernen Ansichten in sich zusammenfielen wie ein Hefeteig. Denn was war bei ihrer modernen Erziehung schon herausgekommen, pflegte Tante Fatma ungefragt zu kommentieren. Die drei ältesten Kinder waren allesamt mit Deutschen verheiratet – nur Gül, das Nesthäkchen, war noch übrig. Deshalb musste Gül nach Auffassung von Tante Fatma unbedingt einen Türken oder wenigstens einen Muslim heiraten. Sie wollte Güls Eltern gern dabei helfen, den Richtigen zu finden. Es wurde höchste Zeit, fand sie, ein bisschen einzuschreiten, denn sonst wäre auch das letzte Kind verloren.

Gerade stand sie am Herd und machte in einem Kännchen Mokka. Jemand anderem würde ihre Mutter wohl kaum den Herd überlassen. Aber bei Tante Fatma war das eben etwas anderes. Sie verströmte eine Aura, als wäre es *ihre* Küche.

Als sie Gül in Uniform sah, verdunkelte sich ihr Blick. Natürlich gefiel es ihr nicht, dass Gül bei der Polizei war. Schließlich war das ein Männerberuf. Und auch wenn sie diesmal ausnahmsweise nichts dazu sagte, verstand Gül ihren Blick dennoch: Wenn du mein Kind wärst, gäb's so was nicht.

Würdevoll wie eine Königin hielt Tante Fatma ihr die Wangen hin, damit Gül sie küssen konnte.

„Sieh an, du lebst also noch", sagte sie dann vorwurfsvoll.

„Wieso soll ich denn nicht mehr leben?“

„Es hat doch einen Mord gegeben, oder nicht? Und warst du nicht als Erste am Tatort?“ Sie schüttelte den Kopf. „Was da alles passieren kann. Ein Wunder, dass der Mörder dich nicht angegriffen hat. Wahrscheinlich hätte er mit dir das Gleiche gemacht wie mit diesem armen Bauern, und dann läge deine entstellte Leiche jetzt irgendwo im Dreck herum. Danken wir also Gott, dass es nicht so weit gekommen ist und dass du überlebt hast.“ Düster fügte sie hinzu: „Diesmal.“

„Ich war überhaupt nicht am Tatort“, log Gül. Und als sie den Blick ihrer Mutter sah: „Wirklich nicht. Ich schwöre.“

Ein paar Dinge mussten eben geheim bleiben. Ihre Eltern waren zwar modern, aber alles sollten sie über ihren Job bei der Polizei auch nicht wissen. Zum Beispiel, dass sie nachts Streife fuhr und dann nicht nur im Innendienst arbeitete, wie sie es ihren Eltern gegenüber behauptet hatte. Es war schlichtweg einfacher für alle Beteiligten.

Trotzdem reichte diese kleine Lüge ihrer Tante nicht aus.

„Und jetzt musst du rumlaufen und einen Mörder suchen?“, fragte sie. „Einen gewalttätigen Irren, der keine Sekunde zögern würde, das Allerschlimmste mit dir zu machen?“

„Wir sind das doch gar nicht, die den Mörder suchen. Ich bin nur im Streifendienst, Tante. Ich halte das Absperrband und nehme Personalien auf. Das ist alles. Den Rest macht die Kripo. Heute Nachmittag zum Beispiel mache ich Verkehrskontrollen.“ Und um die Situation weiter zu entschärfen, fügte sie hinzu: „Am Kindergarten.“

Dagegen konnte keiner was sagen, und Gül nutzte die Situation, um sich zu verdrücken.

„Ich begrüße mal die anderen. Die habe ich ja schon ewig nicht mehr gesehen“, sagte sie und steuerte das Wohnzimmer an, wo es ziemlich lautstark und lebendig zuging. Alles war besser, als mit Tante Fatma über ihren Beruf zu sprechen.

Aber ihre Mutter hielt sie zurück. Mit ihrem Schraubstockgriff führte sie Gül zurück in die Küche.

„Willst du nicht einen Mokka mit uns trinken?“

Das war keine Frage, sondern ein Befehl. Als wollten die beiden noch etwas mit ihr besprechen. Was bestimmt nicht angenehm werden würde.

„Ich hab nur ganz kurz Pause“, versuchte sie sich herauszuwinden. „Ich will nur ganz schnell den anderen ...“

„Deine Tante Fatma ist extra aus Dortmund angereist, Gül. Nur um dich zu sehen. Und du willst nicht mal einen Mokka mit ihr trinken? Was habe ich getan, um ein so unhöfliches Kind zu bekommen?“ Theatralisch fügte sie hinzu: „Liegt es an mir? War es meine schlechte Erziehung? Sag es mir! Bin ich Schuld?“

Gül seufzte. Es hatte ja doch keinen Zweck. Also setzte sie sich zu den beiden an den Küchentisch. Tante Fatma goss mit großer Geste den Mokka in kleine Tässchen, während Gül abwartete, was passierte. Aber bevor eine der Frauen das Gespräch aufnehmen konnte, begann Güls Handy lautstark zu klingeln. Sie bemerkte den strafenden Blick ihrer Mutter und zog es hastig aus der Uniformjacke hervor. Es war Tönne Oldenkott. Schon zum zweiten Mal heute. Gül brachte es kaum übers Herz, ihn noch mal wegzudrücken. Aber es ging jetzt nicht anders. Ein Telefonat zu diesem Zeitpunkt würde ihr Tante Fatma nicht verzeihen. Gül würde ihn später zurückrufen, sobald sie dieses Gespräch hinter sich gebracht hatte.

Es folgte ein zäher Smalltalk, und Gül fragte sich zunehmend, was die beiden überhaupt vorhatten, bis ihre Tante wie zufällig fallenließ: „Wie alt bist du jetzt, Gül?“

Das war es also. Sie verstand sofort. Es ging um ihren zukünftigen Ehemann.

„Ich bin dreiundzwanzig, Tante.“

„Dreiundzwanzig.“ Sie nickte wissend. „Ein schönes Alter. Nicht wahr, Hatice? Was für ein schönes Alter. *Ich* war da schon verheiratet.“

„Stimmt, Fatma“, sagte ihre Mutter und legte ihr liebevoll die Hand auf den Arm. „Und was hattest du für eine schöne Hochzeit! Es war die schönste Hochzeit, die ich je gesehen habe. Du warst so glücklich damals. Nicht wahr?“

Fatma nickte würdevoll. „Das war ich“, sagte sie zu Gül und ließ es wie einen Vorwurf klingen.

Gül versteckte eilig das Gesicht hinter der Mokkatasse.

„Es ist ja richtig, keine Hochzeiten mehr zu vereinbaren“, sagte ihre Tante zu Güls Erstaunen. „Aber manchmal habe ich das Gefühl, dass dadurch überhaupt nicht mehr geheiratet wird. Als würden alle unbedingt als alte Jungfern sterben wollen.“

Gül nahm einen großen Schluck Kaffee, doch die beiden Frauen ließen sie nicht aus den Augen. Sie würde um ein Statement nicht herumkommen.

„Ich weiß nicht“, sagte sie voller Unbehagen. „Ich habe ja noch Zeit. Eine alte Jungfer bin ich noch lange nicht.“

Tante Fatma schien das nicht so zu sehen.

„Zu viel Zeit sollte man sich nicht lassen“, verkündete sie düster. „Die Uhr tickt. Und schnell ist es zu spät.“

Gül leerte die Tasse und stellte sie zurück.

„Ich sag jetzt doch mal schnell nebenan hallo. Ich muss ja gleich wieder los. Sonst bekomme ich die anderen gar nicht zu Gesicht.“

Ihre Mutter nickte gnädig und machte eine wegscheuchende Handbewegung. Gül war also entlassen. Damit hatte sie gar nicht gerechnet. Das Gespräch war ja noch gar nicht richtig heikel geworden. Aber sie wollte ihr Glück nicht herausfordern. Also sprang sie auf und floh aus der Küche.

Im Flur hörte sie ein leises Klirren. Dann herrschte Schweigen in der Küche. Was hatte das jetzt zu bedeuten? Einer Ahnung folgend drehte sie sich noch mal um und spähte durch die offene Tür.

Tante Fatma hatte Güls Mokkatasse auf den Unterteller gestülpt und betrachtete konzentriert den Kaffeesatz. Ihre Mutter beugte sich ebenfalls darüber.

„Was siehst du?“, fragte sie ungeduldig. „Ist da ein Mann?“

„Ja, da ist ein Mann“, sagte Tante Fatma. „Ich sehe ihn.“

Ihre Mutter schlug mit der flachen Hand auf den Tisch.

„Wusste ich’s doch!“, rief sie. „Gül kann mir nichts verheimlichen. Dafür kenne ich sie zu gut!“

Das war zu viel! Gül stürmte in die Küche.

„Lest ihr etwa aus meinem Kaffeesatz?“ Sie begriff, weshalb sie überhaupt zu einem Gespräch in die Küche zitiert worden war. „Sollte ich deswegen einen Mokka mit euch trinken? War das der Grund?“

Ihre Mutter betrachtete sie wie eine lästige Fliege.

„Jetzt sei ruhig, Gül, deine Tante Fatma muss sich konzentrieren.“

„Der Mann ist ganz nah“, fuhr Tante Fatma unbeirrt fort. „Ein schöner Mann. Stark und voller Leidenschaft.“

Miko kam Gül in den Sinn. Sie konnte nichts dagegen unternehmen. Das war natürlich alles Unsinn mit dem Kaffeesatz. Trotzdem war ihre Wut plötzlich verraucht, und sie begann zu lauschen. Vielleicht hatte ihre Tante ja was Interessantes auf Lager. Sie würde sich später immer noch über die beiden aufregen können.

„Gül ist heimlich verliebt in ihn, aber er weiß nichts davon. Er ist ... er ist ...“ Die Tante sah genauer hin. „Auch er fühlt sich von Gül angezogen. Sehr sogar. Er liebt sie, das ist sicher.“

Güls Herz begann heftig zu schlagen. Sollte das tatsächlich stimmen? Miko fühlte sich zu ihr hingezogen? Er liebte sie heimlich?

„Ist er Türke, Fatma?“, kam es von ihrer Mutter.

„Das sehe ich nicht. Möglich. Sicher ist es nicht.“

Er ist kein Türke, hätte Gül beinahe gesagt, sondern Pole. Aber das verkniff sie sich besser.

Tiefe Furchen bildeten sich auf der Stirn ihrer Tante.

„Etwas stimmt nicht mit ihm“, sagte sie. „Da ist etwas Dunkles, aber ich bekomme es nicht zu fassen. Ich weiß nicht so recht, ob er ein guter Mann ist.“

Natürlich war er ein guter Mann. Aber Gül wusste schon, was Fatma meinte. Er ließ gern den großen Macker raushängen, das ja. Insgeheim wusste sie aber, dass hinter dieser Schale ein sehr weicher Kern war. Dass alles nur Show war.

Zu spät bemerkte sie, dass ihre Mutter sie argwöhnisch betrachtete. Sie wischte sich eilig das verträumte Lächeln aus dem Gesicht. Zu spät.

„Wer ist es?“, wollte ihre Mutter wissen. „Sag es sofort. Ich wusste, dass du mir was verheimlichst. Denkst du, ich bin dumm?“

„Niemand! Da gibt es keinen. Ich weiß gar nicht, was das soll. Das ist doch Aberglaube, ich bitte dich.“

„Da ist noch ein zweiter Mann“, sagte Tante Fatma.

Gül horchte auf. Wer sollte das denn sein? Es gab keinen zweiten Mann.

„Sanft wie ein Lamm“, fuhr sie fort, ohne den Kaffeesatz aus den Augen zu lassen. „Ruhig und besonnen. Und trotzdem stark wie ein Löwe, wenn es um seine Familie geht. Ein guter Mann. Er ist jetzt noch nicht da. Sie kennen sich noch nicht. Aber er ist der Bessere. Gül muss auf ihn warten. Er ist Türke.“

„Das denkst du dir doch nur aus!“, rief Gül.

„Wir unterhalten uns später noch!“, drohte ihre Mutter. „Darauf kannst du dich verlassen, Gül.“

„Mama, was soll das denn? Wir sind doch nicht bei *Verbotene Liebe*. Es gibt keine zwei Männer, glaub mir.“

Ihre Mutter fixierte sie düster. „Was siehst du noch, Fatma?“, fragte sie, ohne Gül aus den Augen zu lassen.

Ihre Tante hielt die Untertasse schräg gegen das Licht. Plötzlich sog sie lautstark die Luft ein. Es dauerte, bis sie schließlich den Teller sinken ließ und Gül mit erschrockenem und sorgenvollem Gesicht ansah.

„Ich sehe Gefahr."

„Gefahr?", fragte Gül und ärgerte sich sofort über ihre dünne und ängstliche Stimme.

„Sie ist noch im Nebel", sagte die Tante. „Schwach und undeutlich, kaum zu erkennen. Aber da lauert sie, und jetzt kommt sie näher und näher, von überall. Es ist ... es ist ..." Ihre Stimme wurde zu einem heiseren Flüstern. „Es ist der Tod."

Gül spürte, wie ihre Mutter nach ihren Händen griff und sich daran festklammerte. Es war jetzt totenstill in der Küche.

„Er kommt immer näher, aber er gibt sich nicht zu erkennen", sagte Tante Fatma. „Er trägt eine Maske. Du musst Acht geben, mein liebes Kind. Wenn du ihm folgst, ist es zu spät. Dann wird er dich holen."

Die Temperatur in der Küche schien auf einmal um ein paar Grade gesunken zu sein. Keine der Frauen sagte etwas. Dann erklang plötzlich ein lautes Schrillen, das alle zusammenfahren ließ. Sie starrten sich entsetzt an, bis Gül bewusst wurde, dass es schon wieder ihr Handy war, das diesen Lärm machte. Bestimmt wollten die Jungs auf der Wache wissen, wo sie blieb.

Aber ihre Mutter und Tante Fatma sahen sie an, als wäre am anderen Ende der Maskierte, der ihr den Tod bringen würde. Und obwohl das völliger Unsinn war, konnte auch Gül dieses Gefühl nicht ganz beiseiteschieben.

Sie zog das Handy hervor und sah aufs Display. Zu ihrer Überraschung war es nicht die Wache. Eigentlich hätte sie es sich denken können. Sie hätte längst zurückrufen müssen, und jetzt versuchte er es eben noch mal. Am anderen Ende war Tönne Oldenkott.

4

Endlich ging sie ans Telefon. Das wurde auch Zeit. Sonst wäre er langsam wirklich verschnupft gewesen.

„Tönne, warte einen Augenblick, ich kann grad nicht", begrüßte sie ihn.

Man hätte ja meinen können, dass sie sich als Allererstes entschuldigen würde, weil sie ihn zweimal weggedrückt hatte. Aber danach sah es nicht aus. Er hörte im Hintergrund ein Rumpeln. Verhaltene Stimmen in einer fremden Sprache. Türkisch vermutlich. Dann wurde eine Tür ins Schloss geworfen, und Lisbeth war wieder am Apparat.

„Uff. So, jetzt habe ich Zeit. Hallo erst mal."

Er wollte nicht beleidigt klingen, trotzdem konnte er sich nicht verkneifen, etwas spitz zu sagen: „Ich hab ja schon zweimal angerufen."

„Es war tierisch was los, sorry", sagte sie leichthin. Von Bedauern keine Spur. „Beim ersten Mal war ich im Einsatz, und gerade musste ich meine Tante Fatma begrüßen. Hast du die Sache mit Alfons Kerkering gehört?"

„Er ist unser nächster Nachbar. Natürlich habe ich gehört, was passiert ist."

„Stimmt. Das hätte ich fast vergessen. Mein herzliches Beileid. Das muss für euch alle ein Schock sein."

„Ein Schock, ja. Aber es ist nicht so, dass ich mir keinen Reim darauf machen kann. Auf das, was gestern Nacht passiert sein könnte."

Sie schwieg. Eine gewisse Spannung war zu spüren. Schließlich hatten er und Lisbeth schon einmal einen Kriminalfall zusammen gelöst.

„Was meinst du damit?", fragte sie schließlich.

„Sag du mir zuerst: Hat die Kripo denn schon herausgefunden, wer der Mörder ist?"

„Die ermitteln noch. Soweit ich es mitgekriegt habe, fahnden sie nach dem Einbrecher, der schon seit einiger Zeit in der Gegend unterwegs ist. Es gibt eine Menge Spuren. Die Werkstatt war aufgebrochen, und es fehlen ein paar Sachen. Dieser Typ ist im Moment ihr Hauptverdächtiger."

Das wunderte Tönne überhaupt nicht. Das Vertrauen in die Kriminalpolizei hatte er schon vor langer Zeit verloren. Aber man durfte den Männern keinen Vorwurf machen. Es waren eben Städter. Was sollte man von denen schon erwarten? Die wussten, wie man Sushi aß oder italienischen Kaffee machte, aber von der Landwirtschaft oder dem Leben auf dem Lande hatten sie keine Ahnung.

„Die sind auf dem Holzweg, soviel kann ich sagen", meinte er und fügte feierlich hinzu: „Lisbeth, ich glaube, wir sollten uns treffen und in Ruhe miteinander reden. Du weißt schon, weshalb."

Sie zögerte. „Ich weiß nicht, Tönne. Vielleicht wäre es besser, die Sache erst mal bei der Kripo zu lassen. Die sind schließlich zuständig."

„Geht das schon wieder los?" Zuständig! Das war doch nicht zu glauben. „Willst du wieder damit anfangen, Lisbeth?"

Das war schon beim letzten Mal so gewesen. Sie hatte sich lange gesträubt, ehe sie mit ganzer Kraft in die Ermittlung eingestiegen war. Türkische Wurzeln hin und her, sie konnte manchmal eine typisch deutsche Beamtin sein.

„Glaubst du das denn?", fragte er eindringlich. „Dass es dieser Einbrecher war?"

Sie ließ sich Zeit mit der Antwort.

„Keine Ahnung", sagte sie dann.

Aber so leicht war Tönne nicht hinters Licht zu führen.

„Lisbeth! Ich höre doch, dass du das *nicht* glaubst. Du weißt irgendetwas, oder? Habe ich Recht?"

„Ich weiß gar nichts. Es kommt mir nur komisch vor, dass sich bisher keiner den Sohn so richtig vorgenommen hat. Das ist alles."

„Thomas Kerkering? Kennst du ihn?"

„Na ja, ein bisschen. Er war in der Klasse von meinem ältesten Bruder. Ein richtiges Arschloch. Dem trau ich alles zu. Aber was denkst du? Weißt du etwas über diesen Einbrecher?"

Tönne fragte sich, ob Thomas sich in der Schule schlecht benommen hatte. Aber das würden sie später klären.

„Ich weiß auch noch nicht genau, was ich denken soll." Auch die Sache mit dem Windpark würde er ihr später in Ruhe erzählen. Das hatte Zeit. „Ich weiß nur eines. Dieser Einbrecher war das auf keinen Fall. Darauf wette ich."

„Und was schlägst du vor?"

„Komm nach deiner Schicht vorbei. Dann reden wir in Ruhe und überlegen, was zu tun ist."

Wieder dieses Zögern. Aber diesmal dauerte es nicht besonders lange. „In Ordnung, Tönne. Ich komme vorbei."

Das war schon mal ein Anfang. Er fühlte sich wesentlich besser, wenn sie die Sache nicht nur der Kripo überließen.

Nach dem Gespräch schweifte sein Blick wieder zum Fenster. Draußen war es grau und diesig. Leichter Sprühregen wehte übers Land. Der Schnee war inzwischen so gut wie weggetaut. Nur in den Gräben hielten sich noch schmutzig weiße Flächen. Drüben bei Kerkerings auf dem Hof war niemand mehr zu sehen. Die Polizei war also abgezogen.

Er musste dringend zu Hilde, um ihr sein Beileid auszusprechen. Als nächster Nachbar war es seine Pflicht, ihr zur Seite zu stehen und bei den Vorbereitungen für die Beerdigung zu helfen. So war es Tradition hier auf dem Lande. Die Nachbarn halfen sich in Krisenzeiten. Zumindest war das früher so gewesen.

Er machte sich auf den Weg nach oben, um Bescheid zu sagen. Susanne war noch in der Firma, sie arbeitete heute lang. Aber sein Herr Schwiegersohn war vom Kindergarten zurück und bespaßte jetzt seine eigenen Blagen. Wenn Tönne es richtig verstanden hatte, wollten sie heute Kostüme fürs Dreikönigssingen nähen. Bei so etwas war Martin voll in seinem Element. Wenn Tönne die Landwirtschaft nicht aufgegeben hätte, wäre sein Schwiegersohn hier völlig nutzlos. Wusste der Himmel, was Susanne an ihm fand.

Als Susanne ihn damals zum ersten Mal zu Hause vorgestellt hatte, wäre Tönne beinahe hinten übergekippt. Ein langhaariger Bombenleger mit Gitarre und Lederbändchen am Arm, der barfuß auf dem Hof stand. „Ich bin der Martin“, hatte er gesagt und mit Zigarette im Mundwinkel hinter seinem wilden Bart gelächelt. „Super ist das hier draußen in der Natur. Voll cool, echt. Natur find ich cool.“ Aber Tönne hatte gar nicht richtig zugehört. Er hatte nur Martins schmutzige Füße anstarren können, die samt Knöchelkettchen aus seinen weiten Stoffhosen hervorlugten.

Wäre seine Frau Agnes nicht gewesen, die bei ihnen immer mehr fürs Soziale zuständig gewesen war, hätte er Martin sofort vom Hof gejagt. Aber Agnes hatte ihn auf Anhieb gemocht. Er hat ein gutes Herz, hatte sie gesagt. Das mochte ja sein, aber Tönne wusste trotzdem nicht so recht, was von dem Jungen zu halten war. Oder weshalb eine Bauerstochter sich in so einen verliebte. So richtig warm war er nie mit ihm geworden.

Inzwischen war Agnes tot, und er musste allein sehen, wie er mit seinem Schwiegersohn zurechtkam. „Bemüh dich doch ein bisschen, Papa“, pflegte Susanne zu sagen. „Er meint es gut.“ Und sie hatte ja Recht. Also nahm er sich vor zu ignorieren, dass der Kerl jetzt an der Nähmaschine saß und Kleider für die Mädchen herstellte. Oder was die da oben sonst gerade trieben. Er würde sich zusammenreißen.

Im Wohnzimmer oben herrschte ein riesiges Chaos. Die Scherben des Glastisches waren fort, dafür stand der Küchentisch mit der Nähmaschine mitten im Raum. Überall waren Stoffe, Felle, Kordeln und Kisten mit buntem Glitzerzeug. Annie stand in einen roten Vorhang gehüllt da. Ihre Augen leuchteten, sie schien das Ganze furchtbar aufregend zu finden. Sophie dagegen wirkte eher gelangweilt. Sie lag in Straßenkleidung auf dem Sofa und wischte mit dem Finger auf ihrem Handy herum. Tönne wollte gerade fragen, wo denn ihr Vater sei, da wurde die Badezimmertür aufgerissen, und ein bärtiger Transvestit stand im Raum.

„Ich bin die Königin aus dem Morgenland!“, rief er lautstark und hob theatralisch den Arm zum Gruß.

Tönne fiel die Kinnlade herunter. Es war Martin. Sein Schwiegersohn. In Frauenkleidern. Annie jubelte. Offenbar fand sie ganz fantastisch, was ihr Vater da veranstaltete, aber Sophie sah nur kurz von ihrem Telefon auf und sagte: „Das ist voll peinlich, Papa.“ Und dann schob sie genervt hinterher: „Wann machst du endlich die Kostüme fertig?“

Erst in diesem Moment schien Martin seinen Schwiegervater entdeckt zu haben. Aber anstatt sich in Grund und Boden zu schämen für diesen Aufzug, ging er auf ihn zu und rief gutgelaunt: „Na, wie sehe ich aus, Tönne?“ Als dieser nichts herausbrachte, fuhr er fort: „Wir spielen Verkleiden, ich und die Mädchen. Und danach machen wir die Kostüme. Die beiden sollen die schönsten Sternsinger in diesem Jahr werden. Nicht wahr, Annie?“

Sie jauchzte wieder und rief begeistert: „Du bist ganz rot im Gesicht, Papa.“

„Das ist Rouge. Ich bin schließlich eine Königin.“ Dann wandte Martin sich an Tönne: „Was kann ich für dich tun?“

Tönne war immer noch sprachlos. Er räusperte sich.

„Ich ... ähem, ich geh eben rüber zu Hilde Kerkering. Sag bitte Susanne Bescheid. Sie soll auch kommen, wenn sie Feierabend hat. Zur Totenwache.“

Schnell weg hier, dachte er, machte kehrt und stapfte ziemlich verwirrt die Treppe hinunter.

„Warte, Tönne!“, rief Martin ihm hinterher.

Er raffte seine Röcke und folgte seinem Schwiegervater. Die Schminke im Gesicht ließ ihn aussehen wie einen Clown. Von Tönnes Unbehagen schien er nichts zu merken.

„Das tut mir sehr leid mit dem Nachbarn", sagte er ernst. „Wenn du Hilfe brauchst, sag Bescheid. Wegen der Beerdigung und so, meine ich. Ich habe noch ein paar Überstunden, die ich nehmen kann. Oder ich melde mich einfach krank."

Tönne konnte Martin unmöglich zuhören, solange er so merkwürdig aussah. Er wusste überhaupt nicht, was er für ein Gesicht machen sollte.

Martin legte die Hand auf seine Schulter. „Wenn du willst, bin ich für euch da. Das wollte ich nur sagen."

Was sollte er jetzt darauf antworten? Tönne nickte verwirrt. Dann floh er nach draußen.

Kalte, feuchte Luft empfing ihn. Du lieber Himmel, dachte er und machte sich auf den Weg. Eins war ihm klar: Martins Hilfe würde er ganz sicher nicht brauchen.

Kerkerings Haus hinter dem Kiefernwäldchen wirkte wie verlassen. Die Wände waren schmutzig und mit Flechten überzogen, die Fenster wie blinde Spiegel. An der alten Eichentür blätterte die Farbe ab, und das eiserne Gitter vor den eingelassenen Fenstern war völlig verrostet. Es musste dringend was am Haus getan werden, schon seit langem. Und auch wenn sich das zynisch anhören mochte: jetzt war der Weg frei dafür. Thomas würde hier einiges in die Hand nehmen, und dann konnte es endlich bergauf gehen mit dem Hof.

Tönne klopfte gegen die morsche Haustür. Kerkerings hatten ja nicht einmal eine Klingel. Normalerweise gingen alle über die Tenne ins Haus, sogar der Postbote. Aber an einem Tag wie diesem wollte Tönne lieber an der Haustür warten. Es dauerte auch nicht lange, bis Hilde erschien. Sie trug kein Schwarz. Im Gegenteil, sie war gekleidet wie immer. Helle Gesundheitsschuhe, ein geblümter Rock und ihre obligatorische Kittelschürze, die sie im Stall genauso trug wie bei der Hausarbeit. Als wäre gar nichts Besonderes passiert.

„Ach, Tönne. Ich habe schon mit dir gerechnet. Komm rein. Ist ja ein elendes Wetter draußen."

Sie schob ihn mit ihrem sehnigen Arm herein und schloss die Tür hinter ihm. Ganz so, als wären sie zum Kartenspielen verabredet. Er war ein bisschen irritiert über dies Verhalten. Natürlich, Hilde und Alfred hatten keine besonders gute Ehe geführt, aber trotzdem konnte das alles nicht spurlos an ihr vorübergegangen sein.

„Ich wollte nach dir sehen", sagte er. „Das mit Alfons ... was für eine Tragödie. Wir stehen alle noch unter Schock."

Sie hielt inne. Jetzt war doch so was wie ein Schatten auf ihrem Gesicht zu erahnen.

„Ja, es war eine schlimme Nacht", sagte sie, ohne ihn anzusehen. „Irgendwie werden wir es schon durchstehen. Irgendwie ..."

„Brauchst du Hilfe mit dem Vieh? Einer muss sich doch kümmern. Ich kann gleich in den Stall gehen."

„Die anderen Nachbarn waren schon da. Gerd Vaalbrock hat das Vieh versorgt. Ich wüsste nicht, was ich ohne euch tun sollte."

„Dafür sind die Nachbarn doch da, Hilde."

Sie nickte. Dann atmete sie durch, als wollte sie die schweren Gedanken verscheuchen.

„Jetzt komm erst mal in die Küche, Tönne. Ich habe Rhabarberkuchen gemacht, den magst du doch so gern. Der Rhabarber ist zwar aufgetaut, na klar, ist ja auch Januar, aber der Kuchen schmeckt trotzdem sehr gut. Komm, ich mach uns Kaffee."

Entschlossen marschierte sie in die Küche. Geschirr klapperte, ein Wasserkessel wurde aufgesetzt, dann wischte sie umtriebig mit einem feuchten Lappen über den Tisch. Es fehlte nur, dass sie ein Liedchen pfiff. Zögerlich und ziemlich verwundert folgte Tönne ihr.

Auch hier hatte sich seit Jahrzehnten nichts verändert. Da waren immer noch die weißen Resopalschränke aus den

Siebzigern, dunkle Stofftapeten und der riesige Ofenherd mit seinen zahllosen Türchen und Klappen, der mit Holz geheizt wurde. So etwas stand heutzutage im Museum, aber der hier diente noch zum Kochen und Heizen.

„Setz dich doch, Tönne, setz dich. Der Kaffee ist gleich fertig."

Er sah sich unschlüssig um und nahm schließlich etwas zögerlich am Küchentisch Platz.

„Bist du allein?", fragte er. „Wo sind die Kinder?"

„Ach, die kommen gleich. Thomas ist noch bei der Polizei, er wird von denen befragt, weiß der Himmel, wieso. Und Sandra hat sich gerade auf den Weg gemacht. Sie müsste in einer halben Stunde hier sein."

Sandra lebte in Münster, wie ihr älterer Bruder. Ein ruhiges und sanftes Kind, das früher immer Tönnes heimlicher Liebling gewesen war. Sie hatte was aus ihrem Leben gemacht. Zuerst Abitur und dann noch ein Studium. Kunstgeschichte. Meine Güte, wer hätte das damals gedacht? Eine Historikerin war sie nun. Tönne hatte sich sehr für sie gefreut. Wenn dies alles überhaupt irgendetwas Gutes hatte, dann dass er das Mädchen mal wieder zu Gesicht bekommen würde. Auch wenn die Umstände natürlich furchtbar waren.

Hilde stellte Teller auf den Tisch und goss Kaffee ein. Kuchenduft erfüllte den Raum. Ja, Backen und Kochen, das konnte sie, die Hilde. Dafür war sie überall bekannt. Trotzdem fühlte Tönne sich nicht wohl. Das wirkte alles viel zu sehr wie eine nette Nachmittagseinladung zum Kaffee.

Hilde hievte zwei warme, duftende Stücke Rhabarberkuchen auf die Teller.

„Lass es dir schmecken!", sagte sie, nahm ihre Kuchengabel und drückte sie beherzt in den Kuchen. Sie ließ ihn sich auf der Zunge zergehen und blickte dabei nachdenklich in die Ferne.

„Genauso muss er sein", sagte sie zufrieden.

Tönne hätte jetzt wahrscheinlich sagen müssen, dass er um diese Uhrzeit keinen koffeinhaltigen Kaffee vertrug. Aber er brachte nichts dergleichen heraus. Das alles hier irritierte ihn viel zu sehr. Dann würde er heute Nacht eben wachliegen. Das würde er wahrscheinlich sowieso tun, nach allem, was sich ereignet hatte.

„Wie ist das Ganze eigentlich passiert?“, fragte er. „Die Leute sagen, es war ein Einbrecher?“

„Ja, das sagt die Polizei auch. Es fehlen ein paar Sachen aus der Werkstatt. Sie haben überall Spuren genommen.“

„Aber wieso war Alfons denn draußen auf dem Hof? Es war doch mitten in der Nacht. Hat er was gehört?“

Sie betrachtete Tönne, als würde sie lieber das Thema wechseln. Aber dann legte sie die Kuchengabel zur Seite und räusperte sich.

„Wir sind gestern mitten in der Nacht wachgeworden. Wegen dem Sturm. Da war ein Auto, draußen auf der Auffahrt. Alfons hat gesagt, ich soll weiterschlafen. Er wollte nachsehen. Ich hab mir nichts weiter dabei gedacht. Also hab ich mich auf die andere Seite gelegt. Ich hab ganz ruhig weitergeschlafen. Erst heute Morgen, als ich ...“

Jetzt war doch so etwas wie Erschütterung zu erkennen. Tönne dachte daran, was Aenne Vaalbrock ihm über Alfons’ Gesicht gesagt hatte. Es war anscheinend übel zugerichtet gewesen, und Hilde hatte seine Leiche gefunden.

Sie sprach jetzt mehr zu sich selbst als zu Tönne.

„Wenn ich auch aufgestanden wäre ... Vielleicht würde er dann noch leben.“

„Sag das nicht, Hilde. Das darfst du nicht mal denken.“

Tönne hatte eigentlich in Erfahrung bringen wollen, was mit Alfons’ Gesicht gewesen war, aber jetzt überlegte er es sich anders. Es brachte nichts, Hilde unnötig zu quälen. Vielleicht benahm sie sich einfach deshalb so merkwürdig, weil sie noch unter Schock stand.

„Glaubst du denn wirklich, dass es ein Einbrecher war?“, fragte er.

Ihr Blick wurde undurchdringlich. Tönne fragte sich schon, ob er sie direkt auf den Windpark ansprechen sollte. Aber damit hätte er ja angedeutet, dass er einen der Bauern aus der Nachbarschaft verdächtigte, und das war vielleicht zu viel des Guten. Stattdessen fragte er nur: „Wer könnte es sonst gewesen sein? Was denkst du über diese Sache?“

Sie ließ sich Zeit mit der Antwort.

„Es war ein Einbrecher“, sagte sie tonlos. „Wer sonst?“

Sie verfiel in Schweigen. Er hätte nicht fragen dürfen, dachte er. Schließlich war er hergekommen, um ihr beizustehen. Alles andere spielte jetzt keine Rolle. Also wechselte er das Thema. Er wollte etwas sagen, das sie tröstete.

„Weißt du, Hilde ... als Agnes gestorben ist“, sagte er und musste schlucken. Es war nie einfach, über dieses Thema zu reden. Aber sie waren ja in der gleichen Situation, deshalb musste er sich überwinden. „Als Agnes gestorben ist, da dachte ich, mein Leben ist vorbei. Am Anfang habe ich nur ...“

„Nein, Tönne! Hör auf damit. Du und Agnes, nein. Das kannst du nicht vergleichen. Du weißt, wie unsere Ehe war. Wie *er* war. Du kennst uns länger als irgendwer sonst.“

„Trotzdem ist es nicht leicht. Es ist doch ...“

„Nein! Es gab Zeiten, Tönne, da konnte ich es nicht ertragen, mit Alfons in einem Raum zu sein. Es hat mich angewidert, ihm beim Essen zuzusehen. Oder seine Wäsche zu waschen. Aber ich habe gelernt, dass solche Zeiten vorbeigehen. Man macht weiter, irgendwie. Man tötet was in sich ab. Aber wenn du mich fragst, ob ich Alfons geliebt habe ...“

Tönne wagte kaum zu atmen. Er kannte sie tatsächlich seit einer Ewigkeit, aber so offen hatte Hilde noch nie mit ihm geredet. Er hätte niemals erwartet, dass Hilde überhaupt über so was sprechen würde.

„Ich habe keine Angst vorm Alleinsein, Tönne. Thomas wird den Hof übernehmen, und dann kann es wieder bergauf gehen. Ich habe immer noch ein Leben, weißt du? Ich bin jetzt siebzig. Ich habe noch zehn Jahre, in denen alles möglich ist. Jetzt kann ich noch mal neu anfangen."

Was sollte man denn dazu sagen? Er wünschte, Agnes wäre hier. Die war in so was immer besser gewesen. Aus lauter Verlegenheit schob er sich eine Gabel Kuchen in den Mund und spülte ihn mit Kaffee runter.

Draußen war ein Auto zu hören. Sie sahen beide zum Fenster. Ein roter Golf fuhr auf den Hof. Es war Thomas. Seine Befragung bei der Polizei war offenbar beendet. Er stellte den Wagen vors Haus und stieg aus. Das Erste, was Tönne in den Sinn kam, war, wie ähnlich er seinem Vater sah. Genauso düster und geheimnisvoll, immer mit einer Aura der Unberechenbarkeit. Er sah zum Haus herüber, als betrachtete er eine feindliche Burg. Dann ging er mit großen Schritten auf die Tennentür zu.

„Zehn Jahre später wäre ich zu gebrechlich", fuhr Hilde fort, als wären sie gar nicht unterbrochen worden. „Jetzt kann ich mein Leben noch in die Hand nehmen und irgendwas draus machen. Verstehst du? Es ist also ein guter Zeitpunkt für mich. Es ist meine letzte Chance."

5

Mit einem kräftigen Ruck zog Gül die Tür zur Wache auf. Ihre Pause war schon vorbei, und wahrscheinlich wartete Michael längst auf sie. Er tat nämlich nichts lieber, als Verkehrssünder zu blitzen. Bestimmt, weil er dabei die meiste Zeit im Auto herumsitzen und essen, trinken und rauchen konnte. Er hatte sich schon die ganze Woche darauf gefreut.

Doch als sie ins Wachlokal trat, sah sie zu ihrer Überraschung die ganze Belegschaft rund um den gedeckten

Besuchertisch sitzen: Michael, den Chef Heinz Bertling und natürlich Benjamin, den Azubi.

Bei ihrem Eintreten trompetete ihr Chef: „Lisb...“, stockte dann erschrocken und korrigierte sich sofort: „*Gül*! Hallo, Gül. Schön, dass du da bist. Komm, setz dich zu uns.“

Er blickte etwas schuldbewusst drein, wusste er doch genau, was sie über ihren blöden Spitznamen dachte. Bei ihr befürchtete er immer, etwas Falsches zu sagen. Political Correctness überforderte ihn, aber er wollte trotzdem auf keinen Fall als intolerant oder rassistisch gelten. Daher behandelte er Gül einfach wie ein blondes deutsches Mädchen, um das ganze Thema zu umschiffen. Aber auch so setzte er sich regelmäßig in die Nesseln.

„Ich hab Kuchen vom Bäcker geholt, und frischer Kaffee ist auch noch da“, fügte er schnell hinzu. „Komm, setz dich zu uns.“

Gül betrachtete verwundert den gedeckten Tisch.

„Hat jemand Geburtstag?“, fragte sie.

Offenbar nicht, denn alle guckten bei dieser Frage etwas verdutzt aus der Wäsche.

„Machen wir denn keine Geschwindigkeitskontrollen?“

„Das können wir auch ein andermal machen“, meinte Heinz. „Die fahren uns ja nicht weg, oder?“

Er prustete über seinen eigenen Witz, und jetzt war es Gül, die etwas verdutzt aus der Wäsche guckte.

„Nicht nach dem, was heute los war“, erklärte er. „Da müssen wir erst mal in Ruhe drüber sprechen. Jetzt setz dich schon.“

Es sollte also getratscht werden. Warum auch nicht? Gül nahm Platz und wurde sofort mit Kaffee und Kuchen versorgt. Auch den anderen beiden wurde ein weiteres Stück Kuchen aufgenötigt. Michael ließ sich nicht zweimal bitten und philosophierte sofort über Puddingfüllungen drauflos. Benjamin dagegen nahm sein Stück schweigend entgegen. Er wusste, dass sein Chef großen Wert darauf legte, ihn immer dabei zu haben, aber er sollte sich nicht ins Gespräch einmischen, sondern „beobachtend teilnehmen“ – so nannte Heinz das. Zuhören und lernen. Mehr bitte nicht.

„Mensch, Mensch“, sagte er, als alle versorgt waren. „Dass ich so was noch mal erlebe. Hier in Buddenbeck. Nicht zu glauben. Die aus der Stadt denken ja immer, hier passiert nichts. Ich wünschte, es wäre so.“

Sein Blick strafte ihn allerdings Lügen.

„Sind die Leute von der Kripo weg?“, fragte Gül.

„Alle wieder in Münster“, erwiderte Michael.

„Die haben den Tatortreiniger geschickt“, fing Heinz an zu plaudern, „du weißt schon, um auf dem Hof sauber zu machen. Aber da kannten die Hilde Kerkering schlecht. Als der kam, war alles schon sauber, und zwar klinisch rein. Was Sauberkeit angeht, lässt sie sich nichts nachsagen. Das einzige, was der Tatortreiniger noch machen konnte, war, in der Küche zu sitzen und ihren Kuchen zu essen. Da hat Hilde drauf bestanden, wo der sich schon auf den weiten Weg gemacht hat. Die hat den erst mal ordentlich durchgefüttert.“

„Was haben die Kollegen denn rausgefunden?“, fragte Gül. „Haben die schon eine Spur?“

Wenn einer von ihnen was darüber wusste, dann ihr Chef. Sie selbst durfte ja nur das Absperrband halten, und den Rest konnte sie dann am nächsten Tag in der Zeitung lesen. Aber bei Heinz war das natürlich etwas anders. Der warf sich immer an die richtigen Leute ran.

„Die haben eine Menge Spuren gesichert, das ja. Da muss man erst mal abwarten, was dabei rauskommt. Heutzutage kriegen die ja alles Mögliche raus bei der KTU. Die Jungs und Mädels in ihrem Ganzkörperkondom, nicht wahr? Schwanger geworden ist da keiner.“ Er war wieder der einzige, der über den schalen Witz lachte. „Ich sage euch, die haben sogar in den Ställen den Dreck vom Boden gekratzt. Soll mich sehr wundern, wenn die uns nicht irgendwas präsentieren. Irgendeine heiße Spur.“

„Aber bei dem Sauwetter gestern Nacht?“, fragte Gül. „Und dann der Regen heute Morgen. Bleibt denn da noch was zum Analysieren übrig?“

„Ich sag dir, die berechnen dir genau, in welchem Winkel die Kuh auf den Hof geschissen hat. Oder auch die Flugbahn von einer Mistforke, wenn's sein muss.“

„Wenn's denn eine Mistforke war“, sagte Michael trocken.

Gül dachte an das übel zugerichtete Gesicht von Alfons Kerkering und an den Kollegen aus Münster, der sich übergeben musste. Es gab wirklich Schöneres.

„Nein, wahrscheinlich war es ein Spaten“, meinte Heinz.

„Ein Spaten? Woher weißt du das?“

„Der fehlt in der Werkstatt. Ein paar Geräte und der Spaten. Ein altes rostiges Exemplar mit einem abgebrochenen Stiel. Nicht unbedingt das, was man mitgehen lässt bei einem Einbruch. Es sei denn, man will sich zu Hause vor der Gartenarbeit drücken.“

Er prustete wieder los. Gül wollte ihm zuliebe wenigstens nachsichtig lächeln, aber selbst das misslang ihr.

„Der Rechtsmediziner meinte jedenfalls, das könnte das Mordwerkzeug gewesen sein“, sagte Heinz. „Das Problem ist nämlich, dass man bisher keine Tatwaffe gefunden hat. Die muss der Mörder mitgenommen haben. Also wenn ihr in den nächsten Tagen auf Streife irgendwo einen blutigen Spaten herumliegen seht ...“

„... dann sagen wir Bescheid, versprochen.“

Ein Spaten. Gül dachte darüber nach. Der Täter musste damit wie ein Wilder auf den Kopf des Opfers eingedroschen haben.

„Der muss einen ziemlichen Hass auf Alfons Kerkering gehabt haben“, sagte sie. „Spricht für eine Beziehungstat.“

„Du meinst, der Einbrecher kannte Alfons? Das glaub ich kaum. Ich frag mich, weshalb der so einen Brast hatte, dass er ihn so zugerichtet hat. Das sind die Computerspiele, sag ich dir. Die jungen Leute haben jede Scheu verloren.

Bei uns war früher Schluss, wenn einer am Boden lag. Da haben sich die Zeiten geändert. Eine Schande ist das, aber wirklich."

„Aber wieso bist du dir so sicher, dass es ein Einbrecher war?"

„Ja, was denn sonst!" Heinz wurde ganz energisch. „Ich bin ganz sicher, das war ..." Er stockte. „Also, das war ... war ein ..."

Er starrte Gül erschrocken an. Der war natürlich klar, was ihrem Chef auf der Zunge lag. Ein Ausländer. Im letzten Moment hatte er gemerkt, was ihm da beinahe herausgerutscht wäre.

„Jemand, der nicht von hier kommt?", schlug sie vor.

„Genau! Genau das wollte ich sagen. Der war nicht von hier. Da bin ich mir ganz sicher. Du nicht? Ein Buddenbecker hat ja wohl kaum den Mord begangen. Ich bitte dich!"

„Wer von hier sollte denn Alfons Kerkering umbringen?", fragte Michael. Der Gedanke schien ihn zu amüsieren.

„Sein Sohn zu Beispiel", meinte Gül. „Der hat ein starkes Motiv. Er kriegt jetzt den Hof."

„Tut mir leid, Gül", sagte Heinz und klang beinahe ein bisschen beleidigt. „Aber Thomas hat ein Alibi. Der war gestern im Bergischen Land auf irgend so einem Biohof. Käse einkaufen. Also bevor du so schwere Beschuldigungen aussprichst ..."

Ein Alibi. Gül fragte sich sofort, wie sie mehr darüber erfahren könnte. Bei Heinz hakte sie besser nicht nach. Jedenfalls nicht jetzt gleich.

„Du siehst also, es war keiner von hier", sagte der bestimmt. „Die Kollegen von der Kripo suchen ja auch den Einbrecher. Und die werden schon wissen, was sie tun."

„Oder es war einer der Bauern, die beim Windpark mitmachen wollten."

Das war Benjamin gewesen. Seine Stimme war ganz leise, trotzdem kam seine Aussage so überraschend, als hätte er seinen Teller mit Wucht gegen die Wand geworfen. Alle starrten ihn an.

„Benjamin!“, polterte Heinz. „Was habe ich dir denn gesagt! Zuhören und lernen! Wo kommen wir sonst hin! Ja, verlieren denn jetzt alle den Verstand?“

„Was für ein Windpark?“, fragte Gül.

„Der am Moorbach“, erklärte Michael. „Weißt du das gar nicht? Werner Ohntrup und Konsorten wollten da am großen Rad drehen. Dumm nur, dass Alfons’ Land mitten im Planungsgebiet lag. Und der hat auf stur gestellt.“

Noch ein Motiv. Ein ziemlich starkes sogar. Gül spürte ein Kribbeln im Nacken.

„Nicht nur die Bauern sind daran beteiligt“, fuhr Michael fort. „Das halbe Dorf ist mit im Boot. Als Investoren. Ich mein, aufs Sparbuch brauchst du dein Geld ja nicht zu legen, bei den Zinsen im Moment. Bei der Windkraft hingegen ist dein Ertrag sicher. Jeder hat davon profitiert. Außerdem kommen die Sichtbehinderer oder wie die heißen dazu, also die Leute, die im Umkreis von weiß ich wie viel Meter auf die Windräder gucken. Die werden auch beteiligt. Und die Pachtgelder kommen noch oben drauf. Im Prinzip war das ganze Dorf gegen Alfons Kerkering.“

„Und jetzt, wo Alfons aus dem Weg geräumt ist, können die loslegen?“, fragte sie.

„Ganz genau. Und richtig Geld verdienen“, sagte Michael.

Gül bemerkte, wie Benjamins Mundwinkel zuckten. Wusste der vielleicht noch was? Sagen würde der hier bestimmt nichts mehr. Sie würde sich ihn später in Ruhe zur Brust nehmen.

„Da wären sie aber zu spät gewesen“, sagte Heinz vergrätzt. „Die Frist vom Bauamt ist nämlich abgelaufen.“

„Ach ja? Wann denn?“

„Heute Mittag um zwölf. Vor genau zwei Stunden. Sie hätten Alfons ein paar Tage früher umbringen müssen. Also seid ein bisschen vorsichtiger mit euren Verleugnungen.“

Vielleicht wollten sie sich ja rächen, ging es Gül durch den Kopf. Vielleicht war einer so richtig sauer auf Alfons, weil die Sache mit dem Windpark nicht funktioniert hatte.

„Was verdient man denn genau mit solchen Windrädern?“, fragte sie.

Heinz’ Mundwinkel sackten nach unten. So hatte er sich das gemütliche Tratschen in trauter Runde offenbar nicht vorgestellt.

„Ich hab keine Ahnung“, sagte er. „Aber wie gesagt, die Frist ist sowieso abgelaufen.“

Michael räusperte sich. „Also ... wenn keiner will, nehme ich das letzte Stück Kuchen.“

Heinz überhörte ihn. „Wie auch immer. Die haben die DNA des Einbrechers von anderen Tatorten in der Umgebung. Auch wenn der nicht im System gespeichert ist und keiner weiß, zu wem die DNA gehört – ich sage euch, damit werden die ihn kriegen. Es geht jetzt um richtig was, da werden ganz andere Mittel freigestellt. Pass auf, das wird nicht lange dauern.“

„Weißt du sonst noch was?“, erkundigte sich Gül. „Wie machen die denn weiter bei der Kripo?“

„Na ja, die ersten vierundzwanzig Stunden sind die Wichtigsten, das weiß man ja. Die wollen erst mal überall in der Gegend ...“

Er erstarrte. Sein Blick war durchs Fenster geschweift, und offenbar hatte er irgendetwas gesehen, das ihn irritierte. Gül drehte sich um. Ein silberner Mercedes-Benz. S-Klasse. Und ein Berg von einem Mann hinterm Steuer. Johannes Lütke-Hüsken, der Bürgermeister. Er parkte vor der Wache im totalen Halteverbot, mitten in der Feuerwehrzufahrt. Jedem anderen wäre der Kopf abgerissen worden, aber natürlich nicht ihm. Ganz im Gegenteil.

Heinz sprang auf. „Schnell! Alle an die Arbeit! Tut so, als ob ihr was zu tun hättet.“

Das ließ sich keiner zweimal sagen. Alle stürzten auseinander. Gül fand das Ganze zwar etwas affig, machte aber

Heinz zuliebe mit. Sie setzte sich an ihren Schreibtisch und ging die Ablage durch. Da schlug auch schon die Tür auf, und Johannes Lütke-Hüsken schob seinen gewaltigen Bauch in die Wache. Er atmete schwer, als hätte er einen Hundertmeterlauf hinter sich. Dabei waren es nur ein paar Schritte von der Feuerwehreinfahrt bis hierher.

Wie ein Raubtier ließ er seinen Blick durch das Wachlokal schweifen. Ihm wurde schnell klar, wen er getrost ignorieren konnte. Seine Beute war der Chef, und als er ihn entdeckte, marschierte er entschlossen auf ihn zu.

Aber Heinz hatte sich inzwischen ein Telefon geschnappt und simulierte einen wichtigen Anruf. Er winkte dem Bürgermeister kurz zu und wandte sich mit sehr ernstem Gesicht ab.

„Alles klar, ich verstehe“, sagte er, als hätte er die Bundeskanzlerin am anderen Ende. „Wir kümmern uns darum. Versprochen.“

Johannes Lütke-Hüsken schnaubte ungeduldig. Er sah zu Michael, der aufrecht vor seiner Tastatur saß und starr auf den Bildschirm blickte. Dabei bemerkte er anscheinend, dass der Computer gar nicht eingeschaltet war, und runzelte die Stirn. Heinz beendete das vorgetäuschte Gespräch und wandte sich ihm zu.

„Johannes!“, rief er. „Was für eine Ehre!“

Der Bürgermeister sah immer noch zu Michael, der bewegungslos auf den toten Bildschirm starrte. Dann riss er sich los und deutete auf das Telefon.

„Wer war das?“, fragte er.

„Ach, nicht wichtig. Du weißt ja, hier ist immer was los. Eine Menge Arbeit. Aber komm rein. Möchtest du Kaffee? So viel Zeit muss sein, trotz allem.“

„Kaffee, ja“, sagte er und ließ sich mit einem schweren Seufzer auf einen Besucherstuhl fallen. „Den kann ich heute gut gebrauchen. Was für ein Alptraum! Stell dir nur die Schlagzeilen vor, die wir morgen haben werden!“ Er malte sie mit den Händen in die Luft. „‚Grausames Verbrechen in ländlicher Idylle'. Oder: ‚Mord in Buddenbeck, blutige Gewalt hinter dörflichen Fassaden.' Damit werden wir in die Zeitungen kommen. Es ist zum Heulen. Dabei wollten wir doch mit dem neuen Traktormuseum Schlagzeilen machen. Oder mit unserem Spargelfest im Mai. Und jetzt so was. Das schreckt doch jeden Touristen ab. Von Investoren ganz zu schweigen."

Er hielt sich affektiert die Hand vor die Stirn. Das Goldkettchen an seinem Handgelenk klimperte leise. Der Tod von Alfons Kerkering schien dem Bürgermeister nicht besonders nah zu gehen. Vielmehr störte ihn offenbar der Umstand, dass er deswegen schlechte Presse bekommen könnte.

Heinz reichte ihm den Kaffee und setzte sich dazu.

„Hier, Johannes. Komm erst mal zu dir. Das war für uns alle ein schlimmer Tag."

„Da arbeiten wir jahrelang an unserem Image als schönstes Dorf im Münsterland. Und jetzt so was. Wirklich, ein einziger Alptraum. Den ganzen Tag geht bei uns das Telefon. Sogar die ARD schickt jemanden her. Von *Bild*-Zeitung und RTL ganz zu schweigen. Musste es denn ausgerechnet Alfons sein, der sich dem Einbrecher in den Weg stellt? Ich mein, der war doch überall in der Gegend. Das hätte doch auch woanders passieren können. Aber nein, ausgerechnet bei Alfons auf dem Hof. Hier in Buddenbeck. Ist das nicht typisch? Hat er uns nicht auch so schon das Leben schwer genug gemacht, dieser alte Querulant?"

„Ich glaube nicht, dass er sich hat umbringen lassen, um uns zu ärgern", kommentierte Gül.

Der Bürgermeister überhörte ihren Einwurf, aber Heinz warf ihr einen warnenden Blick zu.

„Ich bin sicher, bis zum Spargelfest ist alles wieder vergessen", versuchte er zu trösten.

„Ich hoffe, du hast Recht, Heinz", sagte Johannes Lütke-Hüsken und seufzte wieder schwer. „Das hoffe ich wirklich. Wir müssen weitermachen und nach vorne blicken. Ich hatte für diese Woche eigentlich was ganz anderes geplant. Und das könnte durch diese Sache noch wichtiger geworden sein. Deshalb bin ich hier. Ich habe nämlich eine Idee, wie wir schöne Bilder für die Presse kriegen. Und die brauchen wir jetzt dringender als alles andere."

Die Polizisten sahen sich fragend an. Johannes Lütke-Hüsken machte eine dramatische Pause und schlürfte lautstark Kaffee.

„Lass hören, Johannes", sagte Heinz. „Ich bin ganz Ohr."

„Also gut. Morgen gehen die Sternsinger herum, nicht wahr? Verkleidete Kinder, christliche Traditionen, und alles für einen guten Zweck. Wir sind uns doch einig, das ist das wahre Buddenbeck, oder? Und nicht dieser scheußliche Mordfall."

„Ja, und weiter?", fragte Heinz.

„Also gut. Ich habe die Presse zur Entsendung der Sternsinger eingeladen. Du weißt schon, morgen nach der Messe. Ich werde kommen, der Rat und die Kaufleute auch, einfach alle. Das ist dann die Schlagzeile. Buddenbeck steht zusammen in seinen alten Traditionen, so was in der Art. Jedenfalls habe ich mir gedacht, es wäre schön, wenn auch die Polizei dabei wäre. Stichwort Bürgernähe. Ein paar Streifenpolizisten, die unsere Kinder morgen beim Sternsingen herumfahren. Das wäre doch was Herziges. Wunderschön. Und du als Dienststellenleiter bist natürlich bei der Entsendung mit dabei. Selbst der Polizeichef hält Hof beim Auszug der Sternsinger. Ist doch großartig. Also, was hältst du davon?"

Heinz kratzte sich am Kopf und zog die Stirn in tiefe Falten. Spontane Begeisterung sah anders aus.

„Das ist natürlich deine Entscheidung", fuhr der Bürgermeister fort, „und ich will dir da nicht reinreden. Aber es wäre ein tolles Foto. Ein ganz tolles Foto. Und die Polizei würde auch ein gutes Bild abgeben."

Gül war sich da nicht so sicher. Ein besseres Bild würden sie sicher abgeben, wenn sie alles täten, um den Mörder zu finden. Sich stattdessen einen schönen Tag zu machen und die Kinder beim Sternsingen zu begleiten, das würde vielleicht nicht gerade vertrauenerweckend wirken.

Heinz schien zu bemerken, dass sie etwas sagen wollte, denn er warf ihr einen lodernden Blick zu: Halt dich ja zurück, Gül!

„Wir könnten es als Vorsichtsmaßnahme verkaufen“, schlug er vor, um dem Bürgermeister entgegenzukommen. „Schließlich läuft ein Mörder frei herum. Da wäre es nicht schlecht, wenn die Polizei ein bisschen Präsenz zeigt.“

Gül schnaubte verächtlich, aber Johannes Lütke-Hüsken ignorierte sie wieder geflissentlich.

„Ich würde das ganze Thema Mord lieber außen vor lassen, Heinz“, sagte er. „Wenn es irgend geht. Vielleicht kann man eure Anwesenheit auch anders verkaufen.“

„Wir werden sehen, Johannes. Wir lassen uns was einfallen.“

„Dann ist es beschlossen?“, fragte er und hievte sich aus dem Besucherstuhl. „Hervorragend. Endlich eine gute Nachricht heute. Das wurde auch Zeit. Du hast was bei mir gut, Heinz.“

Er steuerte den Ausgang an, dann blieb er stehen und wandte sich noch mal an Heinz.

„Ach, eine Sache noch. Wir haben doch ...“ Er sah sich um und nahm die anderen Polizisten in Augenschein, als wäre ihm gerade erst bewusst geworden, dass sie überhaupt anwesend waren.

„Sie!“, sagte er und zeigte mit dem Finger auf Gül. Er trat näher und betrachtete sie mit zusammengekniffenen Augen, als wäre sie ein teurer Rasierapparat bei Karstadt in der Auslage.

„Ich möchte, dass Sie morgen auch dabei sind.“

Wahrscheinlich war jetzt der Moment, in dem Gül etwas hätte sagen dürfen, ohne von ihrem Chef sofort zum Schweigen gebracht worden zu sein. Aber sie war völlig perplex.

„Hat das einen bestimmten Grund?“, fragte Heinz vorsichtig. „Warum soll ausgerechnet sie dabei sein?“

„Sag mal, Heinz, das ist doch die Türkin, oder?“, fragte er. „Perfekt. Genau so was brauchen wir! Das weltoffene Buddenbeck. Ein positives Beispiel von Integration, nicht wahr? Eine türkische Polizistin, kein Kopftuch, nicht zwangsverheiratet und auch noch berufstätig.“

Güls Gesichtszüge entgleisten. Sie funkelte den Bürgermeister böse an, doch der verstand die Reaktion falsch.

„Sie sind doch nicht zwangsverheiratet, oder?“, fragte er besorgt.

„Natürlich nicht!“, bellte Heinz. „Ich bitte dich! Außerdem heißt sie Frau Yilmaz. Und nicht ‚die Türkin‘.“

Hätte Gül sich nicht so sehr geärgert, wäre sie sicher furchtbar stolz auf Heinz gewesen. Aber sie hatte nur Augen für diesen Fettsack von Bürgermeister. Blödes Arschloch, wollte sie am liebsten sagen. Stattdessen stellte sie kalt fest: „Ich hab morgen frei.“

„Ach so? Aber das lässt sich doch sicher ändern. Der Dienstplan ist nicht in Stein gemeißelt, oder?“

„Damit Sie ein Foto mit der Quotentürkin kriegen?“, sagte Gül. „Dafür verzichte ich sicher nicht auf meinen freien Tag.“

Heinz, dem sein Tonfall offenbar schon wieder leid tat, wand sich voller Unbehagen. Er war sichtlich überfordert von der Situation.

„Ich weiß nicht, Johannes. Wir könnten vielleicht ...“

„Was ist denn mit Miko?“, fragte Gül. „Kann der nicht aufs Foto? Ist doch das Gleiche.“

Der Bürgermeister schien nicht zu verstehen.

„Miko? Ist das nicht dieser Sportlertyp?“, fragte er irritiert.

„Genau der. Miko ist Pole. Da haben Sie Ihren vollintegrierten Migranten fürs Foto.“

„Der Junge kommt aus Polen?“ Das schien ihn zu verblüffen. „Ich dachte, der kommt aus dem Ruhrgebiet.“

„Ich komme auch aus dem Ruhrgebiet!“, fauchte Gül.

Und ihre Eltern waren schon viel länger in Deutschland als seine. Das war ja mal wieder typisch! Bei Miko war das natürlich was anderes.

„Wie auch immer“, sagte der Bürgermeister ungerührt. „Er kann natürlich auch mit aufs Bild. Je mehr, desto besser. Dann ist es beschlossen. Ach, da fällt mir ein, der Junge hat doch jetzt eine Freundin, oder? Habe ich die nicht vor ein paar Tagen hier in der Wache gesehen? Laden wir sie auch dazu ein. Das glückliche Paar, die große Liebe von Buddenbeck. Der Pole aus ärmlichen Verhältnissen und die hübsche Münsterländerin. Das würde was hergeben. Schließlich brauchen wir Geschichten. Und zwar gute Geschichten.“

„Sie wird bestimmt gerne mitkommen“, sagte Heinz, der Gül etwas ängstlich ansah, offenbar in Sorge, dass sie den Bürgermeister beschimpfen könnte. „Ich sage den beiden Bescheid.“

Aber Gül war zu verdattert, um darauf zu reagieren. Miko hatte eine Freundin? Tante Fatma hatte doch gesagt, er würde sie lieben. Ihr wurde schwindelig.

„Und über den Dienstplan reden wir noch“, fügte Heinz hinzu.

Der Bürgermeister schenkte ihr ein schmieriges Lächeln.

„Dann kann ich mich darauf verlassen, Frau Ill… ähem, Illas? Sie kommen morgen früh?“

Gül hörte ihn kaum, sondern hielt sich an der Theke des Wachlokals fest. Miko hatte eine Freundin. Sie war zu sehr unter Schock, um weiter Wiederstand zu leisten. Ihr Kampfgeist hatte sich in Luft aufgelöst. Sie spürte nur noch ein schlimmes Stechen in der Brust.

„Ja“, sagte sie wie benommen. „Ich komme.“

6

Eigentlich mochte Tönne ja das Klima und den Wechsel der Jahreszeiten. Er war mit den diesigen Wintern im Münsterland aufgewachsen. Das war seine Heimat, und als Bauer scheute man den Regen nicht. Wenn nur seine Knochen nicht so weh täten! Das wurde mit dem Alter immer schlimmer. Sie vertrugen die Kälte und die Feuchtigkeit einfach nicht mehr. Außerdem war es den ganzen Tag noch gar nicht richtig hell geworden. Und fehlendes Licht war noch so eine Sache, die ihn mit dem Alter immer mehr belastete. Am liebsten wäre er heute zu Hause vor der Heizung geblieben. Aber das ging natürlich nicht.

Auf dem Kirchplatz leuchteten ihm die Fenster der Gaststätte *Zur grünen Linde* entgegen. Auf der Fensterbank standen schüttere Drachenbäume, die grau und etwas kränklich aussahen, und mitten drin eine große Birkenfeige, bei der mehr Äste als Blätter zu sehen waren. Mehr ließ sich von draußen nicht erkennen, alles andere lag verborgen hinter den schweren, vergilbten Gardinen. Doch die Linde hatte geöffnet, so viel war sicher. Samstags ging es immer früher los, wegen des Kartenklubs.

Eilig huschte Tönne durch den Schneeregen über den Kirchplatz und drückte die schwere Eichentür auf. Bierdunst und Zigarrenrauch schlugen ihm entgegen. Er schüttelte die Kälte ab. Die Tür fiel dumpf hinter ihm ins Schloss, und sofort war er von der warmen, verrauchten Luft umgeben. Die *Linde* war seine Lieblingskneipe, und das lag nicht nur daran, dass sich hier in den letzten vierzig Jahren kaum etwas verändert hatte. Hier hatte er Agnes kennengelernt. Und viele andere, die längst nicht mehr waren.

Der Wirt Antonius Brügge stand hinterm Tresen und zapfte Bier. Er sah neugierig herüber, wer um diese Uhrzeit in sein Lokal kam. Das hieß, der Kartenklub war schon vollständig.

„Antonius!“, rief Tönne. „Immer bei der Arbeit, oder? So ist’s recht.“

Mit Tönne hatte der Wirt offensichtlich nicht gerechnet. Er hielt mit dem Zapfen inne.

„Muss ja“, sagte er. „Muss ja, Tönne. Was soll man machen? Und selbst?“

„Ach, hör auf. Wenn wir nicht mehr arbeiten, fallen wir tot um. So ist es doch.“

„Mein Reden, Tönne. Mein Reden.“

„Der Kartenklub ist schon da, oder?“

Eine rhetorische Frage. Antonius nickte zur geöffneten Tür, die ins Hinterzimmer führte. Tatsächlich: Da saßen sie unter einer vergilbten Wand voller Wimpel, Zinkteller und Geweihe junger Rehböcke. Die vier Bauern vom Moorbach. Diejenigen, die von dem Windpark hatten profitieren wollten.

„Spielst du jetzt auch mit, Tönne?“ Antonius konnte seine Neugierde kaum verbergen. „Ich dachte, Kartenspielen, das ist nichts für dich.“

Tönne lächelte schief und klopfte wie zum Abschied auf den Tresen. Eine Antwort blieb er ihm schuldig. Stattdessen ging er nach nebenan zum Stammtisch und baute sich vor den Männern auf: Gerd Vaalbrock, Werner Ohntrup, Bernhard Erding und Jupp Brinkhaus. Sie hockten zusammen und spielten Doppelkopf. Tönne glaubte, dass das Spiel heute nur der Vorwand für ein konspiratives Treffen war. Und das wollte er sich doch mal aus der Nähe ansehen.

„Mahlzeit!“, sagte er laut. „Da hab ich euch ja alle zusammen. Die ganze Gäng, was!“

Er lachte. Die Blicke waren unbezahlbar. So viel Feindseligkeit war ihm selten entgegengeschlagen. Selbst Gerd Vaalbrock, sein alter Nachbar, funkelte ihn finster an.

Werner Ohntrup ergriff das Wort. Natürlich, er war der geborene Wortführer und trotz seiner schlohweißen Haare noch immer ein Bär von einem Mann. Wie eine alte Eiche, die nicht so leicht zu fällen ist. Er war es gewesen, der die Sache mit dem Windpark in Angriff genommen und dann die anderen ins Boot geholt hatte.

„Tönne, was für eine Überraschung!“ Dabei betrachtete er ihn lauernd wie ein Raubtier. „Was führt dich denn hierher? Willst du mit uns Karten spielen?“

Man hätte eine Stecknadel fallen hören.

Tönne ließ sich Zeit mit der Antwort. Er wollte seinen Auftritt noch einen Moment genießen. Aber schließlich spannte er sie nicht länger auf die Folter.

„Ich komme wegen der Beiträge für den Schützenverein“, sagte er. „Ich dachte, hier hab ich euch alle zusammen. Dann muss ich nicht von Hof zu Hof ziehen, um sie einzusammeln.“

Auch wenn keiner sich die Blöße gab, laut aufzuatmen, konnte Tönne die Erleichterung geradezu spüren. Seit letztem Jahr war er Kassenwart im Schützenverein. Und mit dem Jahreswechsel waren die Beiträge fällig, das wussten alle.

„Es hat doch keiner was dagegen, wenn ich mich kurz dazusetze?“, fragte er und drängte sich auf die Holzbank.

Nur widerwillig wurde ihm Platz gemacht. Die Männer wechselten bedeutungsvolle Blicke. Auch wenn er einen guten Vorwand geliefert hatte, um sein Auftauchen zu erklären, wollte ihn keiner so recht am Tisch haben. Tönne machte es sich bequem.

„Antonius!“, rief er durch die offene Tür in den Wirtsraum. „Ich nehme ein Pilsken und einen Korn.“

Dann rieb er sich die Hände und sah in die Runde.

„Ein Bierchen kann ich brauchen. Nach allem, was passiert ist, oder? Schreckliche Sache. Vor allem für Hilde und die Kinder. So was mitten in unserer Bauernschaft. Früher hätte es das nicht gegeben.“

Es gab nur ein zustimmendes Grunzen von Werner Ohntrup, das war’s. Alle anderen sahen schweigend auf die Spielkarten, die vor ihnen auf dem Tisch lagen.

„Du hast dich heute ums Vieh gekümmert, Gerd?“, fragte Tönne. „Gute Sache. Ich helfe morgen gerne mit. Dann kannst du zu Hause bleiben.“

„Ich bin morgen auch dabei“, sagte Jupp Brinkhaus. „Wär schön, wenn du kommst, Tönne. Wir können jede Hilfe gebrauchen.“

„Wir wollen das so lange machen, bis Thomas alles organisiert hat“, erklärte Gerd. „Lange wird das nicht dauern.“

Während Jupp Brinkhaus seine Ausgehkleidung fürs Kartenspielen angezogen hatte, sein kariertes Tweedsakko, den braunen Pullover und darunter Hemd und Krawatte, trug Gerd das, was er immer trug: ein verwaschenes Hemd und die blaue Weste mit dem Logo einer Lkw-Firma und einem guten Dutzend Kugelschreiber in der Brusttasche. Tönne fragte sich jedes Mal, wozu er die wohl alle brauchte. Wie er Gerd kannte, nahm der einen Kugelschreiber nur in die Hand, wenn bei ihm im Stall ein Fütterungsschlauch verstopft war.

„Wollen wir hoffen, dass die Polizei diesen Typen schnell kriegt“, sagte Werner Ohntrup. „Je eher, desto besser. Dann können die Leute wieder ruhig schlafen.“

„Susanne hat gestern Nacht ein Auto gesehen“, meinte Tönne. „Bei Kerkerings auf dem Hof. Das muss dieser Einbrecher gewesen sein. Hätte ich das nur gewusst, dann hätte ich ihn mir sofort geschnappt.“

„Aenne hat den auch gesehen“, berichtete Gerd. „Bei dem Sturm gestern Nacht hat ja keiner ein Auge zugetan. Wir haben uns nichts dabei gedacht. War wohl ein Fehler.“

„Susanne meint, das war wahrscheinlich ein Jeep“, sagte Tönne. Das stimmte zwar nicht, aber das konnte keiner hier am Tisch wissen. „Oder was sagst du, Gerd?“

„Keine Ahnung. Kann ich nicht sagen.“

„Ach so? Weil Aenne auch sagt, das war ein Jeep oder was in der Art. Ein großer Geländewagen jedenfalls, meint sie. Ich habe eben noch mit ihr telefoniert.“

Das allerdings stimmte tatsächlich. Gerds Blick verdüsterte sich wieder. Das war ihm wohl nicht recht gewesen, dass Aenne dieses Detail nicht für sich behalten hatte. Aber so war das nun mal, wenn man eine Frau wie Aenne hatte. Das müsste er doch längst wissen.

„Dann hatte der Einbrecher eben einen Geländewagen", meinte Heinz. „Sagt das irgendwas aus? Den haben hier viele Leute."

„Ja, den haben hier viele Leute", wiederholte Tönne bedeutungsschwer.

Es gab tatsächlich viele solcher Autos in der Gegend. Ein Geländewagen würde auch zu den Abdrücken passen, die Tönne heute Morgen am Tatort gesehen hatte. Blieb nur die Frage, wessen Geländewagen das war.

„Was auch sonst?", sagte Werner. „Dieser verfluchte Einbrecher muss ja irgendwas Großes gefahren haben. Sonst hätte er gar nicht die großen Sachen mitnehmen können. Alfons' Schweißgerät zum Beispiel. Ich würde mir da nicht zu viel Gedanken drüber machen."

Antonius Brügge tauchte auf und stellte das Bier und den Schnaps auf den Tisch. Am liebsten hätte er sich wohl dazugesetzt, um zuzuhören. Stattdessen räusperte er sich und fragte: „Ihr seid noch versorgt?"

Da alle stumm nickten, drehte er sich zögernd um und verschwand wieder im Wirtsraum. Tönne beschloss, mitten ins Wespennest zu stechen.

„Schlimm, die Sache mit dem Windpark", sagte er. „Verstehe einer Alfons, oder? Der hätte das Geld doch dringend brauchen können."

„Dir kann es doch egal sein", mischte sich Bernhard Erding ein. Mit seinem hochroten Kopf sah er immer aus, als stünde er kurz vorm Herzinfarkt. Eingefleischte Choleriker sahen für gewöhnlich so aus. Aber Tönne hatte noch nie gesehen, dass er jemals laut oder hektisch geworden wäre. Nicht in fünfzig Jahren.

„Dein Land ist ja nicht betroffen, Tönne“, schob Bernhard hinterher. „Und bei den Investitionen wolltest du auch nicht mitmachen.“

„Ja, das stimmt, mein Land ist nicht betroffen. Und mit den Investitionen, wisst ihr, in meinem Alter fängt man mit so was nicht mehr an. Aber ich hätte mich sicher nicht quergestellt, wenn ich betroffen wäre, das könnt ihr mir glauben.“

„Alfons wollte nur Ärger machen. So war der doch immer. Dem ging es nie um die Sache. Der hat einfach die Chance genutzt, mal wieder Ärger zu machen, und hat seine Unterschrift verweigert.“

„Ich habe gehört, die Frist beim Bauamt ist heute abgelaufen, um Alfons’ Unterschrift nachzureichen. Stimmt das denn?“

Die Antwort waren düstere Blicke. Trotzdem hakte Tönne nach: „Habt ihr die Unterlagen denn noch rechtzeitig abgegeben? Wird denn was aus eurem Windpark?“

„Vergiss es, Tönne“, sagte Werner Ohntrup. „Der Zug ist abgefahren. Da hat Alfons seinen Willen noch gekriegt, auch wenn es das Letzte war, was ihm gelungen ist.“ Etwas gequält fügte er hinzu: „Gott hab ihn selig.“

„Und das war es jetzt? Die Sache ist vorbei? Könnt ihr nicht einfach einen neuen Bauantrag stellen? Jetzt, wo Thomas am Ruder ist, dürfte das Problem doch aus der Welt geschaffen sein.“

„Natürlich könnten wir das“, meinte Jupp. „Aber dann geht alles wieder von vorne los. Die Sache mit dem Erbe muss erst geregelt sein. Und das Bauamt hat ein halbes Jahr Zeit, um den Antrag zu bearbeiten. Wer weiß, was in der Zwischenzeit passiert.“

„Was willst du damit sagen, Jupp?“, fragte Tönne.

„Irgendwie weitergehen wird es sicher, meint er damit“, sagte Bernhard düster. „Es gibt ja noch die Konzerne, die da mitspielen. Die haben inzwischen entdeckt, dass die Energiewende nicht aufzuhalten ist, und schicken jetzt überall ihre Projekteure herum, die Planungen machen und Baugenehmigungen einholen. Und zwar im großen Stil. Da liegt sicher auch für Buddenbeck alles fertig in der Schublade. Bestimmt sind die schneller als wir ... Wenn wir Glück haben, werden auch für uns noch ein paar Euro abspringen. Aber das meiste wird abgezogen. Mal sehen. Selbst wenn Thomas mitmacht, müssen wir ein halbes Jahr warten. Wenn wir Pech haben, sind wir am Ende aus dem Spiel. Und das, obwohl alles schon eingetütet war."

„So läuft es doch immer", sagte Jupp und wischte erregt über sein Tweedsakko. „Alles funktioniert hervorragend, keiner braucht diese Verbrecher. Aber wenn die sehen, dass irgendwo Geld zu holen ist, dann drängen die sich rein und sorgen schon dafür, dass keiner mehr an ihnen vorbeikommt. Die ziehen die Wertschöpfung aus der Region ab und machen alle von sich abhängig. Und das Geld bleibt dann bei denen. Die Konzerne, sage ich euch, das sind die wahren Teufel. Und ausgerechnet Alfons hat ihnen den Weg freigemacht. Dieser Trottel."

„Du wirst doch nicht dein Herz für die Linken entdeckt haben?", bemerkte Tönne und gönnte sich ein Lachen.

Jupp wurde wütend. „Von wegen! Das einzige, was die können, ist, die Verwaltung aufzublähen. Ansonsten machen die auch nichts anders als alle anderen. Wenn ich diesen Gabriel schon sehe ..."

„Jupp, bitte", kam es von Bernhard. „Keine Politik. Nicht heute." Und zu Tönne sagte er: „Wir wollen nicht den Teufel an die Wand malen. Wir stellen noch mal einen Antrag, und dann wollen wir mal hoffen, dass nichts dazwischenkommt."

Tönne betrachtete jeden einzelnen in der Runde.

„Das heißt also, Alfons hat euch ziemlich die Suppe versalzen. Wenn er nicht abgetreten wäre, dann wär's endgültig vorbei gewesen mit dem Windpark. Ihr müsst einen ziemlichen Hass auf ihn gehabt haben."

„Was willst du damit sagen?“, polterte Werner drauflos. „Verdächtigst du hier etwa irgendwen?“

Es folgte Totenstille. Tönne hatte sich vielleicht zu weit aus dem Fenster gelehnt. Jetzt würde keiner mehr mit ihm sprechen. Aber er hatte ohnehin nicht damit gerechnet, heute den Mörder zu finden. Sie sollten nur ein bisschen aus ihrer Komfortzone rausgeholt werden.

Jupp Brinkhaus plusterte sich auf. Offenbar wollte er Tönne gehörig den Marsch blasen. Aber Werner Ohntrups Wut war schon wieder verraucht. Er brachte Jupp mit einer Handbewegung zum Schweigen. Dann sagte er eiskalt: „Holt eure Brieftaschen raus. Wir zahlen jetzt alle den Beitrag für den Schützenverein. Und danach will Tönne uns sicher in Ruhe Karten spielen lassen.“

Das war’s. Grimmig wurden ein paar Scheine über den Tisch geschoben, und dann gab es keinen Grund mehr, länger zu bleiben. Tönne stand auf, nickte knapp in die Runde, zahlte bei Antonius Brügge und verließ das Wirtshaus.

Draußen hatte sich der Schneeregen in Schneefall verwandelt. Es war kühler geworden. Noch schmolzen die Flocken, sobald sie den Boden erreicht hatten. Aber die Temperaturen sollten in der Nacht unter Null sinken, hatte er im Radio gehört. Morgen würde es wohl weiß sein.

Er blickte sich um. Auf dem Parkplatz standen die Autos, mit denen die Männer vom Moorbach hergefahren waren. Außerhalb des Lichtscheins von der Laterne, unter einem Haselstrauch, parkte der Wagen von Werner Ohntrup. Ein Jeep Cherokee. Tönne blickte sich um, dann steuerte er den Parkplatz an. Er wusste ja, dass Werner so einen Wagen fuhr. Trotzdem wollte er ihn sich mal näher ansehen.

Nachdenklich umrundete er das Fahrzeug. Kotflügel und Bodenblech waren voller Schlammspritzer. Aber das war nicht ungewöhnlich. Es musste nicht heißen, dass der Schlamm vom Feldweg vor Alfons’ Hof stammte. Tönne beugte sich vor, soweit es sein Rücken zuließ. Die Reifenbreite würde zwar passen, aber sonst fand er keine Hinweise.

Plötzlich bemerkte er eine Bewegung im Augenwinkel. Ein Mann war auf dem Kirchplatz aufgetaucht. Er ging vor dem Gasthaus auf und ab. Thomas Kerkering. Tönne trat eilig hinter den Jeep. Er fragte sich, ob man ihn hier im Zwielicht noch sehen würde. Vorsichtshalber drückte er sich in den Haselstrauch. Eiskaltes Wasser tropfte von den Zweigen in seinen Nacken. Er schüttelte sich.

Die Tür der *Linde* öffnete sich, und Werner Ohntrup trat heraus. Sieh an, es wurde interessant. Tönne versuchte zu lauschen, aber er verstand nur einzelne Wortfetzen. Zum Glück trug er sein Hörgerät. Mit spitzen Fingern fummelte er daran herum, um es lauter zu stellen. Es funktionierte. Plötzlich trat Werners Stimme aus dem undeutlichen Gemurmel hervor.

„... ist ja nichts Neues. Tönne war schon immer neugierig wie ein Waschweib. Und dass er in Rente ist, hat es auch nicht besser gemacht. Kümmere dich nicht weiter um ihn. Wir müssen jetzt einfache sehen, dass ...“

Ein Hund fing an zu bellen. Irgendwo in der Nähe des Kirchplatzes. Aber für Tönne war es, als würde er ihm mit einem Megafon direkt ins Ohr bellen. Er zuckte unter dem Lärm zusammen, stolperte aus dem Busch und schlug gegen den Jeep. Hektisch fingerte er an dem Hörgerät herum, bis das Bellen erträglich wurde.

Die beiden Männer hatten ihn zum Glück nicht bemerkt. Sie sahen sich kurz nach dem bellenden Hund um, dann steckten sie wieder die Köpfe zusammen und redeten weiter. Verfluchter Köter. Wenn Tönne nicht aufpasste, verlor er noch sein letztes bisschen Hörkraft. Gerade, als er es noch mal wagen wollte, das Hörgerät aufzudrehen, trennten sich die beiden. Werner Ohntrup ging zurück in die *Linde*, und Thomas stapfte entschlossen davon. Hier würde er nichts mehr erfahren.

Die Glocke am Kirchturm schlug zwei Mal. Tönne legte den Kopf in den Nacken und sah zum Zifferblatt. Es war halb sechs. Er musste sich beeilen. Lisbeth hatte gleich Feierabend, und sie wollte direkt von der Wache zu ihm kommen. Er vergewisserte sich, dass die Luft rein war, dann verließ er sein Versteck und trat hinaus in den feuchten Schneefall. Sein Gefühl sagte ihm, hier würde nichts mehr passieren. Es war jetzt Zeit, sich mit Lisbeth über alles zu beraten.

7

„Gleich ist Feierabend", sagte Michael. „Lass uns noch eine Runde am Moorbach drehen, bevor wir zur Wache zurückfahren."

Gül reagierte mit einem Brummen. Sie war mit den Gedanken woanders. Zum dritten Mal bog sie ins Neubaugebiet ab und verlangsamte das Tempo. Michael würde keinen Verdacht schöpfen, der bekam ohnehin nichts mit. Er saß über sein blödes Smartphone gebeugt und spielte Candy Crush. Sie konnte also in Ruhe Ausschau halten.

Heinz hatte ihnen gesagt, sie sollten ein bisschen mit dem Streifenwagen herumfahren. Solange nichts anderes zu tun sei, sollten sie in Buddenbeck Polizeipräsenz zeigen. Damit sich die Leute sicherer fühlten. „Stellt euch vor, der Einbrecher läuft euch vors Auto", hatte er gesagt, als er ihre langen Gesichter gesehen hatte. „Dann wärt ihr die Helden des Tages." Dass sie den Einbrecher nicht mal erkennen würden, wenn er plötzlich hinten auf ihrer Rückbank Platz nehmen würde, diesen Einwand hatte er großzügig überhört. Aber Gül hatte die Gunst der Stunde genutzt, um ihre eigenen Pläne zu verfolgen.

Sie ließ den Wagen an einem Eckhaus vorbeirollen und spähte hinaus. Alles dunkel, immer noch. Es war nichts zu erkennen.

„Was wird denn das?", fragte Michael.

Er hatte von seinem Smartphone aufgeschaut.

„Keine Ahnung, was du meinst."

„Du fährst im Kreis herum. Die ganze Zeit schon."

Ach, sieh an. Plötzlich war er der gewiefte Bulle, dem nichts entging. Ausgerechnet er. Gül tat so, als wäre das nur Zufall, aber er hatte offenbar Lunte gerochen.

„Wir sind doch jetzt das dritte Mal in dieser Straße. Wer wohnt denn in dem Haus da vorne?"

Zum Glück kannte sich Michael in den Neubaugebieten, die in den letzten Jahren rund um den Dorfkern entstanden waren, nicht so gut aus. Hier wohnten hauptsächlich Leute, die in Münster arbeiteten und es sich nicht leisten konnten, dort zu bauen. Im Dorfkern von Buddenbeck sah man diese Leute allerdings so gut wie nie, es waren allesamt Fremde.

„Keiner", sagte sie. „Ich weiß nicht, was du meinst. Dann fahr ich halt zum Moorbach. Spiel schon weiter."

In dem Haus wohnte Miko. Gül hätte gern einen Blick auf dieses Flittchen geworfen, mit dem er jetzt zusammen war. Von wegen, Gül war die schönste Frau auf dem Schützenfest. Das sagte er wahrscheinlich zu jeder. Sogar zu Aenne Vaalbrock.

Michael vertiefte sich wieder in Candy Crush, während sie um die Ecke in die Hauptstraße einbog. Ein Jogger kam ihnen entgegen. Als sie ihn erkannte, erlitt Gül beinahe einen Schock. Es war Miko. Im Muskelshirt, trotz der Schweinekälte. Das war ja wieder typisch. Dieser eitle Gockel.

Mit einem Mal setzte bei ihr alles aus. Sie sah nur noch Rot, die ganze Wut auf Miko brach sich Bahn. Wild entschlossen trat sie aufs Gaspedal, und mit quietschenden Reifen schoss der Wagen los. Direkt auf Miko zu. Michaels Smartphone flog durch die Luft, als sie über den Bordstein knallten. Miko sprang im letzten Moment panisch zur Seite, und Gül machte eine Vollbremsung, um nicht in die nächste Hauswand zu brettern. Sie wurden nach vorne geworfen. Der Sicherheitsgurt schnitt in ihre Brust. Dann war der Motor aus, und es wurde totenstill.

Michael starrte sie fassungslos an, unfähig, etwas zu sagen. Gül beruhigte sich wieder. Offenbar hatte sie ein bisschen überreagiert. Es tat ihr schon wieder leid.

Draußen tauchte Miko auf. Er war aus der Hecke geklettert, in die er gesprungen war, und kam auf den Streifenwagen zu. Gül reagierte erst, als er gegen die Scheibe klopfte. Sie nahm Haltung an und ließ das Fenster herunterfahren.

„Sorry", sagte sie. „Ich hab dich gar nicht gesehen."

„Du hast mich nicht *gesehen*?", schrie er. „Und wieso rast du hier auf den Bürgersteig, wenn du mich nicht gesehen hast?"

Das war sicher eine berechtigte Frage, aber darauf wollte sie sich erst gar nicht einlassen. Haltung bewahren, das war jetzt das Wichtigste. Sie blickte ihn kühl an.

„Wie gesagt, ich habe dich nicht gesehen."

Er brauchte einen Moment, um das zu verarbeiten.

„Bist du sauer auf mich, Gül?"

Ihr Kopf fuhr herum. „Hätte ich denn einen Grund, auf dich sauer zu sein?", fragte sie giftig.

Er wirkte verunsichert. Doch das war bestimmt nicht die erste Situation dieser Art, so wie sie ihn einschätzte. Er schaffte es, ganz schnell sehr souverän zu wirken und seine Stimme entschlossen klingen zu lassen.

„Nein, ganz sicher hast du keinen Grund."

„Siehst du, dann bin ich auch nicht sauer auf dich."

Ihr Tonfall strafte sie zwar Lügen, aber er sollte ruhig erfahren, dass sie Bescheid wusste.

„Wenn du uns jetzt entschuldigst? Wir müssen arbeiten."

Sie ließ die Scheibe wieder hochfahren und startete den Motor. Stilvoll von einem Bürgersteig herunterzufahren war gar nicht so einfach. Der Wagen rumpelte und schaukelte wild herum. Aber sie achtete nicht weiter darauf, und als sie wieder auf der Straße war, fuhr sie erhobenen Hauptes davon.

Michael starrte sie immer noch an. Gül ließ ihn gar nicht erst zu Wort kommen. Angriff war die beste Verteidigung. „Guck geradeaus!“, fuhr sie ihn an, und er war verunsichert genug, ihrem Befehl zu folgen.

Ihre Wut war jetzt endgültig verraucht. Sie begann sich ein wenig zu schämen. Eigentlich war sie sonst gar nicht so impulsiv. Daran war nur Miko schuld. Etwas zerknirscht wandte sie sich an Michael.

„Ich hab wohl ein bisschen überreagiert“, sagte sie.

„Ich misch mich da nicht ein. Passt schon.“

Dann fischte Michael sein Smartphone vom Boden und begann wieder zu spielen, als wäre nichts gewesen. Nach einer Weile fügte er hinzu: „Aber lass mich das nächste Mal bitte außen vor.“

Danach herrschte Schweigen. Gül fuhr auf die Landstraße, die zur Bauernschaft rund um den Moorbach führte. Am Hof von Alfons Kerkering war nichts zu sehen. In der Küche brannte zwar Licht, aber das war es schon. Die anderen Gebäude lagen in Dunkelheit. Der Regen hatte sich in Schnee verwandelt, aber die Straßen blieben trotz der Nässe gut befahrbar. Sie sah auf die Uhr. Gleich war Feierabend, und dann würde sie direkt zu Tönne Oldenkott fahren. Es war bestimmt nicht schlecht, auf andere Gedanken zu kommen. Miko konnte ihr jedenfalls den Buckel herunterrutschen.

Am Straßenrand tauchte ein Auto auf. Es parkte mit brennenden Scheinwerfern in der Zufahrt zu einem Acker. Im Lichtkegel stand ein Mann im Schlamm und machte sich an einem großen Holzschild zu schaffen. Gül verlangsamte und stellte den Streifenwagen neben dem fremden Auto ab. Michael hob den Blick von seinem Smartphone.

„Was hat der denn vor?“, fragte er.

Offenbar stellte er ein Schild auf. Eine große Tafel war zu erkennen. „Windwahn!“, stand darauf. „Profitgier tötet Naturschutz! Keine Windräder in Buddenbeck!“

Der Mann schlug mit einem Hammer den Pfosten in die Erde. Das Auftauchen der Polizei hatte er offenbar gar nicht bemerkt.

„Der weiß wohl nicht, dass die Frist beim Bauamt heute abgelaufen ist“, kommentierte Gül.

„Gehört der Acker hier nicht Werner Ohntrup?“

„Was fragst du mich das? Keine Ahnung.“

Sie beobachteten ihn eine Weile.

„Sieht der uns gar nicht?“, fragte Michael. „Vielleicht sagen wir mal Guten Tag?“

„Gute Idee“, meinte Gül und öffnete die Tür. „Gehen wir.“

Sie stiegen aus, rückten ihre Uniformen zurecht und traten an den Acker. Michael knipste seine Taschenlampe an. Der Typ war um die dreißig, trug einen Bart und lange Haare. Eine hatte eine Daunenweste, eine Jeanshose und schwere Stiefel an.

„Entschuldigung!“, rief Gül. „Was wird denn das, wenn's fertig ist?“

Er ließ den Hammer fallen und wirbelte herum. Als er die Polizei vor sich sah, trat nackte Panik in sein Gesicht. Er zögerte nicht lange, drehte sich um und rannte wie von Sinnen auf das Feld.

Gül und Michael sahen sich verdutzt an. Wer so kopflos die Flucht antrat, hatte auf jeden Fall was zu verbergen.

„Hinterher!“, rief Michael unnötigerweise, denn Gül war bereits auf den Acker gesprungen. Der Mann sprang wie ein Karnickel davon, in der Dunkelheit waren nur noch seine Umrisse zu erkennen. Gül nahm die Verfolgung auf, doch in dem aufgeweichten Boden war das ungefähr so, als würde sie durch flüssigen Teer laufen. Schwere Lehmklumpen bildeten sich an ihren Schuhen. Sie konzentrierte sich auf ihre

Bewegungen und lief entschlossen weiter. Neben ihr wippte das Licht von Michaels Taschenlampe.

„Stehenbleiben!“, rief sie. „Polizei!“

Aber das verfehlte natürlich jede Wirkung. Der Typ rannte einfach weiter. Dabei steuerte er das Kiefernwäldchen am Rande des Ackers an. Kurz darauf war er in der Dunkelheit verschwunden.

„Lauf du hinterher!“, keuchte Michael. „Ich schneide ihm am Wald den Weg ab.“

Er schlug einen Haken und verschwand. Gül rannte weiter. Sie war gut im Training, aber der schwere Lehm verlangsamte ihr Tempo deutlich. Die Silhouette des Waldes zeichnete sich dunkel vor dem Himmel ab. Sie hielt stur darauf zu. Die eiskalte Luft schmerzte in ihren Lungen. Es wurde immer schwerer, das Tempo zu halten. Von dem Mann war nichts mehr zu sehen. Er war vollends in der Dunkelheit abgetaucht. Hätte sie doch nur eine Taschenlampe mitgenommen, so wie Michael. Aber dafür war es jetzt zu spät.

Am Waldrand blieb sie stehen. Bis auf ihr Keuchen war alles still. Wo war dieser verfluchte Idiot nur hin? Es kam ihr in den Sinn, dass sie und Michael vielleicht etwas kopflos reagiert hatten. Aber normalerweise schnappten sie sich solche Typen einfach. So groß war sein Vorsprung ja nicht gewesen.

Sie wollte weiter, aber ihr Schuh steckte im Boden fest. Mit aller Kraft zog sie das Bein heraus, verlor dabei das Gleichgewicht und fiel der Länge nach in eine Schlammkuhle. Ein dumpfes, schmatzendes Geräusch, dann sog sich ihre Kleidung mit Wasser voll. Sie versuchte aufzuspringen, wühlte sich dabei aber nur tiefer in den Schlamm. Ihr kam es vor, als wäre sie in einen Topf mit Klebstoff gefallen. Bei einem weiteren Versuch wurde sie wieder nach unten gerissen, und diesmal landete auch ihr Gesicht im Dreck. Sie rang erschrocken nach Luft, fauliges Wasser lief ihr in den Mund. Der bittere sumpfige Geschmack ließ sie sofort würgen. Hustend und spuckend schob sie sich auf alle Viere hoch. Sie war dreckig bis zum Bauch und kam sich vor wie eine Sau, die sich in einem Schlammloch suhlte. Schleimige Bröckchen tropften aus ihrem Haar. Was für ein Alptraum.

Sie bewegte sich vorsichtig aus der Schlammkuhle heraus, bis sie schließlich wenig elegant mit dem Bauch voran nach oben auf den Acker robbte. Es kostete ihre letzten Kräfte, die nasse Kleidung wog Tonnen.

Völlig abgekämpft legte sie sich auf den Acker. Da hörte sie das Aufheulen eines Motors und quietschende Reifen. Sie sah zur Straße hinüber. Ein Auto jagte davon, die Rücklichter entfernten sich schnell auf der Landstraße. Bestimmt war das der flüchtige Mann. Verdammt. Gül drehte sich auf den Rücken und stieß die Luft aus. Das war ja großartig gelaufen. Er war einfach abgehauen, und sie standen da wie Anfänger. Sie bezweifelte, dass Michael sich das Autokennzeichen notiert hatte. Wie sollten sie das in ihrem Bericht später einigermaßen gut aussehen lassen?

„Gül?", hörte sie Michael irgendwo rufen. „Wo bist du?"

„Ich bin hier", stöhnte sie, allerdings so leise, dass sie es selbst kaum hörte. Nasse Schneeflocken fielen ihr ins Gesicht. Sie wollte noch einen Moment liegen bleiben, bevor sie die Kraft sammelte zum Aufstehen.

In der Innentasche ihrer Uniform klingelte und vibrierte ihr Handy. Ein gutes Zeichen. Offenbar funktionierte es noch und war nicht in dem Schlammloch ersoffen. Sie zog es hervor. Sicher war das Tönne Oldenkott, der wissen wollte, wo sie steckte.

Aber auf dem Display war die Nummer ihres Bruders aus Dortmund. Sie betrachtete es kraftlos, dann atmete sie tief durch, setzte sie sich auf, strich sich die schlammigen Haare aus dem Gesicht und nahm das Gespräch entgegen.

„Hey, kleine Schwester", rief Hakan gutgelaunt. „Ich hab gesehen, du hast heute schon zweimal versucht, mich zu erreichen? Ist alles in Ordnung?"

„Im Prinzip schon", sagte sie. „Jedenfalls im Allgemeinen gesehen."

„Ist zu Hause auch alles gut? Ich hab gehört, Tante Fatma war heute mit ihren Töchtern zu Besuch."

„Erinnere mich nicht daran!" Sie lächelte. Die Kräfte kehrten langsam zurück. „Nein, ich hab aus einem anderen Grund angerufen. Du erinnerst dich doch noch an Thomas Kerkering, oder?"

„Komm mir nicht mit dem! Dieser Rassist und Pseudo-Öko. Was hast du denn mit dem zu schaffen?" Ihm schien was einzufallen. „Oder geht es dabei um den Mord bei euch? Da ist doch irgendein Bauer erschlagen worden. Stell dir vor, das war heute sogar in der *Aktuellen Stunde*."

Gut. Hakan war bereits im Bilde. Das machte es leichter. Sie wusste ja, dass ihr Bruder gewisse Kontakte hatte. Er war Sozialarbeiter in Dortmund, und seine Frau war Strafverteidigerin. Gül machte sich oft einen Spaß, indem sie behauptete, die beiden arbeiteten für die gegnerische Seite. Damit konnte sie Hakan nämlich zur Weißglut treiben.

„Der Bauer, der ermordet wurde, war Thomas' Vater", sagte sie und wischte sich mit dem Handrücken die Wangen sauber. Dabei versuchte sie die teuflische Kälte zu ignorieren.

„Hör zu, Hakan. Ich brauche deine Hilfe. Und vielleicht auch die von deiner Frau."

„Na, jetzt bin ich aber gespannt", sagte er. „Geht es dabei um Thomas Kerkering?"

„Genau." Sie holte Luft. „Dann pass mal auf."

8

Hinter der Glasscheibe des Ofens loderten die Flammen. Tönne hatte kräftig Holzscheite nachgelegt, als er nach Hause gekommen war. Es hatte eine Weile gedauert, aber jetzt verströmte der Ofen eine glühende Hitze. Tönne stand mit dem Hintern davor und wärmte sich. Diese verfluchte Kälte da draußen.

Wäre er nicht allein gewesen, hätte er sich kaum wie eine alte Frau vor den Ofen gestellt, aber ein paar Vorteile musste es ja auch haben, allein zu leben. Die Kinder stritten oben lautstark miteinander, nur Susanne schaffte es, noch lauter zu sein. Die Worte Aufräumen und Hausaufgaben konnte er deutlich verstehen, obwohl sein Hörgerät noch auf dem Couchtisch lag.

Draußen vor dem Fenster schweiften die Lichtkegel von Scheinwerfern vorbei. Ein Auto fuhr auf den Hof. Er verließ den Platz am Ofen und spähte neugierig nach draußen. Es war ein Streifenwagen. Jemand stieg aus, schlug die Tür zu, und das Auto fuhr wieder davon. Als Nächstes klingelte es an der Tür. Das musste Lisbeth sein. Endlich.

Tönne ging in die Diele. Susanne war ihm zuvorgekommen und öffnete die Haustür. Es war tatsächlich Lisbeth, die vor ihnen stand. Allerdings war das erst auf den zweiten Blick zu erkennen. Sie sah aus, als wäre sie in eine Güllegrube gefallen. Ihre Polizeiuniform war über und über mit Schlamm bedeckt.

„Gül, um Himmels Willen, wie siehst du denn aus?“, stieß Susanne nach dem ersten Überraschungsmoment hervor.

Sie lächelte schief. „Ach, das ist eine lange Geschichte. Kleiner Betriebsunfall sozusagen.“

Weil weder Tönne noch Susanne darauf eine Antwort hatte, fuhr sie etwas betreten fort: „Ich dachte, vielleicht könnte ich meine Uniform hier in die Maschine werfen? Nur, wenn's nicht zu viele Umstände macht.“

„Natürlich kannst du das“, sagte Susanne. „Aber wenn du erst nach Hause möchtest ... Der alte Mann hat sicher nichts dagegen, wenn du später wiederkommst.“

Der alte Mann. Tönne hatte schon eine entsprechende Antwort auf den Lippen, aber Lisbeth kam ihm zuvor.

„Ehrlich gesagt würde ich das gerne hier machen", sagte sie zu Susanne und fügte vertraulich hinzu: „Meine Eltern drehen durch, wenn die mich so sehen. Vor allem meine Mutter. Es hat viel Zeit und Energie gekostet, denen klar zu machen, dass ich nicht ständig in Lebensgefahr schwebe. Die denken ja, ich arbeite hauptsächlich im Innendienst. Wenn die mich so sehen, dann ist ein Jahr Überzeugungsarbeit futsch. Mindestens."

Susanne grinste. „Kein Problem. Komm doch mit hoch. Da kannst du dir auch die Haare waschen. Ich hab ein paar trockene Sachen für dich, die du anziehen kannst, bis deine Uniform sauber und trocken ist."

Sie führte sie die Treppe hoch, als wäre Tönne gar nicht anwesend. Die beiden Frauen plauderten fröhlich drauflos.

„Mein alter Herr war auch nicht anders, als ich ihm gesagt habe, dass ich Tischlerin werden möchte", vertraute Susanne ihr an. „In drei Jahren hast du keinen Finger mehr, hat er immer gesagt. Als wäre ich zu blöd, ein Stück Holz an eine Säge zu halten."

Da blieb Lisbeth kurz stehen und blickte übers Geländer.

„Ich bin gleich bei dir, Tönne, ja? Dauert nur ein paar Minuten."

Er winkte ab und ging zurück in sein Wohnzimmer. Eine Bullenhitze schlug ihm entgegen. Das Thermometer zeigte sechsundzwanzig Grad an. Vielleicht hatte er doch ein paar Scheite zu viel in den Ofen geschoben, durchgefroren wie er war. Aber jetzt waren sie drin. Er hantierte an der Luftzufuhr herum, um das Holz schneller verbrennen zu lassen. Dann ging er zum Couchtisch und setzte sein Hörgerät ein. Und danach dauerte es nicht mehr lange, bis Lisbeth zu ihm ins Wohnzimmer kam.

Sie trug eine von Susannes beigen Bundfaltenhosen und einen rosafarbenen Strickpulli mit Zopfmuster. Lisbeth schien sich ein wenig unwohl in den Sachen zu fühlen. Selbst Tönne stellte fest, dass sie ganz anders aussah als sonst, wenn sie Zivil trug. Er fragte sich, ob ihr Susannes Sachen vielleicht gar nicht passten. Aber in Größe und Statur waren sich die beiden ähnlich, daran konnte es eigentlich nicht liegen. Hübsch war sie trotzdem, sie wirkte nur anders.

„Meine Uniform ist in der Maschine“, sagte sie und zupfte voller Unbehagen an dem Pullover herum. „Susanne will sie in den Trockner werfen, wenn sie fertig ist.“

„Gut. Dann setz dich“, sagte er und nahm selbst in seinem Fernsehsessel Platz. „Es ist eine Menge passiert heute.“

„Ja, das ist richtig.“ Sie setzte sich aufs Sofa und betrachtete dabei distanziert und nachdenklich die Bundfaltenhose, als wäre sie einem düsteren Rätsel auf der Spur. Schließlich sah sie auf.

„Du meinst, wir sollten uns den Fall mal gemeinsam ansehen, Tönne?“

„Natürlich, Lisbeth! Wir haben doch schon einmal einen Fall gelöst. Wer soll denn hier was erreichen, wenn nicht wir? Und jetzt fang nicht wieder mit den Leuten von der Kripo an. Das hat beim letzten Mal schon nichts gebracht.“

Sie schien zwar nicht völlig überzeugt, aber immerhin brauchte sie diesmal keine Gegenargumente an.

„Ist deine Kripo denn immer noch hinter dem Einbrecher her?“, fragte er.

„Was die so genau machen, weiß ich natürlich nicht. Aber ja, sieht so aus.“

Tönne schnaubte. „Diese Idioten.“

„Jetzt warte mal. Es ist durchaus möglich, dass Alfons diesen Einbrecher gestern Nacht überrascht hat. Und der hat ihn dann ermordet. Ich meine, viel mehr wissen wir ja auch nicht, oder?“

„Das sehe ich aber anders. Hast du schon von der Sache mit dem Windpark gehört?“

„Ja, schon. Aber glaubst du ernsthaft, einer deiner Nachbarn würde deswegen einen Mord begehen?“

„Ich glaube, dass Menschen zu vielem fähig sind. Habgier, Lisbeth. Habgier. Die darf man nicht unterschätzen."

„Wer war denn alles dabei bei diesem Windparkprojekt? Ich meine, wer hat denn durch Alfons Geld verloren?"

„Eine Menge Leute. Ich weiß gar nicht, wo man da anfangen soll. Zuerst sind da natürlich die Bauern um Werner Ohntrup, die Hauptinvestoren. Die haben alles geplant und die Gutachten erstellen lassen, und von denen kommt auch das meiste Geld. Dann sind da noch die Bauern, die zwar nicht dazugehören, aber deren Land betroffen ist, weil es im Planungsgebiet lag. So wie Alfons Kerkering. Aber das sind längst noch nicht alle. Halb Buddenbeck hätte sich als Kleininvestor beteiligt. Ist ja auch eine gute Geldanlage. Und dann kommen noch die Leute dazu, die so und so viele Meter vom geplanten Windpark entfernt wohnen, weil sie auf die Windräder draufgucken. Selbst ich hätte Geld gekriegt, obwohl ich mit der ganzen Sache sonst nichts zu tun habe. Als Entschädigung für meine Aussicht vom Küchenfenster aus sozusagen."

Sie dachte eine Weile nach. „Also gut. Dann lass uns mal eine Liste aufstellen. Am besten sortiert nach der Größe der Beteiligung. Und dann sollten wir uns noch fragen, wer vom Verlust am meisten betroffen wäre. Vielleicht, weil er das Geld am dringendsten brauchte."

Tönne wunderte sich über die Tatkraft, mit der Lisbeth an die Sache ranging. Die Hierarchie bei der Polizei schien sie gerade nicht zu interessieren.

„Das heißt, du machst mit?", fragte er erfreut. „Wir lösen den Fall zusammen? Und ich muss mir nicht ständig anhören, dass du Ärger kriegst und dass wir das Ganze besser der Kripo überlassen?"

„Wenn wir was rausfinden, gehen wir damit zur Kripo, das auf jeden Fall. Und am besten auch zu Heinz Bertling. Aber ich bin dabei."

Sie wirkte beinahe düster entschlossen. Tönne kannte sie gut genug, um zu wissen, dass dies noch nicht die ganze Geschichte war.

„Sind deine Eltern auch betroffen?", fragte er. „Wollten die investieren?"

„Nein, das nicht. Aber ich glaube, dass jemand Bestimmtes ganz oben auf der Liste auftaucht, wenn wir genau hinsehen."

„Und an wen denkst du da?"

„An Thomas Kerkering."

„Thomas? Lisbeth, ich hab den Jungen quasi mit aufgezogen. Das sind unsere nächsten Nachbarn. Der Junge hatte es nicht immer einfach, aber wenn der zu so was fähig wäre, dann wüsste ich das. Ein Mord? Und dann noch an seinem eigenen Vater? Also, ich weiß nicht."

„Kennst du Thomas denn näher?", fragte er.

„Ich nicht, aber mein Bruder Hakan. Ich hab dir ja gesagt, er war zusammen mit ihm in der Schule."

Tönne schwante Übles. Thomas war der geborene Anführer, und manchmal war es nicht leicht, mit ihm auszukommen. Er hatte den Starrsinn seines Vaters geerbt, und, so ungern sich Tönne das eingestand, auch seine Ignoranz.

„Thomas hat sich hoffentlich ordentlich benommen?"

„Er war ein übler Rassist. Und er hatte es auf meinen Bruder abgesehen. Der hat die ganze Schule gegen Hakan aufgebracht. Für ihn oder für mich, hieß es. Und es gab genug Leute, die sich auf Thomas' Seite gestellt haben. Das war für Hakan manchmal echt ein Spießrutenlauf. Er war nur noch der Kanake. Der Kümmeltürke."

„Bei uns in Buddenbeck?" Tönne war aufrichtig erschrocken. Solche Worte hatte er hier noch nie gehört. „Wusste Agnes was davon? Das kann ich mir nicht vorstellen. Die hätte dem ein Ende gemacht, da bin ich mir ganz sicher."

„Das war nicht in der Grundschule hier in Buddenbeck", sagte sie. „Deine Frau war eine gute Lehrerin, wirklich.

Alle haben sie gemocht. Das war in Münster, auf dem Gymnasium."

Tönne erinnerte sich wieder. Der älteste Sprössling der Familie Yilmaz war damals nach Münster aufs Gymnasium gegangen. Alle Kinder hier im Dorf waren bei Agnes in der Schule gewesen, jeder Buddenbecker unter vierzig hatte sie als Lehrerin gehabt. Sie war ganz stolz gewesen, dass Hakan nach der Grundschule aufs Gymnasium gehen sollte.

„Ich werde mir den Jungen mal zur Brust nehmen", sagte Tönne. „Warum seid ihr damals nicht zu uns gekommen?"

„Das ging euch doch nichts an. Außerdem ist er kein Junge mehr. Der wird bald vierzig, so wie Hakan."

Tönne schüttelte den Kopf. Kanake. In der Stadt, da konnte man sich so was vielleicht rausnehmen. Hier auf dem Land war das zum Glück nicht so. Das hoffte er jedenfalls.

„Und du meinst wirklich, Thomas hat seinen Vater ermordet? Ich mein, das ist schon ein starkes Stück, was du da erzählst. Aber ..."

„Ich meine nur, dass er ganz oben auf der Liste steht, wenn es darum geht, wer ein Motiv hat."

Die Wohnzimmertür flog auf, und Susanne kam herein. Tönne wollte in ihrer Anwesenheit lieber nicht weiter über den Mordfall sprechen. Aber seine Tochter schien sich auch gar nicht weiter dafür zu interessieren, was die beiden hier ausheckten.

Tönne warf einen kurzen Blick auf seine Tochter. Sie trug ein Paar von den Jeans, die sie bei C&A zu kaufen pflegte, und dazu einen Pulli, der ganz ähnlich aussah wie der, den Lisbeth trug. Trotzdem sah *sie* aus wie immer, im Gegensatz zu Lisbeth. Es war schon seltsam.

„Deine Sachen sind jetzt im Trockner", sagte sie zu Lisbeth. „In einer halben Stunde kannst du sie wieder anziehen."

„Danke, Susanne. Das ist wirklich nett von dir."

Sie blickte auf den Wohnzimmertisch. Dann stieß sie einen Seufzer aus.

„Papa! Hast du Gül nichts zu trinken angeboten?“

Er sah sich verunsichert um. Auf die Idee war er gar nicht gekommen.

„Das ist ja wieder typisch“, fuhr Susanne fort. „Gül, was möchtest du trinken? Einen Kaffee? Oder soll ich dir lieber einen Tee machen? Du musst ja völlig unterkühlt gewesen sein.“

„Ein Kaffee wäre super. Danke sehr.“

Susanne rollte die Augen. „Also wirklich, Papa.“

Bevor sie rausging, fügte sie unnötigerweise hinzu: „Dir brauch ich ja keinen Kaffee zu machen. Nicht um diese Uhrzeit. Sonst kannst du die ganze Nacht nicht schlafen.“

Tönne war das in Lisbeths Anwesenheit ein bisschen peinlich.

„Ich habe vorhin bei Hilde noch Kaffee getrunken“, beeilte er sich zu sagen und konnte seinen Stolz dabei nicht ganz unterdrücken. „Mitten am Tag.“

Aber die beiden Frauen achteten nicht weiter darauf. Ihm wurde klar, dass Kaffeetrinken am frühen Nachmittag nicht unbedingt als Trophäe für ein wildes Leben in ewiger Jugend taugte. Außerdem würde er das sicher noch bereuen, nämlich wenn er heute Nacht kein Auge zutat.

Susanne war schon beinahe draußen, als ihr noch etwas einfiel.

„Ach, Papa. Morgen ist doch Dreikönigssingen.“

„Ja, ich weiß. Und weiter?“

„Kannst du vielleicht die Kinder in der Bauernschaft rumfahren? Ich muss in die Werkstatt, wir haben doch diesen Großauftrag. Und Martin fährt morgen nach Münster, zu einer Fortbildung.“

„Eine Fortbildung?“, fragte Tönne grinsend. „Was lernt er denn da? Wie man Bauklötze stapelt?“

Susannes Blick gefror zu Eis. „Fang nicht wieder damit an. Kannst du morgen den Fahrer spielen oder nicht?“

Eigentlich hätte er Besseres zu tun. Aber dafür war ein Opa wohl zuständig, oder nicht? Außerdem fand er es ja gut, wenn die alten Traditionen weitergeführt wurden. Also musste man das auch unterstützen.

„Ja, doch. Ja", sagte er und ließ seine Stimme ziemlich gequält klingen. Sollte Susanne ruhig denken, er würde ihr einen Gefallen tun. Dann hätte er später an anderer Stelle ein gutes Argument zur Hand.

„Danke, Papa. Damit hilfst du mir echt weiter."

Er winkte gespielt wehleidig ab, und sie verschwand wieder, um Lisbeth einen Kaffee zu kochen. Als die Wohnzimmertür von außen geschlossen wurde, nahmen sie ihr Gespräch wieder auf.

„Gibt es eigentlich auch Leute, die *gegen* den Windpark waren?", fragte Lisbeth. „Außer Alfons Kerkering, meine ich."

„Hier in Buddenbeck? Nein, wieso fragst du?"

„Nur so. Ich hab ein paar Plakate gesehen, die Stimmung machen sollen. Wir haben heute noch einen erwischt, der bei Werner Ohntrup auf dem Acker ein Schild aufstellen wollte. Keine Windräder in Buddenbeck oder so was."

„Ach, diese sogenannten Umweltschützer? Das verstehe, wer will. Kernkraftwerke sollen weg, Kohle ist auch nicht richtig, aber wenn stattdessen grüne Energie gemacht werden soll, dann wird genauso protestiert."

„Geht es dabei um Landschaftsschutz? Oder um irgendwelche Vögel, die in Gefahr sind, weil sie da reinfliegen könnten?"

„Wieso soll denn ein Vogel in Gefahr sein? Ich mein, wenn so ein Vogel von weitem ein Windrad einsam auf dem Feld stehen sieht, dann fliegt der da doch drumrum, oder? *Ich* würde das jedenfalls machen. Außerdem sind tausend Gutachten erstellt worden, wegen Fledermäusen und weiß der Himmel was alles."

„Aber irgendwer muss die Schilder ja aufstellen."

„Keiner aus Buddenbeck, so viel ist sicher."

„Es muss doch auch in Buddenbeck Leute geben, die sich für Landschaftsschutz einsetzen."

„Ich weiß nicht. Wenn einer der Stromkonzerne hier einen Windpark bauen lassen würde, dann wär das sicher was anderes. Dann kriegen ja nur die Bauern Geld, bei denen die Windräder auf dem Acker stehen. Die Pacht halt. Aber sonst sieht keiner was. Außer Windräder natürlich. Bei dem geplanten Windpark hingegen sind ja alle und jeder beteiligt. Die würden sich ins eigene Fleisch schneiden."

„Dann ist die Frage vielleicht, wer nicht beteiligt ist."

„Aber soll das als Motiv für einen Mord reichen? Weil alle etwas Geld kriegen und man selber nicht? Außerdem hat Alfons ja seine Unterschrift verweigert. Er wäre der Held für so jemanden gewesen."

„Das stimmt allerdings." Lisbeth blickte nachdenklich ins Ofenfeuer. Nach einer Weile sagte sie: „Dann lass uns mit der Liste anfangen. Das ist der erste Schritt."

„So machen wir es. Warte kurz, ich hole einen Block und einen Stift vom Schreibtisch."

Tönne stand mühsam von seinem Fernsehsessel auf. Nur mit Not unterdrückte er ein Stöhnen. Aber so war das eben. Je länger er irgendwo saß und je gemütlicher das Ganze dann wurde, desto schwerer fiel es ihm, wieder aufzustehen.

„Ich bin gleich wieder da", sagte er.

Sein Blick fiel aus dem Fenster. Draußen war alles dunkel, deshalb fielen ihm sofort die hellen Lichter drüben auf dem Hof von Alfons Kerkering ins Auge. Er trat näher ans Fenster.

„Was ist denn da los?", murmelte er.

Eine Reihe Autos stand mit brennenden Scheinwerfern in der Auffahrt. Die große Außenlampe erhellte Hof und Ställe. Leute liefen herum. Da waren auch Streifenwagen von der Polizei und Männer in Uniform.

„Weißt du etwas davon?", fragte Tönne überrascht.

Lisbeth war neben ihn getreten und folgte seinem Blick.

„Nein. Gar nichts. Und ich war ja eben noch unterwegs."

Männer in Zivil traten aus der Haustür und trugen schwarze Säcke zu einem Lieferwagen. Es sah aus, als würden sie das Silberbesteck mitgehen lassen. Tönne hatte keine Ahnung, was das Ganze zu bedeuten hatte.

„Da ist ja Michael", sagte sie. „Da drüben. Mein Kollege, mit dem ich heute unterwegs war. Der hätte doch eigentlich schon Feierabend haben sollen. Warte mal."

Sie nahm ihr Handy und wischte mit dem Finger darauf herum. Dann hielt sie es sich ans Ohr und wartete.

„Jetzt geh schon ran, du Idiot", murmelte sie.

Tönne sah, wie einer der Streifenpolizisten einen Gegenstand aus seiner Hose zog, sich dann umblickte und heimlich hinter den Stall ging.

„Hey, Michael!", rief Gül. „Da bist du ja! Warte mal."

Sie nahm das Handy und fingerte daran herum.

„Ich stell kurz auf laut", sagte sie zu Tönne, dann hielt sie das Gerät zwischen ihnen in die Luft, damit er mithören konnte.

„Da bin ich wieder", sagte sie laut. „Sag mal, bist du bei Kerkering auf dem Hof?"

„Woher weißt du das denn? Woher weißt du immer alles?"

„Ich bin doch bei Oldenkott! Du hast mich hier eben abgesetzt, schon vergessen? Wir können euch sehen!"

Der Polizist trat aus den Schatten der Stallwand und sah zu ihnen herüber. Er hob die Hand, wohl um zu winken, aber dann überlegte er es sich anders, blickte sich hektisch um und schlich zurück in den Schatten.

„Sei froh, dass du in das Schlammloch gefallen bist", sagte er. „Sonst wärst du jetzt auch hier. Wenigstens kannst du Feierabend machen."

„Dann weiß Heinz das mit dem Schlammloch? Und mit unserer peinlichen Aktion?"

„Schon. Aber das hat den gar nicht interessiert. Wir haben hier schließlich einen Einsatz. Die Leute aus Münster haben uns dazugeholt."

„Aber was ist denn da los? Was macht ihr? Ist was bei Kerkering passiert?“

„Hausdurchsuchung. Wir haben zusammen den Hof auseinandergenommen. Das ist was anderes als eine Zweizimmerwohnung auf den Kopf zu stellen, kann ich dir sagen.“

„Eine Hausdurchsuchung? Und weshalb?“

„Keine Ahnung. Sagt uns ja keiner. Die müssen irgendwas gegen Hilde Kerkering haben. Jedenfalls gab's einen richterlichen Beschluss.“

„Und habt ihr was gefunden?“, fragte sie.

„Oh ja. Das kann man wohl sagen.“

In Kerkerings Haustür tauchte Hilde auf. Sie wurde von zwei Uniformierten nach draußen eskortiert. Es sah aus, als würde sie abgeführt werden.

„Wir haben den abgebrochenen Spaten gefunden“, sagte Michael. „Der aus der Werkstatt verschwunden ist. Heinz meinte doch, das ist vielleicht die Tatwaffe.“

„Und? Hatte er recht?“

„Sieht so aus. Der Spaten ist voller Blut. Der war in ein Bettlaken gewickelt und lag in der Tiefkühltruhe. Hilde hat so ein Riesenmonster von Tiefkühltruhe unten im Keller. Na ja, und da war er drin.“

Tönne starrte ungläubig nach draußen. Wieso hatte Hilde die Tatwaffe versteckt?

Am anderen Ende der Leitung war im Hintergrund eine laute Stimme zu hören. Unruhe entstand, aber zu sehen war nichts.

„Das war Heinz“, sagte Michael. „Ich muss Schluss machen, Gül. Wir sprechen uns später.“

Und damit war das Telefonat beendet. Lisbeth starrte Tönne ungläubig an, dann drückte sie die Nase ans Fenster, wie um zu erkennen, dass alles nur ein Missverständnis war. Aber Hilde wurde drüben auf die Rückbank eines Streifenwagens verfrachtet, und kurz darauf setzten sich die ersten Autos in Bewegung. Nach und nach fuhren alle vom Hof. Zuletzt erlosch die Hofbeleuchtung, die an einen Bewegungsmelder angeschlossen war, und es wurde drüben dunkel.

„Hier ist der Kaffee!"

Susanne war aufgetaucht. Ihr strahlendes Lächeln gefror ein wenig, als sie die Gesichter der beiden sah.

„Ist alles in Ordnung?", fragte sie besorgt.

„Alles in Ordnung", sagte Tönne eilig, bevor Lisbeth sie womöglich ins Gespräch zog. Er wollte zuerst allein mit ihr über die Neuigkeiten sprechen. „Danke für den Kaffee, Susanne. Aber wir haben was Wichtiges zu bereden."

„Schon klar", sagte sie beleidigt, presste die Lippen aufeinander und stellte den Kaffee mit einem Rums auf den Couchtisch. Er schwappte etwas über und würde sicher einen dieser Ringe auf dem Tisch hinterlassen, über die sich Susanne sonst immer so gerne aufregte. Aber sie war jetzt zu verärgert, um sich darum zu kümmern. Sie schlug die Wohnzimmertür hinter sich zu und war fort.

„Eine Hausdurchsuchung", sagte Lisbeth, die gar nicht weiter auf Susanne geachtet hatte. „Dann haben die Kollegen Hilde in Verdacht. Und keinen Einbrecher."

„Und jetzt auch noch die Tatwaffe. Das spricht bestimmt gegen sie, wenn sie die in der Truhe versteckt hat, oder?"

„Aber Hilde? Kannst du dir das vorstellen?"

Tönne dachte an seinen Besuch auf dem Hof der Kerkerings am frühen Nachmittag nach und über das, was sie zum Zeitpunkt von Alfons' Tod gesagt hatte. Jetzt sei der letzte Moment, um noch mal neu anzufangen.

„Ich weiß es nicht, Lisbeth. Wirklich nicht."

Plötzlich fühlte er sich erschöpft. Mit einem Seufzer ließ er sich in den Fernsehsessel sinken. Auch Lisbeth nahm wieder Platz. Keiner von beiden sagte etwas, beide dachten angestrengt nach.

Dann klingelte Lisbeths Telefon. Sie zog es eilig hervor.

„Das wird Michael sein", sagte sie. „Vielleicht kann er jetzt freier sprechen."

Aber offenbar war es doch jemand anderes, denn als sie aufs Display sah, legte sich ihre Stirn in Falten.

„Tönne, ich muss da kurz rangehen", sagte sie. „Dauert nicht lange."

Dann stand sie auf und ging nach nebenan in die Diele. Tönne fragte sich, wer dieser geheimnisvolle Anrufer sein mochte. Er versuchte es noch mal mit dem alten Trick, das Hörgerät ein bisschen lauter zu stellen, und lauschte an der Wohnzimmertür. Und siehe da, es funktionierte. Draußen hörte er ihre Stimme klar und deutlich.

„Willst du etwa sagen, du weißt schon was? Das ist doch erst zwei Stunden her, dass ich angerufen habe." Ein kurzes Schweigen, dann sagte sie: „Du musst ja echt einen ziemlichen Hass auf den Typen haben. Aber jetzt sag schon, was weißt du?"

Tönne lauschte angestrengt, doch die Mädchen fingen oben wieder an zu streiten, und es fiel ihm schwer, die Stimmen auseinanderzuhalten. Schließlich war Lisbeth gar nicht mehr zu hören. Ihr schien es die Sprache verschlagen zu haben.

Dann gab es einen lauten Rums, begleitet von einem Klirren. Tönne zuckte zusammen. In seinem Ohr begann es zu fiepen. Eines der Mädchen musste irgendwas umgeworfen haben. Der Lautstärke nach zu urteilen musste es mitten in seinen Kopf gefallen sein. Unter Schmerzen drehte er den Lautstärkeregler des Hörgeräts wieder runter. Da flog die Tür auch schon auf und landete in seinem Gesicht. Er stolperte zurück.

„Oh Gott, Tönne!", rief Lisbeth. „Entschuldigung. Ich wusste ja nicht, dass du ... Hast du gelauscht?"

„Ich ... nein, natürlich nicht", sagte er und massierte sich die pochende Stirn.

„Tut mir leid, Tönne. Wirklich."

Er machte eine wegwerfende Handbewegung, und Lisbeth ließ das Thema auf sich beruhen.

„Ich hab gerade was Wichtiges erfahren!“, sagte sie stattdessen.

„Von dem Anrufer? Wer war es denn? Und um was ging es?“

„Es ging Thomas Kerkering.“

Sie sah ihn an, als wäre sie dem Leibhaftigen begegnet.

„Was ist mit ihm? Jetzt sag schon.“

„Er war gestern Nacht nicht auf diesem Biohof im Bergischen Land. Er ist früher als geplant nach Hause gefahren. Verstehst du? Sein Alibi ist falsch.“

9

Über Nacht hatte sich die graue Landschaft in ein einziges Wintermärchen verwandelt. Alles war unter einer dicken Schneeschicht abgetaucht. Die Äste der Bäume bogen sich unter der weißen Last, die Tannen sahen aus wie Zuckerhüte. Außerdem war die Sonne herausgekommen und strahlte von einem stahlblauen Himmel. Tönne blickte auf seine Wetterstation, die ihm die Außentemperatur anzeigte. Es war ein Grad über null. Bis zum Mittag würde es sicher noch etwas wärmer werden, und ehe sie sich versahen, würde sich alles wieder in schmutzigen Matsch verwandelt haben. Also blieb er eine Weile am Fenster stehen und genoss die Aussicht.

Die Stille und Schönheit der Landschaft wurde nur von den streitenden Mädchen gestört. Er überlegte kurz, ob er einfach das Hörgerät herausnehmen sollte. Aber Susanne machte sich gerade auf den Weg in die Firma, und es dauerte nicht mehr lange, bis sie alle in die Kirche mussten. Also beschloss er, oben nachzusehen, wie die Dinge standen.

Auf der Treppe kam ihm Susanne entgegen. Sie wirkte gehetzt und ziemlich angefressen. Mit ruckartigen Bewegungen zog sie sich ihre Winterjacke über. Als sie ihren Vater entdeckte, hielt sie inne.

„Ah, Papa. Gut, dass du da bist. Die Messe geht in einer Stunde los. Martin macht sich gleich auf den Weg zu seiner Fortbildung. Sorgst du dafür, dass die beiden rechtzeitig ihre Kostüme anziehen?“

„Natürlich. Was war denn los da oben? Machen die Mädchen Ärger?“

Sie verzog das Gesicht. „Frag besser nicht. Es ist jetzt alles geklärt.“ Sie stöhnte. „Im Kindergarten hält Martin dreißig renitente Kinder gleichzeitig im Schach. Ich war dabei, ich hab’s gesehen. Und hier reichen zwei, um alles durcheinanderzubringen. Und ich bin dann die Böse.“

„Du weißt doch wie das ist mit dem Propheten im eigenen Land.“

„Ja, meinetwegen. Ich muss jetzt los, Papa. Wir sehen uns später.“

Und damit verschwand sie nach draußen. Oben war es verdächtig ruhig geworden. Tönne wollte doch mal einen kurzen Blick in die Höhle des Löwen wagen. Auch auf die Gefahr hin, dass sich Martin wieder als Prinzessin verkleidet hatte.

Als er ins Wohnzimmer kam, sah er Sophie schmollend auf dem Sofa sitzen und in ihr Handy starren, während Annie freudig umhertanzte. Es war ziemlich klar, wer die Auseinandersetzung mit Susanne für sich entscheiden konnte.

„Ist alles in Ordnung, Sophie?“, fragte er.

Sie sah nicht mal vom Handy auf.

„Ich geh nicht mit zum Sternsingen“, maulte sie.

„Aber wieso denn nicht?“

Der Ausbruch kam völlig überraschend. Sophie warf das Handy mit Karacho ins Kissen und donnerte die Faust gegen das Polster. Dann quietschte sie: „Weil Mama will, dass ich mit Annie zusammen in eine Gruppe gehe!“

„Aber ist das denn so schlimm?“, fragte Tönne.

„Lara und ich gehen zusammen, das machen wir immer, Lara ist meine beste Freundin“, sprudelte es aus ihr heraus. „Ich hab keinen Bock, dass Annie mitkommt. Die ist voll das Baby. Die verdirbt alles. Ist doch total peinlich. Ich ...“

Sie merkte offenbar, dass ihre Argumentationskette nicht wirklich überzeugend klang. Aber es fehlten ihr anscheinend die Worte, die ihre sicher überzeugenden Gründe und ihre komplizierte Gefühlslage adäquat ausgedrückt hätten. Annie hatte zwar aufgehört zu tanzen, wirkte aber völlig ungerührt vom Ausbruch ihrer Schwester.

„Ich bin kein Baby“, sagte sie lediglich.

Sophie betrachtete sie mit unbeschreiblicher Verachtung im Gesicht. „Ich wünschte, du wärst tot.“

„Also, Kinder, bitte! Seid doch ein bisschen netter zueinander. Wo sind wir denn hier?“

Martin kam ins Wohnzimmer. Er hielt eine große Aktentasche unterm Arm, gerade so, als wäre er auf den Weg in ein Juristenseminar. Dabei würde er mit einem Haufen Kindergärtnerinnen zusammenhocken und Bilder malen oder Puppen basteln. Einen Laptop und einen Aktenordner brauchte man dafür sicher nicht.

„Ist alles geklärt?“, fragte er.

„Ich geh nicht mit“, stellte Sophie fest und hob divenhaft ihr Handy auf. „Nicht, wenn ich mit Annie in eine Gruppe muss.“

Er wirkte überfordert. Mit einem Blick auf die Uhr ging er aufs Sofa zu und hockte sich hin.

„Sieh mal, das wird bestimmt schön. Du hast doch so ein schönes Kostüm. Willst du mir nicht den Gefallen tun? Du musst gehen, wir haben dich angemeldet.“

„Lieber sterbe ich“, sagte sie tonlos.

Martin sah noch mal zur Uhr. Er strich sich über den Bart. Dann fasste er eine Entscheidung.

„Also gut, ihr müsst nicht zusammen gehen, ganz egal, was Mama gesagt hat. Annie, du kannst doch auch mit deinen Freundinnen gehen, oder? Bestimmt freuen die sich total.“

Annie war alles andere als begeistert, aber ihr fehlte die Entschlossenheit ihrer Schwester. Damit war es beschlossen. Sophie hatte ihren Willen gekriegt und grinste triumphierend.

Tönne konnte nur den Kopf schütteln.

„Sieh an, der Pädagoge“, sagte er.

Offenbar hatte er einen wunden Punkt getroffen, denn Martin sah verschämt zu Boden, als er seine Tasche nahm und die Tür ansteuerte.

„Was hättest du denn früher getan, bei Susanne?“, sagte er leise. „Sie in den Schrank gesperrt und dann mit dem Rohrstock ins Auto geprügelt?“

Darauf brauchte Tönne nicht zu antworten. Er erkannte genau, wenn jemand in der Defensive war. Martin wich seinem Blick aus und verschwand eilig aus dem Raum. Tönne konnte nicht anders, als ihm mit einem zufriedenen Lächeln nachzublicken.

„Muss Sophie wirklich nicht mit mir mitgehen?“, fragte Annie enttäuscht.

Er würde sich da ganz sicher nicht einmischen. „Ihr habt doch euren Vater gehört. Also keinen Streit mehr. Wir haben noch Zeit, aber sucht eure Kostüme schon mal raus. Ich komme später wieder.“

Tönne ging wieder nach unten, um in Ruhe seinen Morgenkaffee zu trinken. Er würde sich damit ans Fenster setzen und die Aussicht genießen. Die Sache mit Hilde und dem Spaten ließ ihn nicht los. Er brauchte Zeit, um in Ruhe darüber nachzudenken. Doch als er unten angekommen war, klingelte es an der Tür. Seltsam. Er erwartete niemanden. Als er die Tür öffnete, stand Sandra Kerkering vor ihm. Sie sah grauenhaft aus. Blass, mit verquollenen Augen und hohlen Wangen. Kein Vergleich zum letzten Mal, als er sie gesehen hatte. Aber kein Wunder, nach allem, was passiert war.

„Hallo, Onkel Tönne“, wisperte sie, als wäre sie immer noch das zwölfjährige Mädchen von damals. Thomas und Sandra hatten ihn und Agnes früher mit Onkel und Tante angesprochen, auch wenn sie nur Nachbarn waren. Das war so üblich gewesen, und es rührte ihn auf unbeschreibliche Weise, dass sie diese Anrede immer noch benutzte. Er spürte plötzlich seine große Trauer über das, was geschehen war. Es war ja nicht nur Hilde, deren Leben auf den Kopf gestellt wurde. Die ganze Familie litt unter dem Mord. Besonders Sandra.

„Sandra! Mein liebes Mädchen.“

„Darf ich ... darf ich reinkommen?“

Sie fing sie an zu schluchzen. Stand einfach da mit bebenden Schultern, die Hand vors Gesicht gepresst. Es zerriss Tönne beinahe das Herz. Er war ja nicht so fürs Körperliche, und auch wenn er sie gern umarmt hätte, wusste er nicht so recht, wie er das anstellen sollte. Etwas ungelenk strich er ihr über den Arm.

„Natürlich. Ich habe schon auf dich gewartet. Komm her, mein Kind, komm.“

Er schloss die Tür und führte sie vorsichtig ins Wohnzimmer. Dabei ließ er seine Hand auf ihrer Schulter ruhen. Er wünschte, Agnes wäre da. Sie hätte keine Scheu gehabt, ihre Gefühle auszudrücken. Sandras Körper bebte unter seiner Hand. Die Tränen flossen in einem fort, aber sicher war das ein gutes Zeichen.

„Ja, ist ja gut“, sagte er. „Du wirst sehen, es kommt alles wieder in Ordnung.“

„Sie haben Mama abgeführt“, stieß sie hervor. „Sie ist in Untersuchungshaft.“

„Ich weiß. Aber das ist nur vorübergehend. Sie kommt wieder frei. Wir müssen stark sein, bis alles vorbei ist.

Komm, setzt dich erst mal hin. Hier ans Feuer. Da ist es schön warm."

Sie nahm Platz, zog ein Taschentuch hervor, schnäuzte sich und holte tief Luft. Dann schien sie ihre Fassung zurückerlangt zu haben.

„Seit wann bist du hier?", fragte Tönne, um das Gespräch in Gang zu bringen. „Bist du aus Münster gekommen?"

„Ja, gestern Abend. Ich wollte mich um Mama kümmern. Aber dann kam auch schon die Polizei. Ich verstehe das alles nicht."

„Das wird sich bestimmt bald aufklären. Wir müssen darauf vertrauen, dass die Leute ihre Arbeit gut machen. Ist Thomas auch hier? Hilft er dir?"

„Ja, er ist auf dem Hof. Er hat Urlaub genommen. Er versucht, alles zu regeln. Auch mit der Beerdigung. Aber wir wissen ja noch nicht einmal, wann Vater ... beerdigt werden kann. Die müssen die Leiche erst freigeben."

„Ein Schritt nach dem anderen. Es wird sich schon fügen. Wie lange hat Thomas Urlaub genommen?"

„Ich weiß nicht. Aber wahrscheinlich wird er seinen Job an den Nagel hängen. Er hat Pläne und will auf dem Hof leben, jedenfalls sagt er das. Für Mama ist das gut. Sie hat ja nur das bisschen Rente. Und außerdem ..." Sie stockte.

„Was hat er denn für Pläne?", fragte Tönne, um sie von Hilde abzulenken.

„Er will zuerst ein bisschen renovieren. Und dann einen Hofladen aufmachen. Mit Spargel und Erdbeeren. Später will er auch Käse herstellen. Und natürlich den alten Stall und die Scheune umbauen, damit da Ferienwohnungen reinkommen. Diese Ideen hat er ja schon ganz lange, und ich glaube, die sind ganz gut durchdacht."

Richtig. Und bisher ist nie was draus geworden, weil sich Alfons quergestellt hat. Wegen dieser Ideen war es zum Bruch zwischen Alfons und Thomas gekommen.

„Und wie will er das alles finanzieren?"

Die Frage war Tönne rausgerutscht, und er bereute es sofort. Aber Sandra schien das nichts auszumachen.

„Man kriegt im Moment sehr günstige Kredite. Er hat einen Businessplan in der Schublade. Außerdem wird doch dieser Windpark gebaut. Thomas sagt, damit schafft er das."

Der Windpark. Dann konnte Werner Ohntrup also mit Thomas' Unterschrift rechnen, wenn sie einen neuen Antrag stellten. Was sie bestimmt tun würden. Aber das war Tönne auch vorher klar gewesen. Er ließ Sandra nicht aus den Augen. Er musste diese eine Frage stellen. Wenn es sie zu sehr belastete, würde er sofort das Thema wechseln.

„Wieso hat Hilde den Spaten versteckt, Sandra? Weißt du das?"

Sie schüttelte den Kopf und wirkte so hoffnungslos, dass Tönne seine Frage bereits bereute. Ein Schweigen entstand. Sandra sah sich etwas schüchtern im Wohnzimmer um. Auf der alten Kommode standen Fotos von Tönne und Agnes mit den Kindern, von ihrer Hochzeit, der Silberhochzeit, dann ein schwarz umrahmtes Bild von Agnes kurz vor ihrem Tod. Auch von Sandra gab es ein Foto, wie sie zusammen mit Agnes und Susanne im Garten spielte. Tönne hatte es sich nicht verkneifen können, das Foto aufzustellen. Er war so stolz auf das Mädchen gewesen, als sie zum Studieren nach Münster gegangen war. Fast so stolz, als wäre es seine eigene Tochter gewesen.

„Tante Agnes fehlt mir manchmal", sagte sie.

„Mir auch, Sandra. Mir auch."

„Weißt du noch, wie wir früher in deiner Werkstatt Vogelkästen gebaut haben?"

„Ja. Das war schön."

Thomas und Sandra waren ständig bei ihnen gewesen. Sie hatten versucht, sich bei ihnen das zu holen, was sie zu Hause nicht bekommen hatten. Alfons konnte nicht mit Kindern umgehen, auch nicht mit seinen eigenen. Er hatte kein Verständnis dafür gehabt, dass sie noch keine fertigen

Menschen waren, und zu hohe Anforderungen an sie immer gestellt. Er hatte sehr herzlos sein können. Es war sicher nicht immer einfach für die beiden gewesen.

„Ich war so gerne bei euch", sagte Sandra. „Weißt du, dass ich mir früher gewünscht habe, ich könnte bei euch leben? So wie Susanne. Hier war immer alles so warm und herzlich. So friedlich."

„Deine Eltern haben dich auch geliebt, ganz sicher."

Sie verfiel wieder in Schweigen. Offenbar wusste sie nicht, ob das wirklich stimmte.

„Ich war Anfang der Woche noch zu Besuch", sagte sie nach einer Weile, ohne ihn anzusehen. „Bei Mama zum Kaffee. Mein Vater ist nicht mal reingekommen, um sich kurz dazuzusetzen. Er hat einfach auf dem Hof weitergemacht. Irgendwann kam dann Werner Ohntrup, um mit ihm zu sprechen. Dafür hat er sich Zeit genommen, ziemlich lange sogar. Für Werner. Aber ich war ihm vollkommen egal."

„Er hat mit Werner gesprochen? Wann war das denn?"

„Am Dienstag. Wegen dem blöden Windpark. Dabei wollte mein Vater doch sowieso nicht mitmachen. Er wollte keine Windräder bei sich auf dem Acker haben. Trotzdem haben die stundenlang palavert. Und als Werner weg war, ist mein Vater wieder an die Arbeit gegangen. Außer einem kurzen Hallo hat er mir gegenüber kein Wort verloren. Als hätte ich die Pest."

Am Dienstag? Tönne wunderte sich. Die Sache war da doch längst geklärt gewesen. Hatte es Werner trotzdem noch mal versucht? Aus lauter Verzweiflung, weil der Termin beim Bauamt ablief?

„Weißt du zufällig, wie Werner deinen Vater überzeugen wollte? Hatte er irgendwelche neuen Argumente?"

„Ich weiß nicht. Mama hat mir später erzählt, er habe einen Umschlag mit Geld mitgebracht. Aber da kannte er meinen Vater schlecht. Das war für den nur ein zusätzliches Argument, auf stur zu stellen."

Tönne glaubte sich verhört zu haben. Einen Umschlag mit Geld? Das wäre kein neues Argument gewesen, sondern ein Bestechungsversuch. Wie getrieben musste Werner gewesen sein, wenn er Alfons kurz vor Schluss noch mit einem Umschlag voller Geld umstimmen wollte? Und wie verbittert, als Alfons ihm trotzdem die Unterschrift nicht geben wollte?

„Aber das ist ja jetzt auch egal", sagte sie. „Thomas macht beim Windpark mit. Also hat sich die Sache erledigt. Mit dem Geld will er den Hof wieder nach vorne bringen."

„Ja", stimmte Tönne nachdenklich zu. „Die Sache hat sich wohl erledigt."

Ein lauter Rums erschütterte das Haus. Kurz darauf fingen die Mädchen oben an zu streiten.

„Das ist meine Schärpe!", hörte er Sophie rufen. „Verpiss dich, du Missgeburt!"

Annie reagierte mit aggressivem Aufheulen, wie um sich überall im Haus Gehör zu verschaffen: Sophie ist gemein zu mir!

„Sind das die Kinder?", fragte Sandra.

„Ich fürchte, ja. Wir müssen zum Sternsingen. Der Gottesdienst geht gleich los. Ich bin heute der Chauffeur. Susanne und Martin sind nicht da."

„Oh. Und ich halte dich hier auf. Warum sagst du nichts?"

„Du hältst mich nicht auf. Es gibt Wichtigeres, als die beiden Furien auseinanderzubringen."

„Aber ihr müsst euch doch auf den Weg machen?"

„Das schon. Gleich jedenfalls. Aber ich komme heute Abend zu euch rüber, wenn du nichts dagegen hast. Nach dem Abendessen. Dann können wir in Ruhe reden."

„Thomas wird sich bestimmt freuen."

Sie stand etwas unsicher auf und sah sich nochmals im Wohnzimmer um. Dabei wirkte sie völlig verloren.

„Deine Mutter wird sicher bald freigelassen", sagte er zuversichtlich. „Mach dir keine Sorgen. Sie hat ja mit der Sache nichts zu tun. Und dann könnt ihr euch neu sortieren, ihr drei. Mit Thomas' Hilfe wird schon alles gut werden. Ich bin ganz sicher."

Sie schenkte ihm ein trauriges, aber immerhin etwas zuversichtlicheres Lächeln. Tönne wollte ihr die Hoffnung nicht nehmen. Er lächelte aufmunternd, als würde er seinen eigenen Worten absolut Glauben schenken. Dabei tat er das nicht im Allermindesten.

10

Der Frühstückstisch war bereits mit kleinen Pfannen, Tellern und Schalen gedeckt. Es gab Rührei mit Knoblauchwurst, Oliven, Tomaten, gebratene und scharf gewürzte Aubergine, Pasten und Brotaufstriche, Grießpudding und natürlich die große bauchige Kanne mit türkischem Tee. Gül wollte denjenigen sehen, dem nicht das Wasser im Mund zusammenlief, wenn er mit der Frühstückstafel ihrer Mutter konfrontiert war.

Ihr Vater saß bereits am Tisch und las die Zeitung. Seitdem er im Ruhestand war, arbeitete er sie jeden Tag systematisch von der ersten bis zur letzten Zeile durch. Gül war die Nachzüglerin in der Familie, das Nesthäkchen. Ihre älteren Geschwister hatte es schon lange in alle Winde verweht. Trotzdem machte ihre Mutter immer noch jeden Morgen Frühstück, als müsste sie eine ganze Kompanie durchfüttern.

Ihr Vater blickte von der Zeitung auf. Er sah Gül in ihrer Uniform und runzelte die Stirn.

„Hast du heute nicht frei?", fragte er.

„Eigentlich schon. Aber heute ist Dreikönigssingen, und Heinz Bertling will, dass ich die Kinder begleite. Ich hab dafür am Montag frei."

Das hörte sich doch gut an, fand sie. Kindern im Straßenverkehr zu helfen. Genauso stellte er sich immer ihre Arbeit vor.

„Dreikönigssingen?“, fragte er auf Deutsch.

Dann sah er konzentriert aus dem Fenster und betrachtete die Winterlandschaft, als würde er sich einen Überblick verschaffen müssen, welche Jahreszeit überhaupt gerade war.

„Ist das heute?“, fragte er. „Interessant.“

Nebenan in der Küche rumpelte es. Ihre Mutter war offenbar noch nicht fertig mit den Vorbereitungen. Nun rief sie Gül zu sich herüber.

„Hilf mir doch mal bitte, Gül.“

Das war eindeutig ein Befehl. Gül legte ihre Mütze auf das Sideboard und ging in die Küche hinüber. Ihre Mutter stand vor dem offenen Schrank, ihrem Tupperware-Paradies. Sie hatte den Finger an den Mund gelegt und starrte nachdenklich hinein, als hätte sie eine schwere und folgenreiche Entscheidung zu treffen. Dann nahm sie einen kleinen Behälter heraus und stellte ihn auf die Anrichte.

„Ich hab dir Börek gemacht, für unterwegs“, sagte sie und begann vorsichtig, die Teigtaschen in den Behälter zu legen. „Damit du mir nicht verhungern musst. Ich hab sie diesmal mit Hefeteig gemacht, sie sind aber trotzdem köstlich geworden, glaub mir. Wenn du schon am Sonntag arbeiten musst, sollst du wenigstens etwas Ordentliches im Magen haben. Du wirst ja immer dünner und dünner, irgendwann löst du dich noch ganz in Luft auf.“

„Ach, Mama, das ist gar nicht nötig. So lange bin ich nicht weg, das hoffe ich wenigstens.“

Ihre Mutter sah verständnislos auf. „Ich hab gestern Abend extra Käse angesetzt“, sagte sie und ließ ihre Stimme verletzt klingen.

Gül ahnte schon, wohin das führen würde. Trotzdem sagte sie: „Ich bin doch heute Nachmittag wieder zu Hause. Und dann gibt es ja noch im Gemeindehaus Waffeln mit heißen Kirschen. Nachdem wir die Kinder abgesetzt haben.“

„Waffeln. Die schmecken dir also besser?“

„Nein, ich meine nur, dass wir da eingeladen sind.“

Zu spät. Jetzt war ihre Mutter beleidigt. Schlimmer noch. Sie war verärgert.

„Schon gut“, sagte sie spitz. „Ich habe verstanden.“

„Ich will doch nur sagen ...“

„Ich versuche ja nur, es allen recht zu machen. Stehe bis tief in der Nacht in der Küche und ackere und mache, um dir eine Freude zu bereiten. Weil ich denke, du magst das. Dafür ist mir keine Arbeit zu schwer. Aber dann höre ich, dass du lieber deutsche Waffeln isst. Dass dir das Essen deiner Mutter gar nicht schmeckt.“

„Mama, bitte ...“

„Aber dann hab wenigstens den Anstand, es mir zu sagen.“ Sie warf theatralisch die Arme in die Luft. „Sag es: Dein Essen ist scheußlich! Sag es mir direkt ins Gesicht.“

Es hatte ja doch keinen Zweck. Hätte sie nur das Essen einfach kommentarlos mitgenommen. Das Problem war nur, dass ihre Mutter die Behälter heimlich inspizierte, wenn Gül wieder zu Hause war. Und wehe, das Essen war dann nicht angerührt.

Gül schwieg. Sie brauchte nicht zu sagen, dass sie es sich jetzt anders überlegt hatte. Ihre Mutter verstand auch so und füllte mit stolzer Genugtuung den Behälter mit Böreks.

Dann wechselte sie das Thema. „Wie war deine Arbeit gestern?“, fragte sie eine Spur zu süßlich.

Gül erstarrte. Ihre Gedanken rasten. Hatte ihre Mutter etwa Wind von der Verfolgung bekommen? Das war unmöglich. Außer Michael und den Oldenkotts wusste ja keiner was davon.

„Ganz gut“, sagte sie vage und überlegte, wie sie eilig das Thema wechseln konnte.

Ihre Mutter hielt in der Bewegung inne.

„Du brauchst gar nichts abzustreiten“, sagte sie deutlich kühler. „Ich habe gestern Abend mit Tante Fatma telefoniert.“

„Mit Tante Fatma?“, fragte Gül verwirrt.

„Sehr richtig. Sie ist gestern mit ihren Töchtern zurück nach Dortmund gefahren, wie du weißt. Über die Landstraße zur Autobahn. Stell dir vor, sie hat gesagt, da stand ein Streifenwagen am Straßenrand. Und dann hat sie dich gesehen, auf dem Feld. Das war ein ziemlicher Schock für sie. Sie sagt, hätte sie selbst am Steuer gesessen, dann wäre sie vor lauter Schreck in den Graben gefahren."

Mist. Ausgerechnet Tante Fatma. Gül musste sich schnell was zurechtlegen. Am besten ließ sie die Verfolgung außen vor.

„Da war ein Schild, das Umweltschützer aufgestellt haben. Das ist natürlich verboten. Wir sollten uns das ansehen. Und dann bin ich auf dem Feld in ein Schlammloch gerutscht. Das war wirklich blöd. Ein Missgeschick."

Ihre Mutter wollte etwas sagen, aber Gül ließ sie nicht zu Wort kommen.

„Das war nicht gefährlich, Mama. Wirklich nicht. Es war einfach nass, und dann bin ich ausgerutscht."

Zu Güls Überraschung winkte sie ab, als würde sie eine Stechmücke verscheuchen. Das schien sie gar nicht zu interessieren.

„Du hast deine Uniform woanders gewaschen?", fragte sie, worauf Gül verunsichert nickte. „Das war gut, Kind. Eine gute Idee. Dein Vater soll so was nicht mitkriegen, du weißt ja, wie er ist. Zum Glück war ich am Telefon, als Fatma angerufen hat. Ich werde das schon vor ihm geheim halten. Er würde sich nur aufregen. Behalt also bitte für dich, was da passiert ist. Kann ich mich darauf verlassen?"

Gül wusste nicht, was sie dazu sagen sollte. Sie erkannte ihre Mutter nicht wieder. Die vertiefte sich in ihre Arbeit, als wäre gar nichts gewesen. Dann drückte sie ihr ein Schälchen mit Ziegenkäse in die Hand.

„Bring das rüber ins Esszimmer. Wir frühstücken gleich. Ich mach dir nur schnell dein Essen für die Arbeit fertig."

Und das war's. Gül stolperte irritiert aus der Küche. Nebenan hockte ihr Vater immer noch bewegungslos vor der Zeitung. Als er sie kommen sah, fragte er: „Musst du dich nicht langsam beeilen?"

Sie nahm sich zusammen. Natürlich würde sie ihm gegenüber dichthalten. Darauf konnte sich ihre Mutter verlassen.

„Ein bisschen Zeit habe ich noch", sagte sie und betrachtete die Frühstückstafel. Sie fragte sich, wo auf diesem überfüllten Tisch sie den Käse noch hinstellen sollte. Einer von ihnen würde ihn wohl auf den Schoß nehmen müssen, anders ging es nicht.

„Gül, schließ mal kurz die Tür."

Er sah sie mit einem Blick an, den er für besondere Gelegenheiten reserviert hatte. Das letzte Mal hatte sie diesen Blick gesehen, als es um ihre Berufswahl ging. Was kam denn jetzt? Er wollte doch nicht nach Tante Fatmas Besuch mit ihr übers Heiraten sprechen? Diese Frau war wirklich eine Plage. Bestimmt hatte sie ihren Vater deswegen in die Mangel genommen. Das wäre mal wieder typisch.

Gül schloss die Tür und überlegte, wie sie das Thema Heiraten am besten abschmetterte.

„Ich habe gestern Abend mit Tante Fatma telefoniert. Sie hat dich gesehen, auf einem Feld vorm Dorf."

Gül war sprachlos. Diese hinterhältige Kuh. Die hatte doch tatsächlich zweimal angerufen, um sicherzugehen, dass die Information auch tatsächlich überall da ankam, wo sie ankommen sollte.

Gül machte sich auf eine Standpauke gefasst, aber stattdessen wurde sein Tonfall vertraulich.

„Mama weiß nichts davon. Und so soll es auch bleiben. Du weißt ja, wie sie ist. Sie macht sich halt Sorgen. Aber sei das nächste Mal vorsichtiger. Versprichst du mir das?"

Die Tür flog auf, und ihre Mutter stürmte in den Raum.

„Wieso ist denn die Tür geschlossen? Habt ihr etwa Geheimnisse vor mir?"

Ihr Vater lachte laut und schallend. „Als wenn einer vor dir Geheimnisse haben könnte, Hatice. Du machst dich über uns lustig."

Das schien ihr einzuleuchten, denn sie lachte mit und setzte sich an den Tisch. Nach dem Gespräch in der Küche wirkte ihre gute Laune etwas gekünstelt, aber ihr Vater schien nichts zu merken.

„Was ist, Gül?", fragte er. „Willst du dich nicht zu uns setzen?"

„Ja, setz dich zu uns", sagte ihre Mutter und fügte mit irritiertem Blick hinzu: „Und stell doch endlich den Käse auf den Tisch."

Nach dem Frühstück ging Gül immer noch ziemlich verwundert zur Wache. Vielleicht unterschätzte sie ihre Eltern manchmal, dachte sie, und sie waren doch viel moderner als vermutet.

Sie war so in Gedanken versunken, dass sie sich nicht wie gewöhnlich laut ankündigte, wenn sie das Wachlokal betrat.

Das Radio lief: 1LIVE, der Lieblingssender von ihrem Chef. Eigentlich ein Jugendsender, aber gerade deswegen ließ Heinz ihn wohl den ganzen Tag laufen. „Man muss jung bleiben, Gül", sagte er gerne. Jetzt stand er mit dem Rücken zu ihr und hantierte an der Kaffeemaschine herum. Dabei wippte er mit den Hüften und sang laut den Song im Radio mit: „I wish that I could be like the cool kids, like the cool kihids."

Gül lächelte. Hüftenschwingend hatte sie Heinz Bertling noch nie gesehen.

„Morgen, Chef", sagte sie laut.

Er wirbelte herum und lief sofort rot an. Offenbar fühlte er sich ertappt.

„Gül, ich hab ... ist es denn schon so spät? Ähem, ja, Guten Morgen." Dann räusperte er sich. „Auch einen Kaffee?"

„Ja, gerne“, sagte sie und machte es sich an ihrem Schreibtisch bequem. Sie wollte ihren Chef von der peinlichen Situation erlösen. Es gab ohnehin ein Thema, das sie unbedingt mit ihm besprechen wollen. Wenn sie Glück hatte, war Heinz auch diesmal gut informiert.

„Was sagst du zu der Sache mit Hilde Kerkering?“, begann sie. „Nicht zu fassen, oder?“

„Ja, es sieht so aus, als wäre der Mordfall gelöst. Stell dir vor, das Blut klebte noch an der Schaufel. Blut und Haare und sogar Gehirnmasse.“ Er stellte das Radio ab. „Ich wusste ja immer, dass Hilde nicht ohne ist. Aber dass sie zu so einer Sache fähig ist, das hat mich doch überrascht. Man darf Frauen nicht unterschätzen, sage ich immer.“

„Dann hat sie schon gestanden?“, fragte Gül.

„Ach was. Die redet nicht mit der Polizei. Kein Wort. Die Kollegen beißen sich die Zähne an ihr aus. Es hat ja immer geheißen, Alfons wäre ein sturer Bock. Aber da kannten die Leute Hilde schlecht. Die ist hart wie Stahl, sag ich dir. Ich bin gespannt, ob irgendeiner sie zum Reden kriegt. Wenn überhaupt, würde sie wohl mit einem von uns sprechen. Einem aus Buddenbeck. Aber mit solchen Ideen braucht man der Kripo nicht zu kommen. Die tun gerne so, als hätten sie die Weisheit für sich gepachtet. Na ja, selber schuld. Sollen die sehen, wie sie mit ihr klarkommen.“

„Hatten die denn irgendwelche Beweise? So ohne Weiteres kriegt man keinen richterlichen Beschluss, oder?“

„Nein, das stimmt. Aber es gab irgendwelche Spuren, frag mich nicht nach Einzelheiten. Ich sag ja immer, die Jungs und Mädels von der KTU, die kriegen alles raus. Offenbar konnten die nachweisen, dass Hilde in der Nacht auf dem Hof war. Sie hat gar nicht im Bett gelegen und geschlafen, wie sie behauptet hat, sondern war draußen bei Alfons, das ist sicher. Na ja, und ein starkes Motiv hat sie auch.“

Hilde war in der Mordnacht draußen gewesen. Das war in jedem Fall eine Überraschung, aber für Gül bedeutete das erst mal nur, dass sie unter Umständen wusste, wer den Mord begangen hatte. Vielleicht hatte sie den Spaten versteckt, um den Täter zu schützen.

„Aber glaubst du das?“, fragte sie. „Dass Hilde so einen brutalen Mord begeht? Das kommt mir doch unwahrscheinlich vor. Ganz egal, ob sie aus Stahl ist oder nicht. So wie der Schädel von Alfons zertrümmert war. Das war doch nie im Leben Hilde.“

„Das ist sicher schlimm“, sagte er. „Aber so ist es nun mal. Am Spatenstiel waren nur ihre Fingerabdrücke, sonst keine. Das ist ein ziemlich starker Beweis, oder? Seien wir froh, dass jetzt alles geklärt ist. Dann können wir die Sache abschließen.“

Heinz hatte offenbar keine Lust, sich diesen Fragen weiter zu stellen. Schlimm genug, dass es so einen brutalen Mord in seinem beschaulichen Buddenbeck gegeben hatte. Je schneller er aufgeklärt war, desto besser. In dieser Hinsicht war er nicht anders als der Bürgermeister.

„Und was ist mit dem Einbrecher?“, fragte sie. „Und mit dem Auto, das nachts auf dem Hof war?“

„Gül, bitte! Wir haben doch schon genug Ärger gehabt. Außerdem ist heute Dreikönigssingen. Wir müssen uns langsam beeilen, wenn wir noch rechtzeitig zum Gottesdienst kommen wollen. Im Grunde ist das doch eine gute Idee von Lütke-Hüsken. Wir können zeigen, dass ganz Buddenbeck zusammensteht.“

Ihm schien etwas einzufallen. Plötzlich war ihm unbehaglich zumute. Er räusperte sich.

„Ist das denn ...? Also, ich meine ...“ Er wurde wieder rot. „Diese Sache mit dem Sternsingen, das ist ja ... wie soll ich sagen? Nur, dass du nicht ...“

Gül ahnte schon, worauf er hinaus wollte.

„Ich werde es überleben, eine katholische Kirche zu betreten“, sagte sie. „Und den Rest auch.“

Er wirkte erleichtert. „Also gut. Reden wir nicht mehr drüber. Schön. Dann ist es beschlossen.“ Er rieb sich die

Hände. „Trinken wir schnell noch einen Kaffee. Und dann müssen wir los. Ach ja, ich hab dich zusammen mit Miko eingeteilt. Du hast doch nichts dagegen?“

„Mit Miko?“ Ihr Herz erstarrte augenblicklich zu Eis. Ihr schöne Augen zu machen, obwohl zu Hause seine Freundin saß und auf ihn wartete. Und sie war auch noch blöd genug gewesen, sich von ihm angezogen zu fühlen. „Vergiss es! Auf keinen Fall!“

„Aber ...?“

Er verstummte wieder. Das kam für ihn offenbar überraschend.

„Ich kann auch alleine ein paar Kinder durch die Gegend fahren“, sagte Gül. „Fertig, aus. Ich fahr nicht mit Miko, da kannst du dich auf den Kopf stellen.“

Da war so viel tödliche Entschlossenheit in ihrer Stimme, dass Heinz das Thema offenbar nicht weiter vertiefen wollte. Aber Gül war noch nicht fertig.

„Ich fahre überhaupt nicht mehr mit Miko zusammen auf Streife, nur damit du Bescheid weißt. Du kannst die Dienstpläne ruhig schon mal umschreiben. Und glaub ja nicht, ich mache Spaß. Wenn ich noch einmal mit Miko zusammen eingeteilt werde, melde ich mich krank. Dann kannst du sehen, wie du den Laden hier am Laufen hältst.“

Heinz war völlig verdattert. Sie betrachtete ihn mit finsterem Blick. Er sollte ja nicht wagen, die Sache in Frage zu stellen.

Ihr Chef schien zu begreifen, dass er sich jetzt besser nicht mit Gül deswegen anlegte. Also lächelte er gezwungen und fragte mit gespielter Heiterkeit: „Also, was ist? Kaffee?“

Sie setzten sich mit ihren dampfenden Tassen zusammen, und Heinz plauderte kurz darauf mit leuchtenden Augen über das Dreikönigssingen. Er hatte noch klare Erinnerungen daran, wie er selber als Kind in Verkleidung herumgezogen war, und die wollte er unbedingt mit Gül teilen.

Ihr war das nur Recht. Sie wollte nicht weiter über Miko nachdenken. Der Typ konnte ihr sonstwo begegnen. Außerdem war da eine ganz andere Sache, die anstand. Sie würde nämlich gleich mit Tönne reden müssen. Über das Alibi von Thomas. Sie mussten der Kripo sagen, was sie erfahren hatten, es ging nicht anders. Dazu fühlte sie sich als Polizistin verpflichtet. Sie konnte unmöglich so wichtige Informationen vor der Kripo geheim halten. Also würde sie sich morgen auf den Weg nach Münster machen. Und das würde Tönne sicher überhaupt nicht gefallen.

11

Als Gül in die Kirche trat, hielt sie nach Tönnes karierter Schirmmütze Ausschau, die er für gewöhnlich trug. Aber dann wurde ihr klar, wo sie hier war und dass er die Mütze sicher abgenommen hatte. In der vorletzten Reihe entdeckte sie schließlich seinen Kopf mit der Halbglatze, die von grauen Haaren umkränzt war. Die Kirche füllte sich, aber noch saß er ziemlich allein auf der Bank.

Nach der Messe auf dem Schützenfest war das schon der zweite Gottesdienst, den sie mitmachte. Amüsiert stellte sie fest, dass es ihr wohl langsam zur Gewohnheit wurde, in katholischen Gottesdiensten herumzusitzen. Tönnes Gesicht hellte sich auf, als er sie entdeckte. Er rutschte auf der Bank zur Seite, um ihr Platz zu machen.

„Lisbeth, es gibt Neuigkeiten“, flüsterte er feierlich.

Die Neuigkeit, dass sie morgen nach Münster zur Kripo gehen würde, wollte sie fürs Erste für sich behalten. Also setzte sie sich zu ihm und fragte flüsternd: „Ach ja? Was denn?“

„Du bist doch heute beim Sternsingen dabei, oder?“

„Ja, natürlich. Ich weiß noch nicht, welche Kinder ich kriege und wo ich unterwegs bin. Aber ja, ich bin dabei.“

„*Ich* weiß, wo du unterwegs bist. Ich habe da ein bisschen nachgeholfen. Du bist für den Moorbach eingeteilt, mitten in der Höhle des Löwen. Leider musst du auch eins meiner Enkelkinder mitnehmen. Das war nicht zu ändern. Die Ältere, Sophie. Und die kommt langsam in die Pubertät, fürchte ich."

„Und warum soll ich unbedingt zum Moorbach?"

„Ich habe einen Plan. Wenn du bei Werner Ohntrup bist, schleichst du dich in sein Büro, während die Kinder singen und Spenden sammeln. Das Büro liegt neben seinem Fütterungsraum, ganz leicht zu finden. Ein kleiner Einbruch sozusagen."

„Bist du verrückt?"

Das war wohl zu laut gewesen, denn vor ihnen drehten sich die Leute um und warfen Gül empörte Blicke zu. Sie musste leiser sprechen.

„Jetzt lass mich doch erst mal erklären, was ich vorhabe", meinte Tönne.

„Ich breche doch nirgendwo ein! Ich verliere meinen Job, Tönne!"

Er rollte mit den Augen, als wäre sie ein störrisches Kind.

„Und *du* brichst da auch nicht ein, hörst du?", fügte sie hinzu. „Du machst das auch nicht!"

„Wir reden später darüber, nach dem Gottesdienst."

„Wir können gerne später noch mal drüber reden, aber das ändert nichts daran, dass wir das nicht machen."

Die Kirche hatte sich inzwischen gefüllt. Die Leute saßen in Wintermänteln auf den Bänken. Sie husteten und räusperten sich, und die Geräusche hallten von den Steinwänden wider. Wie kalt es in einer Kirche war. Und so ungemütlich, ganz ohne Teppiche. Mittendrin hing übergroß der ausgemergelte Körper von Jesus Christus, der ans Kreuz geschlagen war. Gül erinnerte sich, wie sie mit der Schulklasse im Münsteraner Dom gewesen war, zusammen mit einer Touristengruppe aus Japan. Da waren ein paar japanische Mädchen gewesen, die plaudernd um eine Ecke gingen und plötzlich vor so einem riesigen Kreuz standen, zwar in Stein geschlagen, aber alles sehr realistisch. Sie hatten vor Schreck aufgeschrien und sich aneinandergedrängt, dann hatten sie gekichert und waren weitergegangen. Als wären sie auf einer Kirmes in der Geisterbahn. Gül musste lächeln, als sie daran zurückdachte.

„Die Polizei weiß von Thomas' Alibi", flüsterte Tönne. „Ich meine, dass es falsch war."

„Ach ja? Heinz wusste eben noch nichts davon. Bist du dir sicher?"

„Als ich gerade losgefahren bin, war die Kripo bei Kerkerings auf dem Hof und hat Thomas mitgenommen. Abgeführt, kann man sagen. Ich schätze, die haben das Alibi auch überprüft, genau wie wir. So besonders gut war es ja nicht."

Gül war erleichtert. Nicht nur, dass sie sich deswegen nicht mehr mit Tönne herumschlagen musste. Sie hatte auch ein schlechtes Gewissen gegenüber ihrem Bruder gehabt. Schließlich hätte sie der Kripo sagen müssen, woher sie ihre Informationen hatte. Und dabei wäre herausgekommen, dass Hakan mithilfe seiner straffälligen Jugendlichen an diese Informationen gekommen war. Sie hatte zwar keine Ahnung, wie genau er das angestellt hatte, aber bestimmt hatte das mit sozialer Reintegration nicht soviel zu tun gehabt. Hakan sollte nicht ihretwegen noch Schwierigkeiten bekommen.

„Dann ist Thomas jetzt dran", sagte sie nachdenklich. „Hilde sagt der Polizei anscheinend kein Wort. Sie hat auf stur gestellt. Vielleicht kriegen sie ja Thomas dazu, was zu sagen. Und dann können sie ihn überführen."

„Ja, warten wir es ab."

Gül dachte an die Bauern am Moorbach. Dann waren sie also unschuldig. Das machte es einfacher, wenn sie gleich mit den Kindern da herumfahren würde. Dennoch fragte sie sich, was Tönne eigentlich geplant hatte.

„Wieso Werner Ohntrup?“, fragte sie. „Was willst du bei ihm im Büro finden?“

Eine ältere Frau in der Bank vor ihnen drehte sich um.

„Pscht!“, zischte sie ärgerlich.

Gül presste die Lippen aufeinander. Sie sollte sich besser zurückhalten. Schließlich war sie Muslima. Es wäre besser, einfach ein freundliches Gesicht zu machen und still zu sein.

„Später, Lisbeth, später“, flüsterte Tönne. „Erst der Gottesdienst.“

Plötzlich gab es ein Bimmeln, und wie auf Kommando standen alle auf. Das kannte Gül schon. Man musste teuflisch aufpassen, wann die Leute aufstanden oder sich hinsetzten. Da gab es klare Regeln. Am gefährlichsten war es, wenn Gül glaubte, alle setzten sich hin, und sie selbst machte es sich ebenfalls bequem, und dann stellte sich heraus, sie saßen nicht, sondern knieten, und Gül war die Einzige, die wieder auf der Sitzbank Platz genommen hatte. Dabei waren die Knie-Sessions offenbar das Wichtigste. Aber das kam erst im letzten Drittel der Show, so viel wusste sie inzwischen.

Der Pfarrer zog mit den Messdienern von hinten in die Kirche ein, gefolgt von einer bunten Schar verkleideter Kinder. Wie süß die aussahen. Mit weiten Gewändern und Turbanen und Ketten und Schärpen. Wie bei einem Karnevalsumzug. Die Orgel legte los, alle schnappten sich ein Gesangbuch und sangen Glohohoria. Der Gottesdienst begann.

Trotz des Spektakels wurde Gül die Zeit in der Kirche etwas lang, und sie war froh, als alles zu Ende war und die Leute wieder nach draußen strömten. Als es im allgemeinen Durcheinander wieder möglich war, ein Gespräch zu führen, fragte sie Tönne: „Jetzt sag schon. Was willst du bei Werner Ohntrup im Büro finden?“

„Das weiß ich nicht genau. Vielleicht Kontoauszüge. Oder einen Umschlag voller Bargeld.“

„Hab ich irgendwas verpasst? Bargeld?“

„Werner hat versucht, Alfons zu bestechen. Um seine Unterschrift zu kriegen. Ein paar Tage vor dem Mord.“

„Bist du dir da sicher?“

„Ziemlich sicher. Sandra Kerkering hat ihre Mutter besucht und dabei was beobachtet. Wenn wir uns bei Werner umsehen könnten, würden wir vielleicht einen Beweis dafür finden.“

„Dann denkst du also nicht, dass Thomas den Mord begangen hat?“

„Nein, Lisbeth. Das denke ich nicht. Zumindest müssen wir alle Spuren im Auge behalten.“

„Tönne, du kannst nicht ernsthaft von mir erwarten, dass ich da einsteige!“

„Ich hab alles durchgeplant. Wenn du bei Ohntrup auf dem Hof bist, tauche ich auch da auf. Ich guck mir das Ganze an. Wenn die Kinder fertig sind, und du bist noch nicht wieder draußen, dann lenke ich Werner ab.“

„Tut mir leid. Da mache ich nicht mit.“

Sie traten nach draußen auf den Kirchhof. Das halbe Dorf stand im Schneematsch und unterhielt sich. Die Stimmung war gut. Vor allem bei den Kindern, die ihre Kostüme miteinander verglichen und Pappsterne an Besenstielen durch die Luft sausen ließen. Heinz Bertling winkte ihr von Weitem zu.

„Das Foto, Gül! Komm her, der Fotograf ist jetzt da.“

„Was denn für ein Foto?“, fragte Tönne.

„Ach, nicht so wichtig. Ich muss da kurz hin“, meinte Gül. „Ich komme gleich wieder.“

Aber Heinz Bertling war schon wieder in der Menge verschwunden. Sie blickte sich um, auf der Suche nach dem Rest der Bande. Der Bürgermeister mit seinem Körperumfang war vermutlich schlecht zu übersehen. Da entdeckte sie Miko. Er unterhielt sich mit ein paar Kumpels aus dem Schützenverein und schien blendender Laune zu sein. Neben ihm stand eine blonde Tussi, die aussah wie Heidi Klum zu ihren besten Zeiten. Güls Herz gefror. Ausgerechnet eine blonde Helga. Das war ja typisch. Sie wollte die Frau gar nicht anstarren, aber es war unmöglich, den Blick abzuwenden.

Heinz Bertling tauchte neben ihr auf und fasste sie am Arm.

„Gül, wo bleibst du denn? Komm rüber. Wir stellen uns vor der grünen Linde auf. Der Fotograf hat nicht ewig Zeit."

Und da standen sie alle. Ein Haufen kostümierter Kinder, dahinter die Landfrauen, die die ganze Sache organisierten, allen voran Aenne Vaalbrock, der Bürgermeister mit seinem schmierigen Sakko, ein paar von den Einzelhändlern aus dem Ort und noch ein Haufen anderer Leute, die Gül nicht mal kannte. Heinz schubste sie zur Linde hinüber.

Dann blieb er stehen und betrachtete verzückt die Kinder, die sich in einer Reihe aufstellten.

„Grüß Gott, ihr Leut von fern und nah, die Sternsinger sind wieder da", zitierte er mit leuchtenden Augen. „Ich weiß das noch wie heute. Was haben wir das gern gemacht als Kinder."

Johannes Lütke-Hüsken entdeckte sie. Er zupfte sein Sakko zurecht und winkte Gül mit seinen Wurstfingern zu sich.

„Kommen Sie, Frau Yılmaz. Stellen Sie sich neben mich."

Güls Laune sank schlagartig. Doch der Bürgermeister ließ sie nicht aus den Augen. Es blieb ihr nichts anderes übrig, als sich neben ihm aufzustellen.

„Schön, dass Sie kommen konnten", sagte er und fügte vertraulich hinzu: „Wir zeigen den Leuten, wie modern wir sind, nicht wahr? Das wird ein ganz tolles Foto."

Sie bereute längst, dieses Theater mitzumachen. Aber jetzt war es zu spät, um abzuhauen. Der Fotograf kommandierte alle ein bisschen herum, bis die Gruppe zu seiner Zufriedenheit aufgestellt war.

„Moment!", rief Heinz plötzlich. „Da ist Miko. Der muss auch noch mit drauf."

Und tatsächlich, da kam dieser eitle Gockel mit seiner blonden Tussi, und die beiden drängten sich kichernd dazu. Gül hätte kotzen können. Alle wurden angehalten zu lächeln, aber sie konnte nur finster in die Kamera gucken. Es war ihr klar, dass sie auf dem Foto später aussehen würde wie eine Serienmörderin. Aber das war nun mal nicht zu ändern. Und vielleicht konnte sie damit dem Bürgermeister auch noch eins auswischen.

Als der ganze Unsinn über die Bühne gebracht war, suchte Gül nach Tönne, um weiter mit ihm zu sprechen. Sie entdeckte ihn an der Kirchentür, wo er mit einem Nachbarn plauderte. Hinter ihr rief jemand: „Gül, warte!"

Es war Miko. Er hatte tatsächlich die Dreistigkeit, mit seinem Flittchen auf sie zuzukommen. Die blöde Kuh eierte mit ihren Stöckelschuhen über das Kopfsteinpflaster, als wäre sie eine Hollywooddiva, die in ein münsterländisches Kaff entführt worden war. Miko zog sie stolz hinter sich her und grinste breit übers ganze Gesicht.

„Wir fahren heute gar nicht zusammen, habe ich gehört?", sagte er. „Das ist wirklich schade."

Sie hatte schon eine passende Abfuhr auf den Lippen, doch dann sagte er: „Ich will dir nur kurz meine Schwester vorstellen. Ewa wohnt im Moment bei mir."

„Deine Schwester?"

„Genau. Sie hat seit einer Woche einen Job in Münster, und solange sie keine Wohnung hat, pendelt sie von Buddenbeck aus. Darf ich vorstellen, Ewa? Das ist Gül, meine Kollegin."

„Hallo, Gül. Ich hab schon viel von dir gehört."

Gül musste sich zusammenzureißen. Sie durfte sich nichts anmerken lassen. Irgendwie schaffte sie es, schüchtern und mädchenhaft zu lächeln.

„Hallo, Ewa. Freut mich sehr", sagte sie und gab ihr höflich die Hand.

„Miko redet die ganze Zeit von dir. Ich wollte dich unbedingt mal kennenlernen."

Gül war völlig durcheinander. Was wollte sie denn damit sagen? Zum Glück rettete sie Aenne Vaalbrock aus der Situation, indem sie sich dazwischendrängte und mit einem Kugelschreiber auf einem Klemmbrett herumkritzelte.

„Entschuldigt, aber ihr müsst euch später weiter unterhalten. Gül, deine Gruppe ist hinten am Seiteneingang der Kirche. Du nimmst sie im Streifenwagen mit, ja? Hast du die Liste, welche Höfe du abfahren musst?“

„Ich glaube, Tönne hat die. Ich frag ihn gleich mal.“

„Gut. Dann los. Wir haben einen Zeitplan“, sagte sie und drängte Gül von Miko und Ewa weg.

Verwirrt ging sie in Richtung Tönne. Den ganzen Trubel um sich herum nahm sie wie in einer Blase wahr. Die Frau war seine Schwester. Eine Hand legte sich auf ihre Schulter. Sie glaubte schon, es wäre Miko, der ihr nachgelaufen war, aber dann sah sie in das sensationslüsterne Gesicht von Heinz Bertling.

„Du hast Mikos neue Freundin kennengelernt?“, fragte er. „Wie ist sie denn so? Sag schon.“

„Das ist seine Freundin? Bist du sicher?“

„Natürlich. Die wohnt jetzt bei ihm. Das hab ich von Aenne Vaalbrock, und die muss es ja wissen.“

Es war tatsächlich ein Missverständnis. So etwas passierte eben, wenn man sich nur auf den Dorftratsch verließ. Am liebsten hätte sie Heinz gefragt, ob sie nicht doch mit Miko zusammen fahren durfte. Aber dann hätte er nur gemerkt, was los war. Also ließ sie es besser sein.

„Die ist nett, auf jeden Fall.“

„Du musst mir später mehr erzählen.“

Heinz zwinkerte ihr zu und verschwand. Gül ging weiter in Richtung Tönne. Als er sie sah, löste er sich von seinem Nachbarn und kam ihr entgegen.

„Es ist alles geklärt, Lisbeth. *Ich* fahre zum Moorbach. Wir haben einfach die Routen getauscht. Ich steige also bei Werner ein, und du schiebst Wache, damit alles glatt läuft.“

„Nein, Tönne! Wir steigen da nicht ein! Und ich schiebe auch nicht Wache."

„Weißt du, Lisbeth ... Ich mache das sowieso, ganz egal ob du mitziehst oder nicht. Du kannst dir also überlegen, ob du mir hilfst oder ob du mich ins Messer laufen lässt. Deine Entscheidung."

Ehe sie etwas antworten konnte, drückte er ihr einen Zettel in die Hand. „Das ist deine Route. Und hier, wo ich den Haken gemacht habe, ist der Zeitpunkt, wo du einen Abstecher zu Werner machen musst. Vierzehn Uhr fünfzehn. Bitte sei pünktlich. Plane den Abstecher bei deiner Route gut ein. Da hinten am Seiteneingang steht deine Gruppe. Die beiden jungen Damen mit den Handys und der kleine Junge daneben. Viel Spaß. Wir sehen uns später."

Noch bevor Gül irgendwas sagen konnte, drehte er sich um und ging eilig davon.

Wie gelähmt stand sie da und glotzte auf den Zettel. Ihre Tour. Und mittendrin der Hinweis, wann sie bei Ohntrup sein sollte. Jetzt musste sie nur noch entscheiden, ob sie Tönne dabei helfen sollte, in das Büro eines Verdächtigen einzusteigen. Und damit ihren Job bei der Polizei aufs Spiel setzen.

12

Die drei Mädchen standen vor der offenen Tür und sangen laut und inbrünstig. Auch wenn der Gesang zwischendurch unter Textunsicherheiten litt, war es ein herziges Bild: drei kleine Könige aus dem Morgenland mit ihrem Stern, die ihr einstudiertes Spiel zum Besten gaben. Die Strophen waren hinten auf den Stern geklebt, und immer wenn sie ins Stocken gerieten, steckten sie auffällig unauffällig ihre Köpfe zusammen und starrten auf den Text. Tönne stand ein bisschen abseits und lächelte wohlwollend. Sie standen vor dem achten Haus. Lütke-Oerlinghues. Diesmal wurden sie nicht hereingebeten, wie bei den sieben Häusern zuvor, sondern mussten draußen im Schneematsch stehen und ihr Lied singen. Aber das störte ihn nicht. Der nächste Hof war der von Werner Ohntrup, und da würden die Kinder sicher nicht nur hereingebeten, sondern auch großzügig mit Kuchen und heißem Kakao versorgt werden.

Die Aufführung ging zu Ende. Die Kinder streckten die mit Goldpapier umklebte Zigarrenkiste hervor, die Spendendose für das Hilfsprojekt. Es wurde für die Entwicklungshilfe in Ecuador gesammelt, soviel Tönne mitgekriegt hatte. Als die Kinder fertig waren, klatschte Frau Lütke-Oerlinghues affektiert und schielte dann zu ihm herüber.

„Was haben denn die anderen so gegeben?“, fragte sie.

„Das weiß ich nicht“, sagte er, obwohl das natürlich nicht stimmte. „Darauf achte ich nicht. Das geht mich auch nichts an.“

Er war gespannt, was sie ohne Orientierungshilfe geben würde. Siegte die Gier oder die Scham? Oder würde sie demonstrativ einen auf dicke Hose machen und übertrieben viel Geld in die Dose stecken? Er hatte heute schon alle Varianten erlebt. Man lernte seine Nachbarn ganz neu kennen an so einem Tag.

Frau Lütke-Oerlinghues sah aus, als würde sie am liebsten einen Blick in die Spendendose werfen, um sich einen Überblick zu verschaffen. Waren da nur Scheine, oder gaben Leute auch Münzen? Konnte man überhaupt Münzen geben, oder sah das zu geizig aus? Schließlich verschwand sie im Haus und kam mit einem Fünf-Euro-Schein wieder, den sie eilig in die Dose stopfte, offenbar in der Hoffnung, Tönne wurde lediglich bemerken, dass es ein Schein war, ohne zu erkennen, was für einer.

Dann hielt sie den Kindern eine Keksdose hin, damit sich jedes Mädchen einen herausnehmen konnte. Die drei Kleinen waren nicht sonderlich begeistert. Woanders hatte es tollere Süßigkeiten gegeben. Aber auch wenn sie ihre Mienen nicht ganz unter Kontrolle hatten, waren sie gut erzogen genug, um sich höflich zu bedanken und jeweils einen Keks herauszunehmen. Tönne war froh, dass er Annies Gruppe gekriegt hatte und nicht die von Sophie. Die wäre unter Umständen noch frech geworden.

Sie kehrten zu seinem Auto zurück, und die Kinder nahmen auf der Rückbank Platz. Tönne blickte auf die Uhr. Zufrieden stellte er fest, dass alles perfekt nach Zeitplan verlief. Punkt vierzehn Uhr würde er bei Werner Ohntrup auf dem Hof auftauchen. Und wenn er um vierzehn Uhr fünfzehn immer noch nicht gefunden hatte, was er suchte, würde Lisbeth ihm den Rücken frei halten. Davon war er jedenfalls überzeugt. Wenn sie erst einmal in Ruhe über alles nachgedacht hätte, würde sie sich schon dazu durchringen, ihm zu helfen. Sie würde ihn nicht hängen lassen.

Bevor er den Wagen startete, warf er einen Blick durch den Rückspiegel, um zu sehen, ob alle Kinder angeschnallt waren. Annie kaute heimlich auf etwas herum, das nicht aussah wie der Keks, den sie von Frau Lütke-Oerlinghues bekommen hatte. Auch die anderen beiden Mädchen hatten die Backen voll. Und verdächtig ruhig ging es dabei zu.

Er drehte sich um. „Was esst ihr denn da?“

Von den Süßigkeiten, die sie unterwegs bekamen, durften die Kinder nämlich nur das essen, was nicht verpackt war. Alles andere wurde im Pfarrheim abgegeben und später an notleidende Kinder verschickt.

Schweigen auf der Rückbank. Tönne blickte in große unschuldige Kinderaugen. Zu unschuldig für seinen Geschmack.

„Zeigt mal her“, befahl er.

„Wir essen nichts“, sagte Annie. „Nur die Kekse.“

Er roch den Betrug. Aber ohne Beweise konnte er nichts machen.

„Wo sind denn die Süßigkeiten, die ihr abgeben sollt?“, fragte er.

Annies beste Freundin, ein kleines Mädchen mit dicker Brille, das gerne furchtbar altklug tat, zeigte auf die Plastiktüte, die neben ihm auf dem Beifahrersitz lag.

„Die sind da“, sagte sie. „Du hast doch gesagt, dass wir sie da in der Tüte sammeln sollen.“

Er fixierte sie finster. Aber sie schenkte ihm einen Blick, den sonst wohl nur der Klassenlehrer kannte: Du kannst mir gar nichts, ich weiß sowieso jede Antwort.

Er wollte es mal auf die moralische Art versuchen.

„Ihr wisst doch hoffentlich, dass die Süßigkeiten für arme Waisenkinder in der Zone sind?“

„Was ist die Zone?“, fragte Annie.

Die Frage war berechtigt, wie ihm sofort klar wurde. Es war sicher schon eine Weile her, dass zum letzten Mal für die Kinder in der DDR gesammelt worden war.

„Oder wo die eben hingehen“, fügte er hinzu. Er betrachtete das altkluge Mädchen mit der Brille. „Wo gehen die denn hin?“

„Die sind für Kinderheime im Bulgarien“, erklärte die Kleine.

Natürlich, das hatte der Pfarrer doch vorhin gesagt.

„Dann denkt mal darüber nach“, sagte er. „Diese Kinder haben keine Eltern mehr. Da gibt’s auch keine Barbiepuppen und keine tollen Fahrräder oder so was. Gar nichts gibt’s da. Und die einzige Freude, die diese Kinder haben, sind die Süßigkeiten, die ihr für sie sammelt. Wollt ihr, dass diese Kinder nicht einmal das kriegen? Weil ihr lieber Maoam esst als die Kekse von Frau Lütke-Oerlinghues?“

Die Kinder schwiegen und sahen schuldbewusst auf ihre Schuhspitzen. Na also. Er hatte doch gewusst, was los war. Nur das Mädchen mit der Brille wagte es, jetzt noch was zu sagen.

„Müssen wir nicht langsam weiterfahren?“, fragte sie. „Sonst kommen wir zu spät ins Pfarrheim.“

Sie hatte ja recht. Sie mussten tatsächlich weiter. Nicht unbedingt wegen des Waffelessens im Pfarrheim, aber sein Zeitplan musste eingehalten werden. Also startete er den Motor und machte sich auf den Weg zum Hof von Ohntrup.

Auf den Feldern war es immer noch weiß und winterlich schön. Aber überall tropfte und plätscherte es. Lange würde es nicht mehr so aussehen. Auch der Himmel hatte sich inzwischen zugezogen. Leichter Nieselregen setzte ein.

Der Hof von Werner Ohntrup bot immer noch einen tollen Anblick. Er war mal in einem Fotokalender mit den schönsten Höfen im Münsterland abgebildet gewesen. Ein Sandsteinbau aus der Kaiserzeit, mit Sprossenfenstern und grünen Blendläden. Das Foto war im Sommer gemacht worden, aber Tönne fand, tief eingeschneit gab der Hof ein noch schöneres Bild ab. Ja, die Ohntrups waren immer schon bessere Leute gewesen, daran hatte sich bis heute nichts geändert.

Er parkte vor dem Wohnhaus. Die Kinder stiegen aus und gingen zur Haustür, wobei sie die schmutzignassen Gewänder mühsam hinter sich herzogen. Annie klingelte an der Tür, und kurz darauf tauchte die hünenhafte Gestalt von Werner auf. Er strahlte die Kinder an und winkte Tönne zu. Die Mädchen wollten schon anfangen zu singen, aber Werner ging dazwischen.

„Kommt doch rein. Kommt rein. Die Oma ist auch da. Sie hat Kakao für euch gemacht. Und nehmt euch in Acht. Sie will unbedingt Fotos mit euch vorm Weihnachtsbaum machen."

Genauso hatte Tönne sich das vorgestellt. Er blieb am Auto stehen und wartete, während die Kinder im Innern verschwanden.

„Tönne! Kommst du nicht mit rein?", fragte Werner.

„Ach, weißt du, ich hab Probleme mit dem Wagen. Das Kühlwasser muss nachgefüllt werden. Ich hab eine leere Flasche im Kofferraum. Wenn du nichts dagegen hast, komme ich gleich nach."

„Natürlich. Du weißt ja, wo ein Wasserhahn ist. Im Fütterungsraum. Kommst du alleine klar?“

„Ja, sicher. Die Frage ist, ob du mit den Kindern alleine klarkommst. Nicht dass sie dir auf der Nase herumtanzen.“

Er lachte. „Das sollen sie mal versuchen. Dann sperre ich sie in den Heizungsraum, bis sie sich wieder benehmen.“

Werner verschwand im Haus und schloss die Tür. Tönne lief sofort los. Er humpelte durch den Schneematsch auf den Fütterungsraum zu. Von dort würde er ins Büro gelangen, und dann konnte er sich auf die Suche nach Beweisen machen. Im Stall surrte die Lüftungsanlage, und ein paar Schweine grunzten, sonst war nichts zu hören. Er schlich sich in Werners Büro und schloss die Tür. Es herrschte eine solch akribische Ordnung, dass es Tönne beinahe unheimlich wurde. Das hätte er bei Werner gar nicht erwartet. Auf dem Schreibtisch lag kein Staubkörnchen, und alles war im rechten Winkel ausgerichtet. Mittendrauf thronte ein großer Computer, als wäre er das Wichtigste in dem Büro. Damit konnte Werner also umgehen? Tönne wusste ja nicht mal, wie man so ein Ding anmachte. Sein Nachbar war wirklich für Überraschungen gut.

Er nahm auf dem Stuhl Platz, setzte sich die Brille auf und blickte sich um. Neben dem Bildschirm war eine Halterung, in der ein Stapel Briefe steckte. Die Post. Er zog den Stapel heraus und blätterte ihn durch. Ein Brief von Ewald und Emma Schulte-Brockhoff fiel ihm ins Auge. Er runzelte die Stirn. Warum schrieben die denn Werner Ohntrup? Er zog eine Karte aus dem Umschlag. Es war die Einladung zu ihrer Goldenen Hochzeit. Werner war also eingeladen und Tönne nicht. Das war ja ein starkes Stück! Jetzt wurden nicht mehr alle Nachbarn eingeladen, sondern nur noch die, die einem in den Kram passten? Na, wartet mal ab, dachte er beleidigt. Er würde Ewald ganz nebenbei darauf ansprechen, am nächsten Sonntag nach der Kirche. Er war schon sehr gespannt, wie der sich aus dieser Sache rauswinden würde.

Nachdem er den Umschlag weggesteckt hatte, blätterte er die restlichen Postsendungen durch. Jagdgenossenschaft, Pfarrgemeinderat, Urlaubskarten, nichts, was interessant war. Jedenfalls kein Umschlag voller Geldscheine.

Als er die Briefe zurücksteckte, fiel ihm ein, dass Werner ja bei Ewald Schulte-Brockhoff im Kegelklub war. Deswegen war der zur Goldenen Hochzeit eingeladen und Tönne nicht. Also gut. Dann wollte er mal nicht so sein.

Auf der anderen Seite des Schreibtisches waren einige Exemplare des *Landwirtschaftlichen Wochenblatts* gestapelt. Er durchwühlte ihn, aber da war nichts versteckt, außer ein paar Abrechnungen vom Schlachthof. Tönne überlegte kurz, ob er nachsehen sollte, wie es im Moment mit den Schweinepreisen stand. Aber dazu war jetzt wohl keine Zeit. Er sah sich um. Blieben nur noch die Schubladen.

In der untersten befanden sich alte Akten. Die Buchhaltung. Aber das sah alles ziemlich vergibt aus, hier war seit Ewigkeiten keiner mehr dran gewesen. Also die nächste Schublade. Es rumpelte, und er blickte auf ein riesiges Chaos. Sieh an, so ordentlich war Werner also doch nicht. Außen hui und innen pfui, das kannte man ja. Die Lade war voller Gerümpel: Stifte, Schraubenschlüssel, Schweineohrmarken, Kleingeld, ein Strohband, Briefmarken, eine Rohrzange und eine alte Taschenlampe. Nichts, was ihm weiterhalf.

In der nächsten waren Unterlagen, obenauf Werners aktuelle Kontoauszüge, offenbar Ausdrucke aus dem Internet. Die letzte Buchung war erst zwei Tage alt. Volltreffer. Er rückte die Brille zurecht und begann zu lesen. Seit er die Buchhaltung für den Schützenverein machte, hatte er seine alte Abneigung gegen diese Art von Lektüre überwunden. Zum Glück, denn es zählte jede Sekunde, und das Büro war voller Ablenkungen.

Plötzlich ertönte ein lautes Schrillen. Das Telefon. Tönne erstarrte. Hieß das, Werner würde gleich hier auftauchen?

Aber dann wurde ihm klar, dass das Klingeln aus seiner Jacke kam. Mit dem Hörgerät war es nicht immer ganz einfach, Geräusche klar zu orten. Es war nur sein Handy, das sich bemerkbar machte. Er zog es hervor und sah auf das Display. Lisbeth. Er konzentrierte sich. Ein Gespräch entgegennehmen, das war doch nicht so schwer, oder? Er drückte auf die grüne Taste, und tatsächlich, die Verbindung stand.

„Lisbeth? Bist du das?“

„Wer soll das sonst sein? Bist du schon bei Werner auf dem Hof? Ich bin in fünf Minuten bei dir.“

„Lisbeth, was habe ich denn gesagt? Vierzehn Uhr fünfzehn.“

„Spinnst du? Es *ist* vierzehn Uhr fünfzehn. Und ich bin in fünf Minuten da. Also wirklich. Zu Hause machen sich schon alle lustig über meine deutsche Pünktlichkeit. Außerdem dachte ich, als Erstes höre ich von dir so was wie: Ach, Lisbeth, wie schön, dass du es dir überlegt hast.“

„Schon gut. Die Kinder sind noch bei Werner im Haus. Aber jetzt beeil dich. Bisher hab ich noch nichts gefunden.“

„Gut. Ich weiß zwar noch nicht, womit ich Werner ablenken soll, falls das nötig wird. Aber ich bin jedenfalls gleich da.“

„Gut. Dir wird schon was einfallen. Bis gleich.“

Er steckte das Gerät wieder weg und nahm sich die Kontoauszüge vor. Eine Buchung fiel ihm gleich als Erstes ins Auge, vom Gasthaus *Edelmanns Burg*. Da hatte Werner seinen Siebzigsten gefeiert. Er war sich ja zu fein gewesen, um das Fest in der *Grünen Linde* zu begehen wie alle anderen, wo man pro Teller siebzehn Euro zahlte, mit Suppe vorweg und Herrencrème hinterher – und es schmeckte hervorragend. Jetzt war Tönne gespannt, was das bei Edelmanns kostete. Er blätterte die Belege durch und fand die Rechnung: Dreißig Euro pro Teller! Donnerschlag! Ihm konnte keiner erzählen, dass es da so viel besser schmeckte. Unglaublich.

Ein plötzliches Dröhnen ließ ihn aufschrecken, doch es war nur die Fütterungsmaschine, die angesprungen war. Er lauschte. Von den Kindern war nichts zu hören. Sie waren noch im Haus. Trotzdem. Er durfte sich nicht ablenken lassen.

Eilig ging er die nächsten Buchungen durch. Tanken, Aldi, Landwirtschaftskammer. Beinahe hätte er aufgegeben, aber da sah er es: eine Barabhebung vom Konto. Achttausend Euro. Ende letzter Woche. Das musste es sein. Anfang der Woche war dann der gleiche Betrag wieder eingezahlt worden. Und zwar an dem Tag, an dem Sandra ihre Eltern besucht hatte. Werner musste direkt danach zur Bank gefahren sein. Achttausend Euro. Eine Menge Geld, vor allem für Alfons. Trotzdem hatte der auf stur geschaltet. Und Werner konnte das Geld unverrichteter Dinge wieder zurückbringen.

Tönne überlegte. Er konnte den Kontoauszug schlecht mitnehmen. Hätte er nur besser zugehört, als Susanne ihm erklärt hatte, wie man mit dem Handy Fotos machte. Aber da hatte er nur gedacht: Warum um alles in der Welt soll ich beim Telefonieren Fotos schießen? Jetzt war es zu spät, um das zu bedauern. Er hatte gesehen, dass Sandra sich die Sache mit der Bestechung nicht eingebildet hatte. Das musste reichen. Er legte die Kontoauszüge zurück in die Schublade. Zeit zu verschwinden. Da hörte er draußen eine Stimme. Es war Annie, die nach ihrem Opa rief. Ach herrje. Sie lief über den Hof und schrie nach Leibeskräften. Dann war Lisbeth wohl immer noch nicht da. Jetzt musste er sich aber wirklich beeilen.

Doch da flog die Bürotür auf, und Werner stand mitten im Raum. Er starrte Tönne an, sein Ausdruck wechselte zwischen Wut und Fassungslosigkeit.

„Tönne? Kannst du mir sagen, was du hier machst?“

Er musste sich ganz schnell etwas einfallen lassen, und zwar etwas Gutes. Sonst würde er ernsthafte Probleme bekommen.

„Weißt du“, sagte er und blickte sich verzweifelt in dem Raum um. „Also, das ist ganz einfach zu erklären.“

13

Die beiden Mädchen posierten in ihren Kostümen auf dem Bürgersteig und machten mit dem Handy Selfies. Dabei führten sie sich auf, als wären sie bei *Germany's Next Topmodel.* Sich in Pose werfen, abdrücken, und dann wurde gekichert und geschubst und neugierig auf das Bild gestarrt. Wenigstens kam jetzt bei ihnen Stimmung auf, zum ersten Mal heute. Die beiden waren Gül nämlich mit ihren gelangweilten Gesichtern und ihren blöden Handys bisher ziemlich auf die Nerven gegangen. Sie nahmen das Ganze nicht ernst. Da machten alte Leute die Tür auf und freuten sich und waren ganz aus dem Häuschen, und die Mädchen gaben sich nicht mal Mühe. Sie sangen schief und sagten sichtlich angeödet ihren Text auf. Aber Selfies machen, das war toll.

Am meisten tat Gül der kleine Junge leid, der Dritte im Bunde. Er trottete den beiden die ganze Zeit schweigend hinterher und wurde komplett ignoriert. Zu allem Überfluss war er der Schwarze, oder der Mohr, wie sie es nannten. Die Schminke in seinem Gesicht stank entsetzlich und schien auch zu jucken. Jedes Mal, wenn er sich kratzen musste, verursachte er eine unfassbare Sauerei. Auch jetzt stand er mit schwarzen Fingerkuppen neben den Mädchen herum und wartete traurig darauf, dass es weiterging.

Gül kurbelte das Fenster herunter und lehnte sich raus.

„Hey! Kommt rein, aber schnell! Beeilung!"

Es wurde aufgestöhnt und mit den Augen gerollt, als wäre Gül eine einzige Zumutung. Nur der Junge setzte sich brav auf die Rückbank des Streifenwagens. Gül hatte noch fünf Minuten. Dann wollte sie bei Ohntrup sein, das hatte sie versprochen. Also musste sie ein bisschen Dampf machen.

„Darf ich vorne sitzen?", fragte eins der Mädchen.

„Keiner sitzt vorne. Und jetzt rein mit euch!"

„Bei Mama darf ich immer vorne sitzen."

„Rein, habe ich gesagt!"

Die Mädchen fanden sie eh schon blöd, da brauchte sie sich gar keine Mühe mehr zu geben. Bei Gül gab es keine Sirene, kein Blaulicht, nicht mal vorne sitzen durfte man. Und der Polizeifunk war auch tabu. Sie war für die Mädchen diejenige, die hier jeden Spaß verdarb.

In aufreizender Langsamkeit rutschten sie auf die Rückbank und stöhnten dabei, als wären sie hundert Jahre alt.

„Und anschnallen!", befahl Gül. „Wird's bald?"

Sie startete den Motor und blickte in den Rückspiegel.

„Fahren wir jetzt zum Pfarrheim zurück?"

„Wir machen einen kleinen Umweg. Es dauert nicht lange."

„Ich will aber Waffeln essen!"

Das war Tönnes Enkelin gewesen, Sophie. Sie konnte es kaum erwarten, im Pfarrheim mit Waffeln und heißen Kirschen für ihre Arbeit belohnt zu werden. Als wenn es irgendwas gab, wofür man diese Gören belohnen müsste.

„Du stopfst doch schon den ganzen Tag Süßigkeiten in dich rein! Stell dich nicht so an, du kriegst noch früh genug deine Waffeln."

Gül wusste, sie hörte sich genauso an wie ihre Tante Fatma. Das wollte sie ja gar nicht, aber irgendwas hatten diese Mädchen an sich, was sie immer wieder zu ihrer eigenen Tante werden ließ. Vor allem diese Sophie.

Am Anfang hatte Gül noch dafür gesorgt, dass nur angebrochene und leicht verderbliche Süßigkeiten gegessen wurden und der Rest im Kofferraum verschwand, denn so lauteten die Regeln. Aber dann waren ständig irgendwelche Tüten „aus Versehen" aufgerissen, und was angebrochen war, durfte ja gegessen werden.

„Wohin fahren wir denn?", fragte der Junge.

Dass er sich überhaupt traute, in Anwesenheit der Mädchen den Mund aufzumachen, musste belohnt werden. Gül warf ihm einen freundlichen Blick zu und lächelte.

„Zum Moorbach", sagte sie. „Ich muss da kurz jemanden treffen."

„Jemanden treffen“, wiederholte Sophie bedeutungsvoll, und die beiden Mädchen kicherten.

„Deinen Freund?“, fragte die andere, grinste dabei aber-so herablassend, als wäre Gül ein kleines Mädchen und sie selbst schon lange im Geschäft, was Liebesdinge anging.

Gül hatte nicht die Absicht, darauf zu antworten.

„Nein, meinen Opa“, sagte Sophie.

„Woher weißt du das denn? Kannst du hellsehen?“

„Nein. Aber ihr hockt doch ständig zusammen, wegen dem Mord. Außerdem hast du gerade mit ihm telefoniert, da ist noch sein Bild auf deinem Display. Und Opa ist heute am Moorbach unterwegs.“

Gül betrachtete sie im Rückspiegel. Sieh an, die Kleine war nicht auf den Kopf gefallen. Sie kriegte mehr mit, als man dachte. Und das, obwohl sie wirkte, als hätte sie nur Augen für ihr eigenes Handy.

„Ich sollt euch doch anschnallen!“, sagte Gül. „Wie oft muss ich das noch sagen?“

Die beiden wirkten zwar genervt, gehorchten aber. Gül wendete den Wagen und warf einen Blick auf die Straße. Ein Mann trottete auf der anderen Seite über den Bürgersteig. Lange Haare, ungepflegter Bart, schmutzige Jeans. Sie traute ihren Augen nicht. Es war der Typ, den sie gestern über Olmtrups Acker verfolgt hatten. Der das Schild gegen den Windpark aufgestellt hatte.

Er hatte den Streifenwagen noch nicht bemerkt. Ganz gemütlich steuerte er auf den kleinen Park zu, der an einem Weiher vorbei zum Kirchplatz führte. Das war ihre Chance. Diesmal würde sie ihn schnappen. Mit quietschenden Reifen raste sie auf die Straße und hielt auf ihn zu.

„Ich denk, wir fahren zum Moorbach“, maulte eins der Mädchen. „Was ist denn jetzt?“

„Gleich“, sagte Gül, ohne den Typen aus den Augen zu lassen. „Einen Moment noch.“

Aber in diesem Moment bog er auf den Fußweg ein und war hinter einer Reihe schneebedeckter Hecken verschwunden. Sie war Sekunden zu spät. Mit dem Streifenwagen konnte sie ihm nicht dorthin folgen. Am Parkeingang ging sie hart in die Bremsen. Der Typ spazierte völlig ungerührt weiter. Er hatte sie immer noch nicht bemerkt. Gül wollte schon aus dem Wagen springen, aber dann hatte sie eine bessere Idee. Sie würde außen um den Park herumfahren und ihn am Altenheim vor dem Kirchplatz abfangen. Dort würde er ihr dann in die Falle gehen.

Sie rührte wild an der Gangschaltung herum, setzte ruckartig zurück, änderte nochmals die Richtung und bretterte wild los. Die Mädchen johlten aufgeregt, sie fanden das Ganze offenbar sehr spaßig. Nur der Junge blickte ängstlich aus seinem zugekleisterten Gesicht.

„Ist das ein Verbrecher?", rief Sophie sensationslüstern. „Geil!"

„Nein! Das ist kein Verbrecher. Nur jemand, mit dem ich sprechen möchte. Bitte haltet euch fest."

„Warum rufst du ihn dann nicht einfach an?", fragte Sophie. „Wenn du doch nur mit ihm *sprechen* möchtest?"

„Es ist *doch* ein Verbrecher", meinte die andere. „Vielleicht ja der Mörder! Wie krass ist das denn!"

„Ruhe dahinten!", schrie Gül und konzentrierte sich auf die Straße. Es war ziemlich rutschig bei dem Schneematsch. Immer wieder schoss sie durch tiefe Pfützen, und Dreckwasser flog meterhoch in die Luft. Sie musste vorsichtig sein, damit sie den Wagen nicht gegen eine Laterne setzte. Mit drei kleinen Sternsingern hinten drin wäre das sicher ein Foto, das dem Bürgermeister überhaupt nicht gefallen würde.

Auf der engen Dorfstraße standen die alten Sandstein- und Fachwerkhäuser sehr dicht an der Fahrbahn. In den Kurven war kaum zu sehen, ob Gegenverkehr war. Ihr ganzer Körper war angespannt, trotzdem verringerte sie das

Tempo nicht. Sie musste diesen Typen kriegen. Diesmal würde er sie nicht zum Narren halten.

Hinter einer Kurve tauchten drei kleine Sternsinger auf dem Bürgersteig auf. Es war zu spät, um der riesigen Pfütze neben ihnen auszuweichen. Der Wagen raste hindurch, und eine riesige Fontäne schoss über den Gehweg. Das Entsetzen in den Gesichtern der Kinder war unbeschreiblich. Im nächsten Moment ergoss sich die eisige Brühe über die Sternsinger und durchnässte sie von Kopf bis Fuß.

Diesmal waren die Mädchen auf der Rückbank so erschrocken, dass sie keinen überheblichen Kommentar abgaben. Sie starrten nur entgeistert in die Gesichter der Kinder auf dem Bürgersteig, die Kinder starrten genauso entgeistert zurück, und schon jagte der Streifenwagen durch die nächste Kurve, und die Sternsinger waren aus ihrem Blickfeld gerückt.

Gül war klar, das würde Ärger geben. Aber darüber konnte sie jetzt nicht nachdenken. Da war das Altenheim. Hier würde der Fußgängerweg enden. Sie fuhr auf den Parkplatz und machte vor dem Park eine Vollbremsung.

Im selben Moment tauchte der Mann vor ihr auf. Er stand direkt vor ihrer Motorhaube. Natürlich begriff er sofort, was los war. Er drehte sich um und rannte wie vom Teufel besessen los.

Sie schnappte sich das Funkgerät, um die Wache einzuschalten. Am anderen Ende erreichte sie Heinz.

„Hier ist ein Verdächtiger, der durch den Park in Richtung Hallenbad flieht. Um die dreißig, etwa eins achtzig, lange Haare, Bart. Ich nehme die Verfolgung am Altenheim auf. Brauche Verstärkung."

„Gül, bist du das? Ich ... Ich weiß nicht. Ich bin heute *alleine*."

Ja, dann beweg deinen Arsch!, hätte sie am liebsten gerufen. Aber das war gar nicht nötig.

„Also gut. Am Hallenbad, sagst du? Ich geh mal los."

„Beeil dich, Heinz“, sagte sie, warf das Funkgerät zurück und sprang aus dem Wagen.

„Ihr bleibt hier!“ Sie nahm sich eine Sekunde Zeit, um den Kindern einen lodernden Blick zuzuwerfen. „Wer von euch das Auto verlässt, landet heute Nacht in der Arrestzelle. Ich schwöre.“

Dann wirbelte sie herum und rannte hinterher.

„Stehenbleiben! Polizei!“, rief sie, aber das schien ihn nur anzustacheln, noch schneller zu laufen. Er hetzte über den verschneiten Rasen auf das Hallenbad zu. Gül konzentrierte sich auf ihre Bewegungen. Sie war trainiert, im Sprint konnte ihr so schnell keiner das Wasser reichen.

Der Abstand verringerte sich schnell. Noch ein paar Meter. Doch gerade, als sie ihn aufgeholt hatte, rutschte ihr Fuß auf dem Schnee ab. Sie geriet aus dem Gleichgewicht und fiel vornüber. Im Sturz schnappte sie nach dem Mann und bekam seine Jacke zu fassen. Sie klammerte sich daran und riss ihn mit zu Boden. Beide landeten donnernd im Schnee. Gül rollte herum, um den Typen zu packen und kampfunfähig zu machen. Doch er bäumte sich wild auf, und ehe sie reagieren konnte, trat er mit seinen schweren Schuhen panisch auf sie ein. Ein Tritt landete in ihrem Gesicht. Der Schmerz explodierte, und ihr wurde kurz schwarz vor Augen. Offenbar hatte sich ihre Hand unwillkürlich von seiner Jacke gelöst, denn er sprang auf und rannte weiter.

Sie wollte ebenfalls aufstehen, doch heftiger Schwindel erfasste sie, und sie musste innehalten. Nach kurzem Verschnaufen riss sie sich zusammen und lief weiter. Aber sie konnte das Tempo nicht mehr halten. Es war nichts zu machen. Der Mann hatte das Hallenbad erreicht und verschwand hinter dem Gebäude. Sie hatte keine Chance mehr.

Keuchend blieb sie stehen und stützte sich auf ihren Knien ab. Das Gesicht brannte bestialisch. Ausgerechnet ihr Gesicht. Wie sollte sie das denn ihren Eltern erklären? Wo die sich gerade so modern gezeigt und keinen Aufstand wegen des Schlammlochs gemacht hatten. Diesmal hätten sie guten Grund, sich Sorgen zu machen. Ihr Job war manchmal in der Tat gefährlich, selbst hier in Buddenbeck. Es graute ihr davor, in den Spiegel zu sehen.

Am Hallenbad war alles still und unbewegt. Der Typ war weg. Sie musste sich die Niederlage eingestehen.

Geschlagen machte sie sich auf den Weg zurück zum Streifenwagen. Die Kinder waren tatsächlich auf der Rückbank geblieben. Gül ließ sich schwer hinters Steuer fallen. Das Adrenalin verschwand langsam aus ihrem Körper und hinterließ mehr Platz für die Schmerzen. Sie schloss die Augen und atmete durch. Dann drehte sie sich zu den Kindern um.

„Kannte einer von euch den Typen?“, fragte sie.

Sie hockten nur da und starrten sie an.

„Hallo! Ich rede mit euch! Kanntet ihr den?“

Köpfe wurden geschüttelt.

„Mist.“

Sie stützte sich am Steuer ab und sah zum Hallenbad. Eine einsame Gestalt tauchte auf. Es war Heinz. Er zog die Uniformhose unter seinem kräftigen Bauch zurecht und blickte sich verwirrt um, als wäre er auf der Suche nach einem Osternest. Nicht unbedingt ein Bild, das einschüchternd auf Verbrecher wirkte. Als er Gül im Streifenwagen sah, zog er sein Funkgerät aus der Brusttasche.

Gül schnappte sich ihres ebenfalls.

„Heinz?“, rief sie.

„Hier ist nichts!“

„Aber hast du ihn denn nicht gesehen? Er muss dir direkt in die Arme gelaufen sein.“

„Nein. Ich sag doch, ich seh nix. Wo war der denn?“

Sie seufzte. „Wir reden später“, sagte sie und legte das Funkgerät wieder beiseite.

„Fahren wir jetzt zum Moorbach?“, kam es von hinten.

Tönne. Den hatte sie ganz vergessen. Sie konnte nur hoffen, dass alles gutgegangen war.

„Nein“, sagte sie. „Dafür ist es jetzt zu spät.“
„Dann geht’s zum Pfarrheim? Zum Waffelessen?“
Gül schloss die Augen. Was für ein Alptraum.
„Ja“, sagte sie tonlos. „Es geht zum Pfarrheim.“
Bei den Mädchen kam wieder Stimmung auf. Sie hatten sich offenbar schnell von dem Schreck erholt.
„Wer war der Typ überhaupt?“, fragte Sophie.
„Ich habe keine Ahnung“, sagte Gül wahrheitsgemäß.
„Willst du ein Foto von ihm haben?“
Sie riss die Augen auf. „Was!?“
Sophie bemerkte sofort Güls Aufregung. Sie reagierte mit gelangweilter Überheblichkeit.
„Ich hab ihn auf dem Handy“, sagte sie. „Ich kann das aber auch wieder löschen.“
„Nein! Zeig her! Jetzt mach schon!“
Sie überreichte ihr das Handy mit solcher Gleichgültigkeit, als würde sie Gül einen alten Werbekugelschreiber geben, den sie zwischen den Polstern gefunden hatte. Gül riss ihr das Gerät aus der Hand.
Tatsächlich, da war er. Sophie hatte ein Foto geschossen, als er vor der Motorhaube aufgetaucht war. Er starrte mit weit aufgerissenen Augen in die Kamera. Das Foto war gestochen scharf. Es war perfekt. Gül betrachtete Sophie. Ihre Gefühlslage taumelte zwischen Erstaunen, Ungläubigkeit und Bewunderung.
„Was ist jetzt?“, fragte Sophie genervt. „Können wir endlich zum Waffelessen fahren?“

14

Der nächste Hof war der von Kerkering. Tönne hatte sich schon gefragt, ob er ihn auf seiner Tour nicht einfach überspringen sollte, aber die Sternsinger sammelten ja nicht nur Geld und Süßigkeiten, sie sprachen auch einen Segen und schrieben über den Türbalken die Jahreszahl und die Abkürzung CMB, die für „Christus mansionem benedicat“ stand, Christus segne dieses Haus. Für manche vielleicht nicht mehr als eine alte Tradition, aber Tönne wollte nicht derjenige sein, der den Kerkerings diesen Segen absprach, ausgerechnet jetzt. Also bog er auf die Einfahrt und steuerte das Wohnhaus an.

Bei Werner Ohntrup hatte er sich zum Glück im letzten Moment herausreden können. „Ich suche nur einen Schraubendreher“, hatte er gesagt, als Werner im Büro aufgetaucht war. „Die Klappe vom Kühlwasser klemmt, deshalb. Ich wollte euch im Haus nicht stören und habe gedacht, ich guck selber schnell nach. Du hast doch hier irgendwo einen Schraubendreher?“ Und Werner hatte ihm das abgekauft. Mit dem Schraubenzieher in der Hand waren sie zurück zu seinem Auto gegangen, und Tönne hatte vorgegeben, sich mit der Klappe abmühen zu müssen. Gut, dass die Kinder Werner ablenkten, denn sonst hätte der sicher mitgekriegt, dass das Kühlwasser noch fast voll war. Wo allerdings Lisbeth während der ganzen Zeit abgeblieben war, diese Frage konnte ihm keiner beantworten. Er würde später ein ernstes Wörtchen mit ihr reden müssen.

Der Hof der Kerkerings wirkte verwaist. Die Kinder schienen in der Aufregung glücklicherweise vergessen zu haben, dass dies der Hof war, auf dem der Mord passiert war, von dem alle im Dorf sprachen. Sie sprangen von der Rückbank und marschierten auf die Haustür zu. Tönne konnte sich einer gewissen Beklommenheit allerdings nicht erwehren. Alfons war tot, Hilde saß im Knast, Thomas wurde gerade von der Polizei befragt, und Sandra heulte sich am Küchentisch sicher gerade die Augen aus. Alles andere als ein fröhliches Haus für gutgelaunte Sternsinger.

Doch dann wurde die Tür aufgezogen, und zu seiner Überraschung stand Thomas auf der Schwelle. Er machte gute Miene zum bösen Spiel und begrüßte die Kinder mit aufgesetzt guter Laune. Die Kleinen merkten nichts davon und stellten sich auf, um loszulegen, immer noch etwas aufgeregt, wie vor jedem Auftritt.

„Thomas! Bist du gar nicht bei der Polizei?“, rutschte es Tönne heraus.

Thomas blickte ihn finster an. „Dir auch einen guten Tag, Tönne“, sagte er kühl. „Hier draußen kann man wohl nichts geheim halten.“

„Tut mir leid. Ich habe von meinem Küchenfenster aus gesehen, wie die Polizei heute Morgen hier war. Ich hoffe, du hattest keinen Ärger?“

„Mein Anwalt war da. Er hat die Sache beschleunigt.“

„Aber dein Alibi ... die Polizei weiß doch inzwischen, dass es nicht stimmt.“

Seine Stimme wurde noch eisiger. „Du weißt ja wirklich gut Bescheid.“

Die Kinder sahen irritiert zwischen den beiden hin und her. Sie fragten sich offenbar, warum sie nicht mehr im Mittelpunkt standen. Und sie hatten ja auch Recht. Tönne hätte diese Dinge nicht in ihrer Anwesenheit ansprechen sollen. Das brachte sie nur durcheinander.

Sandra tauchte in der Tür auf. Sie war immer noch blass und wirkte verweint, aber inzwischen schien sie sich etwas besser im Griff zu haben.

„Onkel Tönne“, sagte sie. „Ich wusste gar nicht, dass ihr heute vorbeikommt. Ist schon Dreikönigstag? Ich hab ganz den Überblick verloren.“ Dann wandte sie sich an die Kinder und lächelte tapfer. „Drei Könige aus dem Morgenland. Das ist ja eine große Ehre für uns, dass ihr uns besucht.“

Das war das Stichwort. Die Kinder fingen an zu singen. Sandra hörte ihnen aufmerksam zu, während Thomas Tönne zur Seite zog.

„Was sollte ich denn machen?“, flüsterte er. „Meinst du, ich weiß nicht, dass ich für die Polizei ein Verdächtiger bin?

Deswegen hab ich gesagt, ich war in der Nacht im Bergischen Land."

„Aber du kannst doch kein falsches Alibi abgeben! Bist du von Sinnen? Damit machst du alles nur schlimmer."

„Ich hatte eben Panik, als ich gehört hab, was passiert ist. Das war dumm von mir. Aber jetzt ist es zu spät."

„Und wo warst du wirklich in der Nacht?"

„Zu Hause in Münster, und zwar allein. Der Einkauf im Bergischen hat nicht so lange gedauert. Es war zu spät, das Hotelzimmer zu stornieren, aber ich bin trotzdem zurückgefahren. Im eigenen Bett schläft man immer besser."

Tönne schüttelte den Kopf. „Mich wundert, dass die Polizei dich nicht gleich dabehalten hat."

Am liebsten hätte er nach Hilde gefragt, aber die Kinder wurden unruhig, weil neben ihnen geflüstert wurde. Ihr Gesang wurde immer zittriger. Also setzte er ein freundlich aufmerksames Gesicht auf. Als die Kleinen fertig waren, klatschte Sandra in die Hände und versicherte mehrmals, wie schön das gewesen sei. Dann ging sie in Innere des Hauses, um Geld und Süßigkeiten zu holen.

Tönne wollte die Gelegenheit nutzen und fragte Thomas, ob er kurz die Toilette benutzen dürfe. Thomas wirkte etwas irritiert, hauptsächlich wohl, weil er nicht wusste, was er alleine mit den Kindern anfangen sollte. Aber natürlich nickte er und ließ Tönne ins Haus.

An der Küchentür fing er Sandra ab. Sie hielt ihr Portemonnaie und eine Packung Toffifee in der Hand. Ausgerechnet Toffifee. Annie war völlig verrückt danach, nur mit wenig Dingen konnte man ihr eine solche Freude machen. Aber auch diese Packung würde bei den anderen Süßigkeiten in der Tüte landen, da gab es keine Ausnahmen.

„Sandra, ich muss dich was fragen", sagte er.

„Onkel Tönne? Natürlich. Was denn?"

„Du hast mir doch heute Morgen von dem Bestechungsversuch erzählt."

„Bestechung? Nein, ich meinte doch nur ...“

„Ja, schon gut. Wie man es auch immer nennen will. Aber sag mir: Weiß die Polizei davon?“

Sie schüttelte den Kopf. „Ich glaube nicht. Wenn Mama das denen nicht erzählt hat. Denkst du, ich muss ihnen das sagen? Sie wollen morgen noch mal mit mir sprechen.“

„Nein, das lass mal meine Sorge sein. Aber viel wichtiger ist: Wusste Thomas davon? Hast du ihm das letzte Woche erzählt?“

Sie verstand sofort, weshalb er das fragte. Ihre Augen füllten sich wieder mit Tränen, und sie schüttelte heftig den Kopf.

„Thomas ist unschuldig! Warum lasst ihr uns nicht endlich in Ruhe? Wir haben nichts getan. Das war dieser Einbrecher, der Vater ermordet hat. Warum tut ihr uns das an?“

Thomas hatte also tatsächlich davon gewusst. Tönne wünschte, es wäre anders gewesen.

„Bitte, Onkel Tönne, lass das doch ruhen. Nächste Woche wird Vaters Leiche freigegeben. Bestimmt haben die bis dahin auch den Einbrecher, und dann kommt Mama frei. Dann können wir endlich weitermachen.“

„Aber warum hat Hilde den Spaten versteckt? Und wieso redet sie nicht mit der Polizei?“

Sandra schwieg und sah zu Boden. Er packte sie an den Schultern. „Glaubst du denn allen Ernstes, dass es ein Einbrecher war, der deinen Vater ermordet hat?“

Ihr Körper bebte unter seinen Händen. Tönne war überzeugt, dass sie ihm nicht die ganze Wahrheit sagte. Sie wusste mehr über die Sache. Da gab es irgendetwas, das sie ihm verschwieg. So gut kannte er sie immer noch. Aber als sie schließlich aufblickte und ihm direkt in die Augen sah, glaubte er, bis auf den Grund ihrer Seele blicken zu können.

„Es war der Einbrecher“, sagte sie. „Ich glaube das nicht nur. Ich *weiß* es.“

Und woher auch immer sie dieses Wissen hatte, in diesem Augenblick verschwieg sie ihm nichts. Es war auch keine Lüge. Sie sagte die nackte Wahrheit. Es war ein Einbrecher gewesen. Er ließ sie los. Plötzlich wirkte sie weit entfernt von dem kleinen Nachbarmädchen von damals. Sie war eine Fremde, und er hatte kein Recht, ihr diese Fragen zu stellen.

Als sie ihm den Rücken zuwandte und zurück zur Haustür ging, spürte er sein schlechtes Gewissen. Er wollte ihr Onkel Tönne sein, so wie früher. Er hätte sie nicht so bedrängen dürfen.

„Sandra!", rief er.

Sie blieb erwartungsvoll stehen. Doch wie sollte er seine Schuldgefühle zum Ausdruck bringen? Wie ihr sagen, dass er wieder das Mädchen von damals zurückhaben wollte? Er dachte daran, wie sie bei ihm in der Werkstatt an dem Vogelhäuschen gebastelt hatte. Sie war so ein fröhliches Kind gewesen.

„Was denn, Onkel Tönne?"

„Ach nichts. Nur ... Mach doch die Folie von der Packung ab. Glaub mir, die Kinder freuen sich."

Sie runzelte die Stirn, aber dann riss sie die Folie von den Toffifees ab und ging zu Tür. Thomas schien erleichtert, als sie wieder auftauchten. Jetzt brauchte er sich nicht mehr mit den Kindern abzumühen.

„Was meint ihr? Sollen wir weiter?", fragte Tönne die Kleinen. „Wir haben noch einen Hof vor uns, und danach geht's zum Waffelessen!"

Annie hielt ihm die Packung mit den Toffifees wie einen wertvollen Schatz entgegen. „Guck mal, Opa. Die ist schon angebrochen!", flüsterte sie glücklich.

Er lächelte. „Tja. Da kann man wohl nichts machen. Dann dürft ihr euch daraus bedienen. Aber jede nur eins. Den Rest gibt's morgen. Sonst kriegt ihr noch einen Zuckerschock."

Die Kinder rannten mit der Beute zurück zum Auto. Tönne wandte sich an Thomas.

„Könntest du mir einen Gefallen tun, Thomas?"

„Vielleicht. Was denn?"

„Kannst du in einer Stunde zur *Grünen Linde* kommen?"

Damit hatte Thomas nicht gerechnet. „Wieso denn das?"

„Die Nachbarn vom Moorbach treffen sich da zum Stammtisch. Heute etwas später als sonst, wegen dem Sternsingen. Ich möchte, dass du dazukommst."

„Und was soll das bringen?"

„Das wirst du schon sehen. Also in einer Stunde etwa? Dann sehe ich dich später."

Ehe Thomas antworten konnte, wandte Tönne sich ab und setzte sich zu den Kindern ins Auto. Nachdenklich sah er den beiden Geschwistern hinterher, die zurück ins Haus gingen und die Tür schlossen. Er hatte diesen ominösen Einbrecher nie weiter in Betracht gezogen. Vielleicht war das ein Fehler gewesen. Aber dann war da immer noch die Frage, warum Sandra sich dieser Sache so sicher war. Er bereute, nicht in Werners Werkstatt nachgesehen zu haben. Oder in den Scheunen der anderen Bauern am Moorbach. Vielleicht mussten sie nach dem Diebesgut suchen, dem Schweißgerät und der Flex, die aus Alfons' Werkstatt verschwunden waren. Aber jetzt war das Sternsingen vorüber und damit die Möglichkeit, sich unauffällig bei den Nachbarn umzusehen.

Der letzte Hof auf ihrer Route war der Böcker-Kotten. Obwohl der mitten in der Bauernschaft lag, hatte Tönne keine Ahnung, wer dort inzwischen lebte. Der alte Böcker war schon lange tot, und sein Kotten war verkauft worden. Man hatte das Haus vor ein paar Jahren renoviert, es war ein richtiges Schmuckstück geworden, und es dann an irgendwelche Leute aus Münster vermietet. Tönne war ein paar Mal da gewesen, um sich vorzustellen, aber er hatte nie jemanden angetroffen und es irgendwann aufgegeben. Mal sehen, ob sie heute mehr Glück hatten. Es wurde ja auch Zeit, die neuen Nachbarn wenigstens mal zu Gesicht zu bekommen.

Er parkte vor der Eingangstür und ließ die Kinder zum Haus hinüberlaufen. Sie hatten schon wild an der Tür geklingelt, bevor Tönne überhaupt ausgestiegen war. Eine Weile passierte nichts. Wahrscheinlich war wieder mal keiner zu Hause. Aber dann wurde die Tür doch zaghaft aufgezogen, und eine junge Frau tauchte auf. In einem kurzen durchsichtigen Morgenmantel, der ihr kaum über den Po reichte und ihre schwarzen Dessous durchschimmern ließ. Sie sah aus wie einem Erotikfilm entsprungen. Tönne fasste sich ans Herz. So konnte man doch nicht zur Tür gehen. Und schon gar nicht, wenn Kinder draußen standen.

Die Frau sah die Mädchen so begriffsstutzig an, als wäre plötzlich eine Herde Antilopen vor ihrer Haustür aufgetaucht. Tönne begriff sofort, dass die Frau nicht den Hauch einer Ahnung hatte, was heute für ein Tag war. Für sie war es wahrscheinlich ein ganz normaler Sonntag. Das war wieder typisch. Sie waren einfach unmöglich, diese Städter.

Die Kinder waren nicht weniger irritiert. So viel nackte Haut auf einmal hatten sie heute noch nicht zu Gesicht bekommen.

„Ziehen Sie sich doch was an!", polterte Tönne drauflos. „Wie sehen Sie denn überhaupt aus? Das sind doch Kinder!"

Sie starrte ihn an. „Wer sind Sie? Und was ...?"

Ihr Blick wanderte wieder zu den Kostümen der Kinder.

„Heute ist Dreikönigstag!", rief Tönne.

Selbst wenn sie nicht in die Kirche ging, musste sie doch wissen, was los war. Es war einer der höchsten Feiertage des Kirchenjahres! Und die Sternsinger tauchten ja sogar in den Nachrichten auf, wenn sie im Kanzleramt bei Frau Merkel sangen. Man konnte doch nicht durch die Welt gehen, ohne was davon mitzukriegen.

Da die Frau immer noch wie zur Salzsäule erstarrt dastand, wurde Tönne noch lauter.

„Gehen Sie rein! Ziehen Sie sich was an! Und dann kommen Sie wieder und hören sich an, was die Kinder einstudiert haben. Aber dalli!“

Die junge Frau umschlang ihren Morgenmantel und schloss ihn mit der Hand hoch am Hals. Aber viel half das nicht. Er war ja beinahe durchsichtig, und die nackten Beine konnte er auch nicht verdecken. Endlich gehorchte sie, drehte sich um und rannte ins Haus. Die Tür blieb weit offen stehen. Die Kinder sahen aus, als wären sie am liebsten auch weggerannt. Tönne musste etwas sagen. Aber wie sollte er ihnen erklären, dass eine halbnackte Frau in Reizwäsche in der Tür aufgetaucht war?

„Keine Angst, ich bin bei euch“, sagte er ernst. „Es wird nichts passieren. Hört ihr? Es ist alles gut.“ Finster blickte er auf. „Ganz egal, vor wessen Häusern wir stehen.“

Aber das trug offenbar nicht dazu bei, die Lage zu entspannen, denn die Kinder rückten noch ängstlicher zusammen.

„Denkt an das Waffelessen“, fügte er verschwörerisch hinzu. „Wir ziehen das hier durch, und danach geht's sofort ins Pfarrheim.“

Im Innern des Hauses sah er eine Bewegung. Da war noch jemand im Haus. Ein Mann. Tönne konnte ihn hinter der offenen Schlafzimmertür erkennen. Er zog sich ein T-Shirt über den nackten Bauch und sprang davon, wahrscheinlich, um nicht gesehen zu werden.

Aber es war schon zu spät. Tönne hatte ihn bereits erkannt. Es war wie ein Schlag in den Magen, und es gab nichts, was diese kompromittierende Situation erklärt hätte. Er hatte den Mann erkannt. Und es war die allerletzte Person, mit der er hier gerechnet hatte.

15

Im Pfarrheim ging es zu wie in einer Bundeswehrkantine. Die Landfrauen hatten eine meterlange Tischreihe aufgebaut, hinter der sie sich an ganzen Batterien von Waffeleisen zu schaffen machten. In zweiter Reihe standen Frauen, die mit Handrührgeräten literweise Sahne schlugen, und am Ende der Produktionsstraße hatte sich Aenne Vaalbrock mit Schürze und hochgetürmter Frisur aufgebaut. Entschlossen und mit der ganzen Autorität ihres Amtes als Landfrauenvorsitzende rührte sie in einem Fünfzig-Liter-Einmachtopf heiße Kirschen. Sie führte das Regiment, und es funktionierte wie ein Uhrwerk. Überall dampfte und zischte es, und jeder Handschlag schien zu sitzen. In unglaublicher Geschwindigkeit wurden Unmengen von Waffeln produziert.

Das war auch nötig, denn von überallher strömten hungrige Sternsinger herbei, und in der langen Schlange wurde unablässig geschubst und gedrängelt. Das Ganze bei einer Lärmkulisse, die einen schwindelig machte. Annie war vor Tönne aufgetaucht und plapperte fröhlich auf ihn ein, irgendwas ganz Tolles musste passiert sein. Dann sprang sie davon und tauchte in der lärmenden Menge ab. Tönne hatte keine Ahnung, was sie ihm da unbedingt hatte mitteilen wollen. Er musste sein Hörgerät umstellen, damit er sich in dem Durcheinander überhaupt auf eine Person konzentrieren konnte.

Als Aenne ihn entdeckte, winkte sie ihn energisch zu sich heran.

„Gut, dass ich dich sehe, Tönne“, sagte sie geschäftig, während sie weiter mit der riesigen Kelle in den heißen Kirschen rührte. „Ich hab gehört, Thomas ist wieder auf freiem Fuß. Stimmt das denn? Du warst doch mit deinen Sternsingern bei Kerkerings.“

Woher sie wusste, dass Thomas heute von der Polizei mitgenommen worden war, war ihm ein Rätsel. Außer den

Kerkerings und ihm, der es zufällig beobachtet hatte, konnte das doch keiner wissen. Und Lisbeth hatte es sicher auch nicht rumerzählt.

„Er war jedenfalls zu Hause", räumte Tönne unwillig ein.

„Interessant. Zu schade, dass man bei den Vernehmungen nicht dabei sein darf. Das hätte ich mir wirklich gerne angehört."

Während sie sprach, füllte Aenne den aufrückenden Kindern in der Schlange jeweils eine Kelle heißer Kirschen auf den Teller. Ohne dass sie hingesehen hätte, landeten die Kirschen mit einer Präzision in der Mitte der Waffel, die bei Tönne Eindruck hinterließ.

„Man kann mir ja viel erzählen", sagte sie. „Aber nicht, dass Hilde ihren Mann umgebracht hat. Nicht auf diese Art und Weise. Dafür ist sie viel zu empfindsam."

Er war sich nicht sicher, ob er Hilde unbedingt als empfindsam bezeichnet hätte, aber ihm stand ohnehin nicht der Sinn danach, mit Aenne den Mordfall zu besprechen.

„Sag mal, ist Lisbeth schon zurück?", fragte er stattdessen. „Ich glaube, ich habe gerade Sophie hier herumspringen sehen."

Aenne presste die Lippen zusammen. Offenbar gab es da noch eine Sache, die ihr nicht gefiel.

„Das Mädchen muss vorsichtiger sein. Ich weiß nicht, was mit Heinz los ist, dass er sie immer wieder in so gefährliche Situationen schickt. Manchmal frage ich mich, ob der seinen Laden überhaupt im Griff hat." Sie drehte sich nach hinten um. „Margret! Wir brauchen mehr Teig! Wie lange dauert das denn bei euch?"

Dass *sie* ihren Laden nicht im Griff hatte, konnte man Aenne jedenfalls nicht vorwerfen.

„Ist denn was passiert?", fragte Tönne.

„Sie ist in eine Schlägerei geraten", meinte Aenne. „Jedenfalls sieht sie so aus. Ich muss wirklich mal ein ernstes

Wörtchen mit Heinz reden. Wenn du sie suchst, sie ist im Waschraum."

„Dann gehe ich mal schnell rüber", sagte er mit aufkeimender Sorge.

„Warte, Tönne!" Sie wandte sich um. „Doris! Einen Teller für Lisbeth, aber schnell!"

Flugs wurde eine extragroße Portion Waffeln mit Schlagsahne rübergereicht, und Aenne platzierte eine Kelle heißer Kirschen darauf.

„Bring ihr das mit, Tönne", sagte sie und reichte ihm den Teller und eine Gabel.

Dann rückte die Schlange weiter auf, und für Tönne war in der Betriebsamkeit der Essensausgabe kein Platz mehr. Er ging hinaus in den Flur. Hier war es angenehm ruhig, auch wenn der Lärm aus dem Gruppenraum bis nach draußen drang. Er trug den dampfenden Teller vor sich her und betrat damit den Waschraum.

Lisbeth saß auf einer Bank, die mitten im gefliesten Raum stand. Sie hatte ihre Uniformjacke ausgezogen und drückte sich einen großen Eisbeutel ans Gesicht. Sie wirkte wie ein geschlagener Boxer nach dem Kampf.

„Lisbeth? Das gibt's doch gar nicht. Was ist denn mit dir passiert?"

„Ich hab's vermasselt", sagte sie finster. „Schon zum zweiten Mal. Das war der Typ, der gestern das Schild auf Werners Acker gestellt hat. Einer von diesen Landschaftsschützern." Etwas betreten fügte sie hinzu: „Das war, als ich zum Moorbach fahren wollte. Der ist mir dazwischengekommen. Und dann ist alles aus dem Ruder gelaufen. Das tut mir total leid, Tönne."

„Ach, das war doch überhaupt kein Problem. Bei Werner ist alles glatt gelaufen, was denkst du denn?"

„Na, ein Glück. Wenigstens etwas."

Sie entdeckte die Waffeln, und ihr Gesicht hellte sich ein bisschen auf.

„Sind die für mich?", fragte sie.

„Ja, die soll ich dir von Aenne geben. Sie macht sich Sorgen um dich."

Lisbeth nahm die Gabel und begann sofort zu essen.

„Köstlich! Das ist echt nett von ihr."

Tönne deutete auf den Eisbeutel in ihrem Gesicht.

„Zeig doch mal her."

Vorsichtig hob sie ihn an und gab den Blick frei auf eine große dunkelrote Schwellung unterhalb des Wangenknochens. Tönne verzog schmerzhaft das Gesicht.

„Ich hoffe, der Kerl sieht genauso aus?", fragte er.

„Leider nicht. Das meiste hab ich abgekriegt."

Sie betrachtete ihr Gesicht in einem der großen Spiegel über den Waschbecken.

„Wenigstens hab ich keine Schürfwunde. Wenn das erst abgeschwollen ist, kann ich den Rest überschminken." Prüfend hielt sie die Wange in Richtung Spiegel. „Doch, das müsste klappen."

„Morgen wird das blau und grün sein."

„Nein. Morgen wird man gar nichts mehr sehen. Dann muss ich nur meiner Mutter erklären, warum ich so übertrieben geschminkt aus dem Haus gehe."

Sie stopfte sich ein weiteres Stück Waffel in den Mund.

„Was für ein Tag!", sagte sie.

„Und er ist noch nicht zu Ende."

„Was meinst du damit?" Sie fixierte ihn. „Tönne, was hast du vor?"

„Die Nachbarn vom Moorbach treffen sich zum Stammtisch in der *Grünen Linde*. Heute später als sonst, wegen dem Sternsingen. Sonst treffen die sich nach dem Gottesdienst, aber heute ist das anders."

„Ja, und weiter?"

„Verstehst du nicht? Da sitzen die meisten Verdächtigen zusammen. Ich werde ihnen die Lösung des Mordfalls präsentieren. Und den Mörder überführen. So sieht man es doch immer in den alten Filmen."

„Ach ja? Aber wer ist denn der Mörder?“

„Das weiß ich noch nicht. Aber ich bin sicher, er wird sich zu erkennen geben. Es fehlt nur noch ein Puzzleteil.“

Lisbeth machte ein skeptisches Gesicht. Für sie gab es offenbar mehr als nur eine offene Frage.

„Und wenn du dieses Puzzleteil nicht kriegst?“

„Jetzt hör doch auf damit. Das wird schon klappen. Und? Kommst du mit?“

Sie wirkte alles andere als überzeugt, aber sie sagte zu. Tönne war sich seiner Sache sicher. Sie standen kurz vorm Ziel, das spürte er. Wenn er richtig lag, würden sie den Fall heute abschließen können.

„Tönne, da ist noch etwas anderes, was ich dir sagen muss. Ich gehe morgen zur Kripo. Wegen der Sache mit der Bestechung. Wir müssen das denen sagen.“

„Ach, Lisbeth! Geht das schon wieder los?“

„Ich bin Polizistin, Tönne! Wenn ich so einen wichtigen Hinweis bekomme, kann ich den nicht einfach für mich behalten.“

„Ja, schon gut. Das wird ohnehin nicht nötig sein. Wenn alles klappt, wird der Mörder sich gleich selbst offenbaren. Dann brauchen wir deine Kripo nicht mehr. Also, wie lange brauchst du noch?“

Sie befühlte die Schwellung. „Ach, es geht schon wieder. Lass mich nur schnell das Nötigste überschminken, dann komme ich.“

Tönne wartete draußen, während sie ihr Gesicht präparierte. Als sie auf den Flur trat, erinnerte kaum noch etwas an das lädierte Gesicht. Tönne war beeindruckt. Dass Frauen mit anderen Waffen kämpften, war ja bekannt. Aber es erstaunte ihn doch immer wieder, wie wenig er von diesen Waffen wusste.

„Also“, sagte sie zufrieden. „Worauf warten wir?“

Sie überquerten den Kirchplatz und betraten die *Linde*. Das Lokal war rammelvoll. Während die Kinder im

Pfarrheim mit Waffeln versorgt wurden, hatten sich hier die Erwachsenen versammelt, um den Tag mit Bier und Schnaps zu begießen. Die Lärmkulisse konnte es jedenfalls mit der im Pfarrheim aufnehmen.

Alwin Osterholt erzählte an der Theke offenbar gerade einen Witz. Mit hochrotem Kopf trompetete er die Pointe heraus, und die umstehenden Männer lachten so dröhnend, dass die Wände zitterten.

Am anderen Ende des Tresens entdeckte er Johannes Lütke-Hüsken. Er redete eindringlich auf den örtlichen Buchhändler ein und gestikulierte dabei heftig mit beiden Händen. Wenn er so energisch war, ging es sicherlich um die Vorteile des Einzelhandels am Standort Buddenbeck. Der arme Buchhändler sah aus, als würde er sich am liebsten in Luft auflösen.

„Guck mal, der Bürgermeister ist auch da“, sagte Tönne zu Lisbeth.

Zu seiner Überraschung schien sie einen ordentlichen Schreck zu bekommen. Sie blickte sich eilig um und tauchte im Gewühl ab, als wollte sie nicht, dass der Bürgermeister sie sah.

Dafür hatte Lütke-Hüsken jetzt Tönne entdeckt. Er sprang auf und kämpfte sich zu ihm durch. Es sah nach Ärger aus, auch wenn Tönne keine Ahnung hatte, weshalb.

„Wo steckt diese Polizistin?“, bellte er Tönne an. „Ich muss sofort mit ihr sprechen.“ Er sah sich in der Menge um, als wollte er es mit einem tobenden Wildeber aufnehmen.

„Meinst du Frau Yilmaz? Die ist nach Hause gegangen. Was willst du denn von ihr?“

„Dann hast du noch gar nichts davon gehört? Diese ... diese ... diese Xanthippe!“

Er hielt sich an der Garderobe fest, und Tönne machte sich ernsthaft Sorgen um seinen Bluthochdruck.

„Wenn ich die in die Hände kriege! Da rast die wie eine besengte Sau durch Buddenbeck! Und das am Sonntag!

Mein Enkelkind, Tönne, verstehst du? Gerade dass sie ihn nicht überfahren hat!“

„Johannes, ich weiß nicht, wovon du sprichst.“

„Der Junge war mit seiner Gruppe im Dorf unterwegs. Und er war so stolz auf sein Kostüm. Er war der Caspar, weißt du. Und dann jagt diese Irre durch ein Wasserloch, und die Kinder sind völlig durchnässt. Mit eisigem Dreckwasser. Ich schwöre dir, der Junge war nass bis auf die Unterhose. Hoffentlich hat er sich keine Lungenentzündung geholt. Wir können ja froh sein, dass sie die Kinder nicht über den Haufen gefahren hat. Hat diese Furie denn den Verstand verloren?“

Tönne musste sich sehr am Riemen reißen, um nicht loszulachen. Das hätte er zu gerne gesehen.

„Ich wusste nichts davon, Johannes. Die armen Kinder.“

„Das kannst du laut sagen. Die haben sich so gefreut auf heute.“

Er stieß geräuschvoll die Luft aus. Jetzt, wo er die Sache losgeworden war und Lisbeth zu Hause glaubte, kam er langsam wieder zur Ruhe.

„Es liegt wohl am Temperament“, sagte er. „Diese Südländer, sag ich immer. Aber trotzdem, so geht’s ja nicht!“

Tönne bezweifelte zwar, dass Lisbeths Temperament mit dem vom Johannes Lütke-Hüsken mithalten konnte, aber er sagte lieber nichts dazu. Der Bürgermeister legte seinen Arm um Tönnes Schulter und führte ihn zum Tresen.

„Komm, wir trinken erst mal einen Schnaps auf den Schreck.“

„Ich hab keine Zeit, Johannes. Der Stammtisch im Hinterzimmer wartet auf mich.“

„Seit wann bist du denn dabei? Du hast es doch gar nicht mit Stammtischen. Komm schon, für einen Schnaps ist immer Zeit.“

Er gab Antonius Brügge hinterm Tresen ein Zeichen, und der Wirt machte sich sofort daran, zwei Korn einzuschenken. Wenig später standen die Pinnchen in einer Bierlache auf dem Tresen, und Johannes Lütke-Hüsken drängte Tönne, mit ihm anzustoßen.

„Bist du nächste Woche beim Treffen der Jagdgenossenschaft?“, fragte er. „Jetzt will uns die Regierung verbieten, auf Katzen zu schießen! Diese Grünen haben doch wirklich den Schuss nicht gehört! Haben die denn überhaupt irgendeine Ahnung von der Jagd? Ist das denn zu glauben?“

Er legte den Kopf in den Nacken und kippte seinen Schnaps runter. Offenbar war das Thema mit der Jagd noch nicht zu Ende, aber trotzdem hielt er inne.

„Gibt es einen Grund, dass du heute beim Stammtisch bist, Tönne?“ Er schien Lunte zu riechen. „Du mischst dich doch nicht wieder in einen Mordfall ein?“

„Wie könnte ich? Ich bin nur ein einfacher alter Bauer. Was kann ich da schon machen?“

Aber das war wohl zu viel Understatement, denn das Gesicht des Bürgermeisters verfinsterte sich.

„Tönne, die Sache ist vorbei. Hildes Fingerabdrücke waren auf der Tatwaffe! Das ist doch wohl mehr als eindeutig. Was willst du denn noch? Wir müssen das hinter uns lassen. Wenn du da jetzt immer noch rumwühlst, gibt das nur wieder schlechte Schlagzeilen. Denk doch mal an Buddenbeck!“

„Ach. Die *Bild*-Zeitung wird schon nicht auftauchen, nur weil ich heute ein Bier in der *Linde* trinke, oder?“

„Tönne! Ich warne dich.“

Hinter dem Rücken des Bürgermeisters entdeckte er Lisbeth, die ihm zuzwinkerte und ins Hinterzimmer schlich. Er nahm das als Anlass, sich von Lütke-Hüsken zu verabschieden.

„Ich muss jetzt, Johannes. Wir sehen uns.“

Tönne drängte sich durch die Menge und betrat ebenfalls das Hinterzimmer. Die Männer am Stammtisch hockten starr vor ihren Bieren, eingehüllt in einer Wolke aus Zigarrenrauch. Tönne fiel auf, dass es dieselben Teilnehmer waren wie beim Moorbacher Kartenklub. Sie hockten eben gerne zusammen, die Männer vom Moorbach.

Werner war der Erste, der seine Sprache wiederfand. Natürlich, der geborene Anführer.

„Tönne! Was machst du denn hier? Und warum hast du Lisbeth – ähm, Entschuldigung, *Gül* – mitgebracht?"

Lisbeth nahm auf einem Stuhl an der gegenüberliegenden Wand Platz, direkt unter dem Banner des Buddenbecker Schützenvereins. Sie setzte sich, als wäre sie im Theater und wollte das Schauspiel betrachten, das gerade vor ihr begonnen hatte.

Tönne trat vor und stellte sich an den Tisch. Er machte eine Pause, in der er jeden in der Runde mit einem langen Blick bedachte. Thomas war ebenfalls gekommen, stellte er dabei fest, er saß neben Gerd Vaalbrock. Wer sagte es denn? Auch Jupp Brinkhaus und Bernhard Erding waren da. Jupp wieder in einem seiner Tweedsakkos und Bernhard mit hochrotem Kopf, als würde er jeden Moment einen Herzinfarkt bekommen. Und mittendrin Werner Ohntrup, dessen Ausdruck sich von Verwunderung in Argwohn verwandelt hatte.

Tönne wollte sie nicht länger auf die Folter spannen. Er holte Luft und verkündete mit lauter klarer Stimme: „Ich bin gekommen, um euch zu sagen, was in der Tatnacht passiert ist. Ich werde euch den Mörder präsentieren."

Verblüfftes Schweigen. Das war doch schon mal ein guter Anfang. Er hatte ihre ungeteilte Aufmerksamkeit.

„Was willst du denn wissen, was wir nicht wissen?", kam es von Jupp Brinkhaus.

„Du hast also wieder überall herumgeschnüffelt", sagte Werner Ohntrup. „Ich hätte das wissen müssen. Du kannst es einfach nicht lassen." Dann wandte er sich an Lisbeth: „Weiß Heinz Bertling, dass du hinter dem Rücken der Kriminalpolizei Ermittlungen anstellst?"

Sie hob nur abwehrend die Hände, als wollte sie klarstellen, dass sie hier nur Zuschauerin war. Und das Publikum mischte sich für gewöhnlich nicht in ein Theaterstück ein.

„Willst du etwa sagen, du hast den Einbrecher gefunden?", fragte Thomas. „Ich schätze mal nicht, oder? Sollte ich deswegen herkommen? Um mir deine Verschwörungstheorien anzuhören?"

Tönne ließ sich nicht beirren. Es war ganz natürlich, dass die Verdächtigen allergisch auf den Ermittler reagierten. Das würde ihn nicht aufhalten.

„Der Einbrecher. Ja, der wird auch eine Rolle spielen."

„Dann lass mal hören", sagte Werner. „Wir sind ganz Ohr."

„Die Tatnacht", begann Tönne. „Bei dem Sturm haben wir alle einen unruhigen Schlaf gehabt. Wenn wir denn überhaupt geschlafen haben, oder? Alfons hat was auf dem Hof gehört, sagt Hilde. Und ein Auto gesehen. Der Einbrecher, wie's aussieht. Der hat seine Werkstatt ausgeräumt und war dabei wohl ziemlich laut. Natürlich geht man raus, um nachzusehen, was los ist. Ob Sturm oder nicht. Alfons ist also auf den Hof und hat den Einbrecher vor der Werkstatt überrascht. Der sieht Alfons, greift an und erschlägt ihn. So wird es wohl gewesen sein."

„Das hast du also herausgefunden?", fragte Gerd Vaalbrock spöttisch. „Respekt, Tönne."

„Ich bin noch nicht fertig, Gerd. Bis hierhin ist alles bekannt. Es ist jedenfalls das, was alle denken. Aber ich frage mich: War es wirklich so? Oder übersehen wir dabei nicht ein paar wichtige Details? Wenn du meine Meinung wissen willst, dann gibt es drei Fragen, die zur Lösung des Falls führen."

Richtig, drei Fragen. Hoffentlich bekam er die noch auf die Reihe. Er hätte sich jetzt doch gern gesetzt. In der letzten Nacht hatte er nur wenig Schlaf bekommen und war den ganzen Tag unterwegs gewesen. Seine Knochen machten sich bemerkbar, vor allem sein schlimmes Knie. Aber wie würde das aussehen, wenn er wie ein müder alter Mann auf einen Stuhl sank. Nein, er musste auf und ab gehen und sie mit seinen Fragen konfrontieren. Und dabei von oben auf sie herabsehen.

„Die erste Frage lautet: Wer ist in Alfons' Werkstatt eingebrochen? Dass es einen Einbrecher gegeben hat, das ist unbestreitbar. Aber die Frage ist doch, *wer* das war? Und vor allem warum? Ging es wirklich um die Flex und das Schweißgerät, oder ging es darum, Alfons nach draußen auf den Hof zu locken? Hilde war in der Nacht auch auf dem Hof. Sie hat den Spaten versteckt, mit dem Alfons erschlagen wurde. Es waren nur ihre Fingerabdrücke auf dem Stiel. Aber was heißt das? Hat Hilde Alfons erschlagen, wie die Polizei glaubt? Oder hat sie den Stiel abgewischt, damit keine anderen Fingerabdrücke zu finden sind? Das bringt mich zu meiner zweiten Frage: Warum hat Hilde erst am nächsten Morgen die Polizei gerufen? Um ihre Tat zu verschleiern? Oder nicht viel eher, um jemanden zu schützen?"

Sein Blick traf auf den von Thomas. Es war ja klar, wen Hilde am ehesten schützen würde, wenn man sich die Verdächtigen ansah. Auch Thomas wusste das. Sein Kiefer verkrampfte sich, er warf Tönne hasserfüllte Blicke zu, aber er schwieg. Und das war auch besser für ihn.

Tönnes Knie schmerzte immer stärker. Er hätte sich wirklich setzen müssen, aber das ging jetzt nicht. Er stützte sich an der Wandtäfelung ab, verlagerte sein Gewicht und bewegte vorsichtig das Kniegelenk.

„Es hätte alles gutgehen können", sagte er. „Wäre da nicht dieser Sturm gewesen, bei dem keiner ein Auge zugetan hat. So gab es nämlich Zeugen. Susanne hat ein Auto gesehen auf dem Hof der Kerkerings. Auch Aenne hat den Wagen gesehen."

Gerd Vaalbrock machte ein Gesicht, als würde er seine Frau am liebsten für immer zum Schweigen bringen. Aber auch er schwieg.

„Einen Jeep, sagt sie. Aber kann sie das so genau gesehen haben? Ich denke, es wird ein Geländewagen gewesen sein. Die sehen sich ja alle ziemlich ähnlich. Ob Jeep oder nicht, da kommen eine Menge Autos infrage. Fast jeder hier hat einen Geländewagen zu Hause stehen. Das bringt mich zu meiner dritten Frage: Wessen Auto war in der Nacht bei Kerkering?“

Er wandte sich an Gerd Vaalbrock. „Du hast zwar einen Geländewagen, aber dich kann man wohl ausschließen. Du hast ein Alibi, weil du zusammen mit Aenne vor der Lichtmess-Kerze gesessen hast. Aber wieso wolltest du nicht, dass deine Frau sich die Sache näher ansieht? Sie wollte ja unbedingt wissen, was da los war bei Kerkerings. Du warst es, der sie davon abgehalten hat. Vielleicht, weil du wusstest, was drüben bei Kerkerings passierte? Und sie es nicht erfahren sollte?“

„Tönne, jetzt mach mal halblang!“, bellte Gerd. „Denkst du etwa, einer hier am Tisch hätte Alfons ermordet? Du bist doch nicht bei Sinnen!“

Sein Knie wollte nicht aufhören zu zwicken. Der Schmerz zog langsam in den Rücken hoch. Tönne stützte sich auf der Lehne eines freien Stuhls ab. So ging es besser. Seine drei Fragen hatte er schon mal auf die Reihe gekriegt. Jetzt kam das Verzwickte. Er musste den Mörder zum Reden bringen.

„Alfons war immer schon ein alter Querulant. Aber mit dem Windpark ist er zu weit gegangen. Ihr müsst einen ziemlichen Hass auf ihn gehabt haben, weil er seine Unterschrift nicht geben wollte. Dann lief auch noch die Frist beim Bauamt ab. Und aus Hass wurde Verzweiflung, richtig? Dieser sture Bock. Am Ende wart ihr so verzweifelt, dass ihr sogar versucht habt, ihn zu bestechen, damit er das verfluchte Papier unterschreibt.“

„Was denn für eine Bestechung?“, fragte Jupp. „Jetzt bist du doch am Fantasieren.“

„Wofür waren denn die achttausend Euro, die ihr ihm in einem Umschlag zustecken wolltet? Doch dafür, um seine Unterschrift zu kaufen, oder nicht?“

Die Männer waren verwirrt. Offenbar wussten sie gar nichts davon. Nur Werner Ohntrup machte ein zerknirschtes Gesicht. Etwas kleinlaut gab er zu: „Das Geld kam von mir. Ich dachte mir, scheiß der Hund drauf. Man muss alles versuchen.“

„Du wolltest ihm so viel Geld geben?“, fragte Bernhard Erding verblüfft. „Dein eigenes Geld? Dem alten Hund?“

„Er hat es nicht genommen“, sagte Werner. „Dieser Idiot. Hat sich aufgespielt wie die Heilige Jungfrau von Orléans. Als wollte ich ihm die Ehre abkaufen.“

„Das hätte ich dir vorher sagen können.“

Tönne bemerkte, wie zurückhaltend Thomas plötzlich war. Er betrachtete schweigend das Bier, das vor ihm auf dem Tisch stand.

„Was hast du denn dazu gesagt, Thomas? Als du von dem Geld gehört hast, das dein Vater kriegen sollte?“

Überrascht blickte Thomas auf, aber Tönne erkannte sofort, dass er richtig lag mit seiner Vermutung.

„Deshalb warst du an diesem Tag in Münster, Werner“, fuhr er fort. „Um Thomas zu besuchen und zu sehen, ob er bei seinem Vater vielleicht doch noch etwas erreichen könnte.“

Das hatte er von Aenne, die mit Werners Frau im Kegelklub war. Sie hatte erzählt, dass Werner am Montag nach Münster gefahren sei, wegen irgendwas in der Landwirtschaftskammer. Eine kleine Bemerkung, die Aenne ganz nebenher hatte fallen lassen, aber Tönne hatte sofort aufgehorcht.

„Du warst gar nicht in der Landwirtschaftskammer, wie du deiner Frau gesagt hast.“

„Stimmt. Er war bei mir“, sagte Thomas. „Er hat mir alles erzählt, und ich hab auch noch mal versucht, mit Vater zu sprechen. Aber da war nichts zu machen. Denkst du, ich hab meinen Vater umgebracht, Tönne? Ist das dein Ernst?"

„Nein, Thomas, das denke ich nicht. Du hast doch einen Passat. Und ich glaube nicht, dass du dir ein fremdes Auto geliehen hättest, um nachts zu deinem Vater zu fahren."

Er beugte sich vor, und sein Gesicht geriet in den Lichtkegel der Lampe über dem Tisch.

„Ich glaube, die Sache ist aus dem Ruder gelaufen. Der Termin rückte näher. Und einer von euch ist durchgedreht und wollte Fakten schaffen." Er ließ seine Stimme wissend und unheilvoll klingen: „Einer von euch hat den Mord begangen."

Tönne war hochkonzentriert. Selbst sein Knie trat in den Hintergrund. Der Mörder würde sich jetzt enttarnen. So viel Kaltblütigkeit hatte keiner der Männer am Tisch. Er würde sich verraten. Tönne fixierte jedes Gesicht in der Runde. Suchte nach einem Hinweis auf Schuld. Aber nichts. Das einzige, was er sah, war Wut. Und Betroffenheit.

Werner fasste die Stimmung in Worte. „Das ist ein starkes Stück, Tönne", sagte er anklagend. „Du kannst doch nicht wirklich glauben, dass es einer von uns war. Wir sind deine *Nachbarn*! Denkst du wirklich, dass wir zu so was fähig sind? Du kennst uns doch!"

Auch die anderen blickten eher vorwurfsvoll als schuldbewusst. Damit hatte Tönne nicht gerechnet. Der Mörder musste sich doch offenbaren, aber nichts passierte. Er sah zu Lisbeth hinüber, die immer noch auf ihrem Stuhl an der Wand saß und aufmerksam zuhörte. Sie lächelte verlegen und hob die Schultern. Offenbar hatte sie auch keinen weiteren Anhaltspunkt. Was sollte er denn jetzt tun? Die Sache konnte doch noch nicht vorbei sein. Schließlich war er hergekommen, um den Mörder zu stellen.

„Wir sind zusammen aufgewachsen", fuhr Werner fort und klang geradezu verletzt. „Wir haben uns ein Leben lang gegenseitig geholfen. Weißt du noch, als Agnes in den Achtzigern den schweren Sturz hatte und zwei Wochen im Krankenhaus lag? Du bist nicht von ihrer Seite gewichen, und als ihr nach Hause kamt, waren deine Felder gepflügt und dein Vieh versorgt. Das waren *wir*. Weil wir zusammenstehen. Und jetzt denkst du, einer von uns ist ein Mörder?"

Tönne konnte sein Knie nicht länger ignorieren. Er musste sich setzen, es ging nicht anders. Erschöpft sank er auf den Stuhl, an dem er sich festgehalten hatte. Von nebenan drang das dröhnende Lachen der Männer am Tresen herein, doch hier drinnen herrschte eisiges Schweigen. Alle Augen ruhten auf ihm. Er würde etwas sagen müssen. Aber er hatte keine Ahnung, was. Irgendwie hatte er sich das alles ganz anders vorgestellt.

16

Es war keine kluge Strategie gewesen. Das hätte Gül ihm auch vorher sagen können. Er hätte eine genauere Idee davon haben müssen, was in der Mordnacht passiert war, bevor er alle zusammentrommelte. So hatte das Ganze doch geradezu nach hinten losgehen *müssen*. Tönne wollte an dem Abend nicht weiter mit ihr darüber reden. Er war nach Hause gegangen, um sich nach zwei schlaflosen Nächten endlich mal auszuruhen. Dabei hatte er ziemlich angeschlagen gewirkt. Es war für sie beide kein guter Tag gewesen gestern.

Wenigstens hatte sich Heinz Bertling ohne Einschränkung hinter sie gestellt, was die Sache mit den durchnässten Sternsingern anging. Sie rechnete es ihm hoch an, dass er sich an ihrer Stelle die Prügel vom Bürgermeister geholt hatte. Zu blöd, dass ausgerechnet sein Enkelkind in der Gruppe gewesen war. Aber es war eben ein Polizeieinsatz gewesen, und was das anging, konnte sich Heinz durchaus halsstarrig geben. Selbst beim Bürgermeister.

Sie stand nun vor ihrem Kleiderschrank und überlegte, was sie für ihren Besuch bei der Kriminalpolizei anziehen sollte. Am besten was Sportlich-Zwangloses. Nicht zu schick und keinesfalls zu weiblich. Nach einigem Zögern wählte sie einen enganliegenden gestreiften Rollkragenpulli und eine Jeansjacke, die sie drüberzog. Außerdem band sie sich die Haare zu einem Pferdeschwanz zusammen. Auf Ohrringe verzichtete sie lieber ganz.

Das Ergebnis im Spiegel gefiel ihr. Sie hätte als jüngere Variante von Kommissarin Lund durchgehen können. Und die Blessur im Gesicht war perfekt überschminkt. Mit kritischem Blick drehte sie sich vor dem Spiegel. Solche Sachen würde sie irgendwann jeden Tag tragen, sagte sie sich. Wenn sie erst selbst befördert würde und zur Kriminalpolizei wechselte.

Eine Wunschvorstellung, die sie ihrer Mutter besser verschwieg. Die war am Morgen selbst zur knallharten Ermittlerin geworden, als sie Gül mit stark geschminktem Gesicht am Frühstückstisch auftauchen sah.

„Wann stellst du uns den Jungen vor? Oder willst du immer noch behaupten, dass da keiner ist?"

„Mama, bitte. Ich sage doch, ich hab ..."

„Ist es ein Deutscher? Ein blonder Hans? Willst du deshalb nichts sagen? Bei Gott, ich hatte ja gehofft, dass wenigstens *du* einen Türken heiratest. Wenigstens ein Kind, habe ich immer gesagt. Mein letztes Kind, meine Gül. Aber ich bin wohl nicht erhört worden."

„Da ist niemand!"

„Ach, schämst du dich für uns? Ist es das? Dann sag es doch, sag es mir ins Gesicht."

„Ich habe heute einen Termin bei der Kripo in Münster! Das ist alles!"

„Du brauchst nicht gleich zu schreien. Jetzt setz dich schon und iss."

Während Gül versucht hatte, in Ruhe zu frühstücken, hatte sie immer wieder den forschenden Blick ihrer Mutter gespürt. Sie wusste, dass Gül ihr irgendetwas vorenthielt, und war auf der Suche nach dem Geheimnis.

Nach dem Essen hatte sie dann zuckersüß gesagt: „Gül, mein Schatz, gibst du mir bitte den Behälter, in dem ich dir gestern die Böreks eingepackt hatte? Ich möchte ihn ausspülen."

Damit hatte ihre Mutter sie kalt erwischt, denn sie hatte das Essen gar nicht angerührt. Zum Glück war es ihr gelungen, die Böreks zu entsorgen, ohne dass ihre Mutter etwas davon bemerkte. Sie lagen jetzt in eine Serviette gepackt unter ihrem Kopfkissen, und Gül konnte nur hoffen, dass sie dort vorerst sicher waren.

Mit ihrem Auto steuerte sie die große Ausfahrtstraße an. Die Ampel vor ihr schaltete auf rot. Während sie wartete, kreisten ihre Gedanken um das bevorstehende Gespräch mit den Kollegen in Münster. Den Streifenwagen, der auf der Spur rechts neben ihr gehalten hatte, bemerkte sie erst, als es hupte. Es war Miko. Er ließ sein Fenster herunterfahren, und sie beugte sich vor und öffnete auch ihr Fenster an der Beifahrerseite.

„Hey Gül! Hast du heute frei?", fragte er.

„Ich war doch gestern bei diesem bescheuerten Sternsingen dabei. Deswegen."

„Stimmt. Ich hab schon gehört, dass du versucht hast, das Enkelkind vom Bürgermeister umzubringen."

„Ja. Leider ist mir das nicht gelungen."

„Sag mal, ich dachte, wir fahren diese Woche zusammen auf Streife. Aber du stehst gar nicht mehr im Dienstplan."

Richtig, sie hatte Heinz ja gebeten, die Dienstpläne so zu ändern, dass sie nicht mit Miko in einem Team arbeiten musste. Das hatte ihr Chef offenbar postwendend erledigt. Sie hätte sich in den Hintern beißen können vor Ärger.

„Echt nicht?", fragte sie scheinheilig. „Das ist bestimmt ein Irrtum. Ich frage Heinz später mal. Deine Schwester ist übrigens sehr nett."

Er lächelte verlegen. Oh Gott, wie süß war das denn!

„Sie fand dich aber auch sehr nett", sagte er.

Dann stockte er und rutschte unruhig auf seinem Sitz herum. „Du, Gül", sagte er schließlich, „wo wir doch diese Woche nicht zusammen arbeiten … Also, ich habe mir gedacht ... ich meine, was, ähm, was hältst du davon, wenn ...?"

Er strich sich verlegen über den Kopf. Gül schmolz dahin. Jetzt frag schon! Frag mich endlich!

Hinter ihnen hupte es laut. Die Ampel war auf grün gesprungen, und sie bewegten sich nicht vom Fleck. Ein Geschäftsmann in einem Mercedes stand hinter Gül auf der Abbiegerspur. Er schien ziemlich genervt zu sein.

Miko hatte ihn ebenfalls bemerkt. „Warte kurz!"

Er setzte sich die Sonnenbrille auf und stieg breitbeinig aus. Um noch dicker aufzutragen, stellte er das Blaulicht ein.

„Drehen Sie um!", rief er dem Mann zu. „Das ist ein Polizeieinsatz. Jetzt machen Sie schon!"

Dann ging er zur Fahrerseite von Güls Auto. Sie ließ auch hier eilig das Fenster herunter. Er beugte sich zu ihr hinab, und seine Nähe nahm ihr den Atem.

„Also, was ich sagen wollte ... Ich hab mich gefragt, ob ich dich vielleicht zum Essen einladen darf. Ich meine, wo wir uns die Woche sonst nicht sehen. Morgen Abend in Münster im Schlossgarten? Was meinst du? Wir könnten was essen und danach spazieren gehen, vielleicht zum Aasee. Morgen ist Vollmond, und es soll eine klare Nacht werden."

Spazierengehen im Vollmond. Er war ein Romantiker. War das zu glauben? Gül wusste gar nicht, wohin mit ihrem Glück.

„Ich weiß im Moment gar nicht, ob ich morgen schon was vorhabe", sagte sie, obwohl das nicht stimmte. „Aber ruf mich morgen früh noch mal an. Wenn nichts ist, überlege ich es mir."

Er grinste wie der Sieger bei einem Sportturnier. Als hätte er den großen Pokal gewonnen.

„Dann bis morgen, Gül. Ich melde mich, auf jeden Fall."

Ehe sie antworten konnte, saß er schon wieder im Streifenwagen, grinste sie noch mal an und fuhr dann mit quietschenden Reifen davon.

Gül blieb allein vor der Kreuzung stehen und gab sich ihrem Gefühlschaos hin. Sie hatten eine Verabredung. Ein richtiges Date. Sie stieß einen glücklichen Seufzer aus, dann startete sie den Wagen und fuhr weiter.

Nach einer Weile untersagte sie es sich, weiter an Mikos Lächeln zu denken. Sie war schließlich aus einem anderen Grund unterwegs. Ihre Gedanken wanderten wieder zu Thomas Kerkering. Gül war sicher, wenn sie den Leuten von der Kripo erst gesagt hätte, was sie über ihn und die Bestechung wusste, dann würden die sich Thomas mal richtig zur Brust nehmen. Und dann konnte der Fall schneller beendet sein, als alle glaubten. Tönne würde es sicher schmerzen, dass nicht er den Mörder entlarvt hatte, aber er würde darüber hinwegkommen.

Es dauerte eine halbe Stunde, bis Gül das Gebäude der Kriminalpolizei am Stadtring erreicht hatte. Es war schon eine Weile her, dass sie zum letzten Mal hier gewesen war. Sie war ein bisschen aufgeregt. Alles wirkte so großstädtisch und abgeklärt. Hier arbeiteten die richtigen Polizisten. Die erlebten wirklich etwas. Nicht so wie bei ihnen auf der Dorfwache.

Sie ging zur Pforte und wies sich aus. Den Weg zur Mordkommission kannte sie zwar bereits, trotzdem erklärte ihr der Pförtner langatmig, welche Treppe sie nehmen musste. Kriminalhauptkommissar Thorsten Schmidt war im Haus, das war schon mal gut. Sie würde direkt mit dem Leiter sprechen können.

Oben auf dem Flur standen überall die Türen offen. Gül machte sich auf den Weg zum Sekretariat, um sich bei Frau

Brinkmann anzumelden. Dabei blickte sie neugierig in die Büros hinein. Die Kommissare sahen kurz auf, achteten aber nicht weiter auf sie. Einige schienen sich zu fragen, wer diese Frau auf dem Flur war.

Gül war ziemlich irritiert. Für sie waren das alles bekannte Gesichter, doch umgekehrt schien sie keiner wiederzuerkennen. Ihr erster Gedanke war, dass sie vielleicht in Zivil ganz anders aussah als in Uniform. Dann aber machte sie sich bewusst, dass die Kollegen Gül auch in Uniform wohl nicht wiedererkannt hätten. Es lag an der Hierarchie. Die Uniformierten waren ganz unten in der Hackordnung, und die von der Dorfbullerei erst recht. Wenn sie hier einmal arbeiten würde, schwor sie sich, dann würde sie nicht so überheblich werden.

Vor ihr flog eine Tür auf, und die Sekretärin rauschte auf den Flur. Sie schloss eilig die Tür ab, dann lief sie Gül direkt in die Arme.

„Frau Yilmaz!", sagte sie erstaunt. „Das ist ja eine Überraschung. Was machen Sie denn bei uns in Münster?"

Na, also. Wenigstens eine hatte sich ihr Gesicht gemerkt. Sogar an den Namen konnte sie sich erinnern. Aber das lag wohl daran, dass sie hier in Münster das unterste Glied in der Kette war.

„Ich möchte zu Herrn Schmidt. Ich muss ihn unbedingt sprechen."

„Oh, das geht jetzt nicht. Er ist im Vernehmungsraum. Und ich muss da auch ganz schnell hin. Die warten schon auf mich."

Frau Brinkmann schrieb während der Vernehmungen am Computer das Protokoll. Das gehörte zu ihrem Job. Sicher sollte sie ihren Chef besser nicht warten lassen.

„Wie lange dauert das denn?", fragte Gül.

„Schwer zu sagen. Wollen Sie vielleicht solange warten?"

Gül blickte sich um. Gegenüber vom Vernehmungsraum war der Wartebereich. Drei alte Stühle und ein trostloser

Resopaltisch in einer Ecke unterm Fenster. Das sah alles andere als einladend aus. Egal. Sie würde warten.

„Ich sage Herrn Schmidt Bescheid, Frau Yilmaz. Da hinten ist ein Kaffeeautomat. Ich würde Ihnen ja auch ein paar Zeitschriften holen, aber ich bin wirklich spät dran."

„Das ist kein Problem. Vielen Dank."

Die Sekretärin nickte fahrig und huschte in den Vernehmungsraum. Die Tür schloss sich, und es wurde still auf dem Flur. Gül nahm in der Sitzecke Platz. Draußen zogen Wolken am Himmel vorbei, und über dem Stadtring schob sich der Verkehr. Aber das war alles. Viel zu sehen gab es hier nicht.

Immer wieder kamen Leute vorbei, die sie verwundert betrachteten. Es fragte sie aber keiner, wer sie war und warum sie hier herumsaß.

Endlich ging die Tür vom Vernehmungsraum wieder auf, und Thorsten Schmidt trat mit einem Kollegen auf den Flur.

„Erst mal eine rauchen", stöhnte der Kollege. „Ich hab echt die Schnauze voll. Was ist, kommst du mit?"

„Gerne. Hast du Zigaretten?"

Gül sprang auf und lief ihnen entgegen.

„Herr Schmidt?", rief sie.

Er betrachtete sie verwundert.

„Kennen wir uns? Wie sind Sie hier reingekommen?"

„Ich bin Frau Yilmaz von der Schutzpolizei in Buddenbeck. Ich würde Sie gerne sprechen."

Sein Kollege wirkte genervt. Er beschloss offenbar, sich schnell aus dem Staub zu machen, bevor er in das Gespräch hineingezogen werden konnte.

„Ich geh schon mal raus, Thorsten", sagte er und hielt die Zigarettenschachtel hoch, als wäre es ein Parkausweis, der dringend nachgelöst werden müsste.

Sein Chef sah ihm unglücklich hinterher.

„Können wir es kurz machen?", sagte er zu Gül.

„Ja, natürlich. Es geht um den Mordfall Alfons Kerkering. Da gibt es etwas, das ich Ihnen sagen muss. Es betrifft Thomas Kerkering."

Er schien nicht sonderlich interessiert. „Und worum geht es?"

„Sie haben sicher von dem Windpark gehört. Die Bauern bei uns wollten das groß aufziehen, aber es fehlte die Unterschrift von Alfons Kerkering. Der hat sich quergestellt."

„Ob wir davon gehört haben? Wir führen die Ermittlungen, Frau ..." Er hatte ihren Namen wieder vergessen und machte sich kaum die Mühe, das zu überspielen. „Natürlich wissen wir von dem Windpark. Und von allem, was damit zusammenhängt."

„Gut. Die Bauern vom Moorbach haben versucht, Alfons zu bestechen. Mit viel Geld. Ein paar Tage vor dem Mord. Weil die Frist beim Bauamt ablief. Thomas wusste auch davon."

Man hätte das alles vielleicht ein bisschen spektakulärer formulieren können, aber Gül fühlte sich zunehmend gestresst durch das offensichtliche Desinteresse des Kommissars.

Er nickte beiläufig. „Ja, so was habe ich mir schon gedacht. Das erstaunt mich jedenfalls nicht weiter."

„Ein paar Tage vor dem Mord", sagte Gül eindringlich. „Und Thomas Kerkering wusste auch Bescheid. Es waren achttausend Euro."

„Gut. Danke für die Information. Was sonst noch?"

„Ähm, nichts. Das war es."

„Sie hätten auch anrufen können", sagte er. Dann sah er zu der Tür, hinter der sein Kollege verschwunden war.

„Ich muss jetzt weiter. Vielen Dank, dass Sie hergekommen sind. Und danke für die Information."

Er ließ sie einfach auf dem Flur stehen. Gül stand völlig belämmert vor dem Vernehmungsraum. Sie kam sich vor wie ein Schulmädchen. Unschlüssig blickte sie sich um.

Das hieß dann wohl, sie würde jetzt wieder nach Hause fahren.

Die Tür öffnete sich erneut, und Frau Brinkmann tauchte auf. Sie lächelte Gül freundlich an und sah sich suchend auf dem Flur um. Hinter ihr konnte Gül einen Blick in den Raum werfen. Da saß Hilde Kerkering, mit dem Rücken zu ihr. Sie war es also, die vernommen wurde. Kein Wunder, dass die Kommissare so genervt waren. Sicher redete sie immer noch nicht mit ihnen.

„Ach, Frau Yilmaz?“, begann die Sekretärin. „Hätten Sie vielleicht einen Moment?“

„Natürlich. Was kann ich für Sie tun?“

„Eigentlich müssten hier ein paar Uniformierte sein. Aber ich weiß nicht, wo die hin sind. Ich müsste nämlich mal auf die Toilette, bevor die Vernehmung weitergeht. Die Frau da drin wird nicht weggehen, das ist sicher. Aber ich kann sie ja schlecht alleine im Raum lassen. Mit dem Computer und überhaupt. Würden Sie vielleicht kurz einen Blick auf sie werfen? Ich bin in zwei Minuten wieder da.“

„Sicher kann ich das. Kein Problem.“

„Ach, das ist sehr nett von Ihnen.“

Frau Brinkmann huschte schnell davon. Gül sah sie in der Damentoilette verschwinden, dann wurde es wieder still auf dem Korridor. Sie trat einen Schritt vor und blickte ins Vernehmungszimmer. Hilde Kerkering hockte mit steinernem Gesicht da und fixierte einen Punkt an der Wand. Wahrscheinlich saß sie genauso da, während sie vernommen wurde.

Gül erinnerte sich an das, was Heinz Bertling gesagt hatte. Wenn überhaupt, dann würde Hilde mit jemandem aus Buddenbeck sprechen. Aber sicher nicht mit den Leuten aus Münster. Bei denen würde sie genauso stur sein, wie ihr Mann es gewesen war. Aber auf Heinz hörte ja keiner, und deshalb bissen sich die Kollegen aus Münster die Zähne an ihr aus.

Frau Kerkering bemerkte offenbar, dass sie nicht allein war. Sie drehte sich um und blickte sie überrascht an.

„Frau Yilmaz! Was machen Sie denn hier?"

„Hallo, Frau Kerkering. Heinz hat mich hergeschickt. Ich bin gleich wieder weg. Wie geht es Ihnen? Werden Sie gut behandelt?"

Hilde Kerkering schwieg und machte eine wegwerfende Handbewegung.

Gül blickte sich auf dem Flur um. Keine Menschenseele war zu sehen. Das war ihre Chance. Eilig trat sie in das Vernehmungszimmer. Sie wollte doch mal sehen, ob Heinz Recht hatte. Und ob sie trotz ihrer Herkunft als echte Buddenbeckerin durchging.

„Wie läuft es bei uns zu Hause?", fragte Frau Kerkering. „Thomas kümmert sich um das Vieh, oder? Sie lassen mich nicht mit ihm sprechen. Mit keinem."

„Das Vieh ist versorgt, machen Sie sich keine Sorgen. Auf dem Hof ist alles in Ordnung. Sandra ist auch da. Die beiden kümmern sich um alles, und die Nachbarn helfen ebenfalls mit."

„Ach, ein Glück. Ich hab ja gehofft, dass es so ist. Aber sicher ist man sich nie. Ich würde Ihnen ein Stück Kuchen anbieten, Frau Yilmaz. Aber Sie sehen ja, wo ich bin."

„Das macht nichts. Wir essen ein Stück Kuchen, wenn Sie wieder frei sind. Ganz sicher. Soll ich mich kurz zu Ihnen setzen?"

„Ja, bitte. Erzählen Sie! Gestern war doch Dreikönigstag. Tönnes Enkelkinder waren auch dabei, oder? Ach, die hätte ich gerne gesehen. Haben sich Thomas und Sandra um die Kinder gekümmert? Das muss ich unbedingt wissen."

„Das haben sie, Frau Kerkering", sagte Gül und schloss leise die Tür. „Das haben sie."

17

Neben dem Kiefernwäldchen lag im Dunst der Hof der Kerkerings. Vom Schnee war nichts geblieben, alles war wieder so grau und hässlich wie vor dem Dreikönigstag. Tönne saß in seinem Fernsehsessel und blickte nachdenklich hinaus. Vor ihm auf dem Tischchen dampfte sein Morgenkaffee. In der letzten Nacht hatte er so gut geschlafen wie lange nicht mehr. Heute fühlte er sich gleich viel besser. Sein alter Elan war zurück.

Auch wenn sein großes Finale in der *Grünen Linde* am Ende gar keins gewesen war, glaubte er, dass es nicht umsonst war. Auch kleine Schritte brachten sie voran, und am Ende würden sie den Mörder stellen, davon war er nach wie vor überzeugt.

Er musste mit Lisbeth sprechen. Am besten versuchte er es auf ihrem Handy. Konzentriert drückte er auf den Tasten seines eigenen Mobiltelefons herum, und tatsächlich, die Verbindung stand. Nur dass Lisbeth nicht ranging. Vielleicht hatte sie ihr Telefon gar nicht dabei.

Er überlegte. Dann suchte er die Nummer ihrer Eltern raus und versuchte es dort. Ihre Mutter würde ihm sicher sagen können, wo sich ihre Tochter herumtrieb. Während er am anderen Ende dem Freizeichen lauschte, überkam ihn plötzlich das seltsame Gefühl, als würde er bei der Mutter einer Schulfreundin anrufen, um zu fragen, ob die am Nachmittag zum Spielen rüberkommen dürfe. Dabei war Lisbeths Mutter gut fünfzehn Jahre jünger als er. Er unterdrückte diese Regung. Das war ja dummes Zeug. Frau Yilmaz wusste, dass er weder ein Schulkamerad war noch ein alter Lustmolch.

„Gül ist in Münster“, beantwortete sie seine Frage. „Sie ist mit ihrem Freund da, glaube ich.“

„Mit ihrem Freund?“, meinte er scheinheilig. So leicht ließ er sich nicht auf Kreuz legen. Lisbeths Mutter wusste nichts von der heimlichen Schwärmerei ihrer Tochter für den Arbeitskollegen. „Ich wusste gar nicht, dass sie einen Freund hat."

„Ach so? Ja, vielleicht habe ich auch was falsch verstanden."

„Kann es sein, dass sie zur Kriminalpolizei gefahren ist?"

„Richtig, jetzt fällt es mir wieder ein. Da wollte sie hin. Ich sage ihr einfach, dass sie anrufen soll, wenn sie wieder zu Hause ist."

„Das ist nett von Ihnen." Er zögerte. Es ergab sich nicht oft, dass er mit Lisbeths Eltern sprach. „Ihre Tochter ist eine gute Polizistin. Sie macht sehr gute Arbeit hier. Buddenbeck kann froh sein, sie zu haben."

So, jetzt war es raus. Agnes wäre stolz auf ihn gewesen.

„Danke, Herr Oldenkott."

„Sind Sie dieses Jahr wieder auf dem Schützenfest dabei?"

„Mal sehen. Gül wird ganz sicher wieder mitmachen."

„Kommen Sie! Das war doch schön letztes Mal!"

Das hoffte er wenigstens. Aber ob Herr und Frau Yilmaz es wirklich schön fanden? Es war ziemlich hoch her gegangen im letzten Jahr. Ein paar junge Leute waren sehr besoffen gewesen. Biergläser waren geflogen, der Jüngste von Erding hatte mitten auf den Königstisch gekotzt, und die alte Emmi Kamp hatte sich beim "Dans op de deel" einen Oberschenkelhalsbruch zugezogen. Ein paar Mal hatte Frau Yilmaz doch ziemlich erschrocken gewirkt.

„Sie sind jedenfalls herzlich willkommen", fuhr Tönne fort.

„Das ist schön zu wissen. Mal sehen, vielleicht kommen wir wirklich."

Nach dem Telefonat trank Tönne seinen Kaffee aus und brachte die leere Tasse zurück in die Küche. Im Haus war es so still, als hätte er sein Hörgerät gar nicht im Ohr. Es war jedes Mal dasselbe, wenn er allein war. Ein paar Stunden lang genoss er die wohltuende Ruhe, ganz ohne streitende Kinder und Staubsaugerlärm oder Popmusikbeschallung. Doch dann änderte sich seine Stimmung, und aus Erholung wurde Einsamkeit.

Eine Weile saß er am Küchentisch und las im *Landwirtschaftlichen Wochenblatt.* Dann überlegte er sich, dass er die Tür des alten Hühnerstalls reparieren könnte. Die klemmte schon seit einer Weile, vielleicht reichte es ja, wenn er das Türblatt ein bisschen abschliff. In jedem Fall wäre das eine gute Aktivität für den Vormittag.

Ein Geräusch ließ ihn aufhorchen. Ein gedämpftes Rums, dann war wieder alles still. Das war draußen gewesen, auf dem Hof. Er setzte die Schirmmütze auf und zog die Arbeitsjacke über. Als er wenig später auf den Hof trat, war nichts zu sehen. Er lauschte. Wahrscheinlich hatte sein Hörgerät ihm einen Streich gespielt.

Er holte den Werkzeugkoffer aus der Tenne und machte sich auf den Weg zum Hühnerstall. Dabei sah er in den Himmel. Diesiger Hochnebel. Aber dabei würde es nicht bleiben. Wie es aussah, würde es heute noch Regen geben. Das konnte er geradezu riechen.

Wieder ein seltsames Geräusch. Ein Schleifen oder Kratzen. Diesmal hatte er es ganz deutlich gehört. Das war keine Täuschung. Es kam aus der Scheune. Er stellte den Werkzeugkoffer ab und ging zum Scheunentor.

Doch dann erklang ein anderes Geräusch, das das andere überlagerte: Auf dem Feldweg hinter der Scheune näherte sich ratternd ein Traktor. Das war Gerd Vaalbrock. Er war zu seinem Acker am Moorbach unterwegs. Dafür musste er den Wirtschaftsweg nehmen, der hinter Tönnes Scheune entlangführte. Er knatterte direkt auf ihn zu.

Tönne trat hinter der Scheune hervor. Gerd hatte ihn ebenfalls entdeckt und verlangsamte das Tempo. Ob er wohl sauer auf Tönne war nach dem Gespräch gestern in der *Linde*? Wahrscheinlich. Nun stellte Gerd den Motor aus und stieg von seinem Traktor.

„Gerd!“, rief Tönne. „Immer bei der Arbeit?“

„Hör mal, das kannst du dir sonst wo hinstecken. Ich bin ein Mörder, schon vergessen? Einer, der seinen Nachbarn umbringt, wenn ihm was nicht passt.“

Mit verschränkten Armen kam er auf Tönne zu und schnaubte wie ein Bulle, der in einen Viehtransporter getrieben werden sollte. Er war also tatsächlich sauer auf ihn.

„So habe ich das doch gar nicht gemeint“, versuchte Tönne zu erklären. „Ich hab doch nur ... ich wollte einfach ...“

Ach, herrje. Es half ja alles nichts.

„Hör zu, es tut mir leid“, sagte er schließlich.

Das schien Gerd zu beruhigen. Er ließ die Arme sinken, stellte sich zu Tönne an die Scheunenwand und betrachtete die Landschaft, als hielte er Ausschau nach Anzeichen für den Frühling.

„Denkst du, ich hab da nicht drüber nachgedacht?“, sagte er nach einer Weile. „Ob das nicht einer von uns war? Hätte ja nur zu gut gepasst. Jeder hat darüber nachgedacht, davon bin ich überzeugt. Aber wir sind Nachbarn, Tönne. *Nachbarn.* Das heißt doch noch was. Auch wenn sich die Zeiten geändert haben.“

„Natürlich heißt das noch was. Zumindest wollen wir das hoffen. Ihr habt alle darüber nachgedacht, ob es einer von euch gewesen sein könnte, sagst du?“

„Ich denke schon. Wir waren alle misstrauisch, jeder von uns. Die Sache hat viel vergiftet. Dieser verfluchte Einbrecher. Hoffentlich finden sie ihn bald. Oder denkst du, es war Hilde?“

„Nein, das denke ich nicht. Ich denke vielmehr, dass ...“

Es klingelte. Tönne blickte Gerd überrascht an, erst dann wurde ihm klar, dass es sein eigenes Handy war. Das Geräusch ließ sich nicht ignorieren, also zog er das Gerät hervor.

„Das kann man doch irgendwie ausmachen, das verfluchte Teil, oder? Weißt du, wie das geht?“

Doch dann erkannte er, dass es Lisbeth war, die ihn da anrief. Das änderte die Lage.

„Warte kurz, Gerd. Ich muss doch schnell rangehen.“

Er drückte eine Taste, und es funktionierte auch dieses Mal wieder. Er wurde immer besser. Die Verbindung stand.

„Lisbeth! Bist du in Münster?“

„Ja, und stell dir vor, ich habe mit Hilde Kerkering gesprochen. Du glaubst nicht, was sie mir erzählt hat.“

„Sag schon. Spann mich nicht auf die Folter.“

„Alfons wollte unterschreiben.“

Tönne war sprachlos. War das möglich? Sollte er tatsächlich seine Meinung geändert haben? Er wollte dem Windpark grünes Licht geben? Das war kaum zu glauben.

„Bist du dir da auch ganz sicher?“

„Das hat er jedenfalls zu Hilde gesagt, am Freitag. Kurz bevor er umgebracht wurde. Kerkering wollte diesen verfluchten Antrag unterschreiben, damit der am Samstag rechtzeitig beim Bauamt sein konnte. Bevor die Frist abläuft.“

„Aber ... weshalb?“

„Das weiß sie nicht. Sie hat keine Ahnung. Alfons hat ihr das nicht erklärt. Er war ja eher der Typ, der einsame Entscheidungen trifft und alle vor vollendete Tatsachen stellt. Aber sie sagt, irgendwas muss passiert sein, anders kann sie sich das nicht erklären. Und das hatte sicher nichts mit Werners Bestechungsversuch zu tun.“

Tönnes Gedanken rasten. Was hatte das zu bedeuten? Und was mochte ihn umgestimmt haben?

„Wissen deine Kollegen davon? Bei der Kripo?“

„Ach, Quatsch. Hilde spricht mit denen kein Wort.“

„Und du hast es ihnen auch nicht gesagt?“

„Ich ... na ja.“ Sie wirkte verlegen. „Ich habe mir gedacht, das ist vielleicht gar nicht wichtig.“

Das war eine faustdicke Lüge. Tönne konnte sich ein Lächeln nicht verkneifen. Seine Lisbeth.

„Hat Hilde dir auch gesagt, warum sie den verfluchten Spaten versteckt hat?"

„Nein, hat sie nicht. Die war zwar richtig in Plauderstimmung, solange keiner von der Kripo in der Nähe war. Aber als ich sie das gefragt habe, war's vorbei. Keine Ahnung, was da war. Ich glaube, ich hätte das noch aus ihr rausgekriegt. Aber ich hatte nicht genug Zeit. Wir waren nicht lange genug alleine."

„Lisbeth, Lisbeth, Lisbeth. Ich glaube, mir müssen dringend in Ruhe miteinander sprechen."

„Ich bin schon auf dem Weg zu dir. In einer halben Stunde bin ich da. Ich wollte dir nur schon mal die wichtigste Neuigkeit sagen. Bis später."

Tönne ließ das Handy sinken. Gerd war dem Gespräch neugierig gefolgt, aber natürlich hatte er kaum mehr mitbekommen, als dass irgendwas Wichtiges zutage getreten war.

„Du glaubst nicht, was ich gerade erfahren habe", sagte Tönne.

In diesem Moment war ein Geräusch über ihnen. Tönne blickte hoch. Die Luke am Giebel der Scheune stand offen. Die hatte schon seit Jahren nicht mehr aufgestanden. Genau genommen, seit sie keine Strohballen mehr mit dem Förderband nach oben brachten. Seit er keine Landwirtschaft mehr führte. Was war da los? Ein Schatten war zu erahnen.

„Tönne!", rief Gerd.

Als Nächstes wurde Tönne von seinem Nachbarn gepackt und zur Seite geschleudert. Er landete auf der durchnässten Rasenfläche neben der Scheune. Gerds schwerer Körper lag über ihm. Dann folgte ein unglaublicher Lärm. Es donnerte, und der Boden unter ihnen vibrierte. Das alles passierte so schnell, das Tönne keinen klaren Gedanken fassen konnte. Gerd rollte von ihm herunter und blickte zur Scheunenwand. Die Paletten, die Tönne oben auf dem Dachboden aufbewahrt hatte, lagen wie ein Scheiterhaufen im Gras. Ein paar von ihnen hatten sich in die Erde gebohrt und ragten jetzt starr und aufrecht in die Luft. Genau dort, wo sie gerade noch gestanden hatten.

„Geht es dir gut?“, hörte er Gerds Stimme. „Ist alles in Ordnung?“

Tönne bewegte vorsichtig seine Glieder. Dann betastete er die Rippen. Es war nichts passiert. Das hoffte er wenigstens. Oben in der Luke war nichts zu sehen. Aber er hörte Schritte, die über den Dachboden der Scheune hallten. Jemand floh.

„Was zum Teufel ...?“

„Da ist einer“, sagte Gerd. „Bleib hier. Den schnapp ich mir.“

Er sprang auf und lief zum Scheunentor. Tönne berappelte sich mühsam. Die Knochen taten ihm weh, aber es schien tatsächlich nichts weiter passiert zu sein. Ungläubig starrte er auf den Palettenhaufen, und ihm wurde klar, dass er soeben einem Mordanschlag entgangen war. Jemand hatte versucht, ihn umzubringen.

Gerd hatte das Scheunentor erreicht. Aber da flog es schon auf und landete direkt in seinem Gesicht. Er taumelte zurück und hielt sich den Kopf. Ein Mann sprang ins Freie. Um die dreißig, mit Bart und langen Haaren. Er verschwand sofort hinter der Scheunenwand. Gerd nahm die Verfolgung auf, aber da heulte schon ein Motor auf, und ein Auto, das versteckt hinter der Scheune gestanden haben musste, schoss auf die Straße und jagte davon.

Es war zu spät. Der Kerl war entkommen. Tönne kratzte sich am Kopf und sah zu der offenen Luke. Unfassbar. Dann sah er sich nach seiner Schirmmütze um, fischte sie vom Rasen und setzte sie wieder auf.

Gerd kehrte mit hängenden Schultern zurück.

„Er ist weg“, sagte er, als ob Tönne das nicht selbst gesehen hätte. „Hast du dir was getan?“

„Nein, alles in Ordnung. Das ist ja ... das ist ja ein Ding, oder?"

„Das kannst du laut sagen, Tönne." Gerd stieß die Luft aus und schüttelte den Kopf. „Das kannst du laut sagen."

Eine Weile standen sie schweigend da, und immer wieder schüttelte einer von beiden den Kopf. Gerd hatte ihm das Leben gerettet, an dieser Erkenntnis führte wohl kein Weg vorbei. Dabei hatte Tönne ihn am Vortag noch als einen der Hauptverdächtigen behandelt.

Offenbar ging Gerd das Gleiche durch den Kopf, denn er sagte: „Und du denkst, *wir* waren das? Deine Nachbarn? Mit denen du dein ganzes Leben geteilt hast? Wir sollen einen Mord begangen haben?"

„Du hast ja recht, Gerd", sagte Tönne zerknirscht.

Er hatte aufs falsche Pferd gesetzt, und so unangenehm der Gedanke auch war – jetzt waren wohl ein paar richtige Entschuldigungen fällig. Und zwar nicht nur bei Gerd.

18

„Wir müssen die Polizei holen!", rief Lisbeth. „Die *richtige* Polizei."

„Ach, herrje. Hätte ich gewusst, dass du wieder so anfängst, dann hätte ich dir die Sache gar nicht erzählt."

Tönne ließ sich auf seinen Fernsehsessel sinken. Er hatte sich tatsächlich nichts gebrochen, aber ein paar blaue Flecken würden morgen früh zu sehen sein, das spürte er bereits.

„Es war versuchter Mord, Tönne! Das ist eine schwere Straftat! Dafür kann der bis zu fünfzehn Jahre ins Gefängnis wandern. Theoretisch sogar lebenslänglich. Begreifst du das nicht? Wir reden nicht davon, dass einer deinen Spazierstock geklaut hat. Du hättest *tot* sein können."

Tönne seufzte. Manchmal konnte Lisbeth eine richtige Nervensäge sein. Musste er jetzt wirklich über diese Dinge diskutieren?

„Und dann ist da noch Alfons“, redete sie weiter. „Dieser Anschlag auf dich ist ja nicht zufällig passiert. Vielleicht hat der Typ ja schon einen Mord begangen. Den an Alfons nämlich.“

Tönne hob schwach die Hand. „Lisbeth, bitte.“

„Nein, nichts bitte. Wir haben ein Foto von dem Typen. Dank Sophie. Verstehst du? Damit können wir ihn zur Fahndung ausschreiben. Dann kriegen alle Polizeieinheiten im Umkreis das Foto. Wir werden ihn schnappen, und zwar schnell. Mithilfe der Polizei. Wir müssen das tun, hörst du? Wir *müssen*.“

Vielleicht würde er sie ja zum Schweigen kriegen, wenn er größere Schmerzen vorschützte, als er tatsächlich hatte. Aber Lisbeth würde ihn bestimmt durchschauen, und dann wäre sie noch wütender.

„Und wenn ich dir gar nichts davon erzählt habe?“, schlug er zaghaft vor.

„Ich mach mir doch Sorgen um dich! Was ist denn, wenn er wiederkommt? Und wenn er beim nächsten Mal erfolgreicher ist? Hast du mal darüber nachgedacht?“

Sie wirkte regelrecht verzweifelt. Das war es also. Sie machte sich Sorgen. Das liebe Kind. Tönne war ganz gerührt.

„Bitte, Lisbeth. Setz dich doch erst mal.“

Widerwillig ließ sie sich aufs Sofa fallen. Die erste Angriffswelle war vorüber.

„Hör zu, ich mach dir einen Vorschlag“, sagte er. „Wir gehen gleich morgen früh zur Polizei. Aber bis dahin lässt du mir noch Zeit, um über ein paar Dinge nachzudenken. Ich bitte dich nur um ein paar Stunden. Bitte, tu mir den Gefallen.“

Das schien ihr nicht zu schmecken, doch wie es aussah, würde sie trotzdem mitmachen. Auch wenn sie jetzt gerade so tat, als ob sie mit sich kämpfte.

„Was soll denn in den Stunden noch groß passieren?"

„Das weiß ich nicht. Aber mir fällt schon was ein."

„Und was soll *ich* in der Zeit machen? Nach Hause fahren und beten, dass du morgen noch am Leben bist?"

„Nein. Ich möchte, dass du beim Bauamt etwas herausfindest."

„Beim Bauamt? Was soll das sein?"

„Wir müssen herausfinden, ob die wussten, dass Alfons unterschreiben wollte. Irgendetwas muss passiert sein, sonst hätte er es sich nicht anders überlegt. Er muss mit jemandem über den Windpark gesprochen haben. Vielleicht war er ja beim Bauamt deswegen. Vielleicht hat er da seine Meinung geändert. Wie ich es drehe und wende, das einzige, was mir als echte Spur erscheint, ist die Sache mit der Unterschrift."

„Und der Typ, der dich heute umbringen wollte, ist der etwa keine Spur? Diese Sache ist ja wohl um einiges handfester."

„Lisbeth, bitte. Morgen früh gehen wir zur Polizei, haben wir gesagt."

Zum Glück beließ sie es dabei. Sie war mit den Gedanken bereits woanders.

„Wir haben das Motiv immer bei den Befürwortern des Windparks gesucht", sagte sie. „Vielleicht war das falsch, und wir müssen bei den Gegnern suchen."

„Genau das war mein Gedanke. Die Frage ist, wer war überhaupt dagegen? Auch das könntest du vielleicht beim Bauamt rauskriegen."

„Aber wie soll ich das denn machen? Wieso sollten die mir Einsicht in ihre Akten geben? Privatpersonen gegenüber sind die nicht auskunftspflichtig. Und offiziell kann ich die Polizei ja schlecht ins Boot holen, oder?"

„Ich weiß, und ich habe auch schon eine Idee. Aber das erkläre ich dir gleich." Er erhob sich mühsam. „Zuerst koche ich uns einen Kaffee. Susanne kommt gleich nach Hause, und ich will mir nicht wieder anhören, dass ich ein schlechter Gastgeber bin. Möchtest du einen Kaffee?“

Sie seufzte. „Ja, sehr gern.“

Er war schon auf dem Weg zur Küche, als er noch einmal stehenblieb. „Ach, Lisbeth. Ich habe nur noch koffeinfreien da“, schwindelte er. „Trinkst du den auch?“

Sie sah verwundert auf. Dann fiel ihm ein, dass Susanne ihn längst bei Lisbeth verpetzt hatte. Sie wusste, dass er um diese Uhrzeit kein Koffein mehr vertrug.

„Na klar, den trink ich auch. Hauptsache Kaffee.“

Das war nett von ihr. Sie spielte das Spiel mit.

„Ich kann sonst auch hochgehen zu Susanne“, bot Tönne halbherzig an. „Die hat bestimmt irgendwo noch welchen.“

„Nein, nein. Entkoffeinierter ist perfekt. Ist mir sogar lieber.“

Also ging Tönne in die Küche und machte sich an die Arbeit. Er stellte Tassen, Milch und Zucker aufs Tablett, goss schließlich den Kaffee ein und kehrte zurück. Am Wohnzimmertisch stellte er sich mit dem Tablett etwas ungelenk an. Sich selbst zu versorgen, das hatte er nach Agnes' Tod gelernt. Aber andere zu bedienen, war eine fremde Situation für ihn. Da war er sich nie sicher, ob er alles richtig machte.

„Wie geht's eigentlich diesem Miko?“, fragte er, um von sich abzulenken. Und es funktionierte.

„Miko? Wie kommst du denn auf den? Ausgerechnet jetzt?“

„Ach, nur so. Aus keinem bestimmten Grund.“

Von dem Telefonat mit ihrer Mutter wollte er ihr nichts erzählen. Das waren Dinge, in die er sich nicht einmischte. Zu seiner Überraschung lächelte Gül versonnen. Da war also ganz aktuell was im Busch.

„Wir haben morgen Abend ein Date. Richtig romantisch mit Essengehen und mit Spazieren im Mondlicht und so.“

„Dann magst du ihn immer noch, den Jungen?“

Jetzt strahlte sie übers ganze Gesicht.

„Ja, das tue ich. Wirklich."

In der Diele war plötzlich Lärm. Die Mädchen schrien herum und polterten die Treppe hinauf. Im nächsten Moment flog die Tür zu seinem Wohnzimmer auf, und Susanne rauschte herein.

„Papa, was ist denn draußen ...?" Sie stockte. „Oh, hallo, Gül. Ich wusste nicht, dass du da bist."

Sie wandte sich wieder an Tönne. „Was ist denn draußen vor der Scheune los? Da liegt alles voller Paletten."

„Ach, das war nur ein kleines Missgeschick. Ich räume das später wieder auf."

„Was denn für ein Missgeschick? Ist aus Versehen eine Bombe hochgegangen?"

Lisbeth sah angestrengt in ihre Kaffeetasse. Sie hielt also still, ein Glück.

„Ich war nur unvorsichtig. Es ist nichts passiert."

Susanne merkte, dass sie nicht mehr erfahren würde. Zumindest nicht jetzt. Das schien ihr zwar nicht zu gefallen, aber da Lisbeth da war, ging sie nicht weiter darauf ein.

„Du, Papa, kannst du später Sophie zur Musikschule fahren? Ich muss noch mal in die Firma, es geht nicht anders. Du weißt ja, dieser Großauftrag. Und Martin ist noch unterwegs."

Er sagte zu, einfach um sie loszuwerden. Auch wenn das bedeutete, dass er sich nun beeilen musste. Er wollte noch mal mit Sandra und Thomas sprechen. Vielleicht wussten die etwas über die Gegner des Windparks. Oder hatten eine Ahnung, weshalb ihr Vater einen Tag vor Fristablauf seine Meinung geändert hatte. Er erklärte Gül noch, wie er sich das im Einzelnen mit dem Bauamt gedacht hatte, dann brachte er sie zur Tür.

„Ich habe mein Handy dabei", sagte er, als sie sich verabschiedeten. „Sobald wir was erfahren, telefonieren wir miteinander."

„Gut, Tönne. Aber bitte sei vorsichtig. Ich möchte dich nirgendwo vom Hof kratzen müssen, so wie Alfons."

„Ich bin vorsichtig, versprochen“, sagte er, schob sie nach draußen und schloss die Tür.

Er kehrte ins Wohnzimmer zurück, um das Tablett wegzuräumen. Zu seiner Überraschung tauchte Susanne wieder hinter ihm auf. Sie hatte offenbar nur darauf gewartet, dass sein Besuch verschwand.

„So, und jetzt mal Klartext“, sagte sie. „Was ist da draußen passiert? Das sieht ziemlich gefährlich aus.“

Das war ja klar. Mit einer vagen Antwort ließ sie sich nicht abspeisen. Tönne musste sich schnell etwas einfallen lassen.

„Ich wollte die Paletten auf dem Dachboden entsorgen“, sagte er. „Die nehmen doch nur Platz weg. Gerd Vaalbrock wollte morgen mit dem Frontlader kommen, um sie runterzuholen. Ich dachte, ich könnte sie schon mal an den Rand der Luke schieben. Ja, und da ist es dann passiert.“

„Du warst oben auf dem Dachboden? Und hast die tonnenschweren Paletten herumgeschoben? Papa, du hättest hinunterfallen können! Lass dir doch bei den schweren Sachen helfen. Martin macht das gerne. In deinem Alter kannst du so was nicht mehr alleine machen.“

In seinem Alter. Jetzt fing sie auch schon damit an. Als wäre er alter als Jopi Heesters. So schlimm war es ja wohl noch nicht.

„Die Paletten sind morgen weg, wenn es das ist. Mach dir keine Sorgen.“

„Du weißt genau, wie ich das meine. Aber ich seh schon, da rede ich mir nur den Mund fusselig. Ich geh dann mal wieder hoch. Die Mädchen müssen ihre Hausaufgaben machen.“

„Ach, Susanne? Hast du kurz Zeit?“ Er ließ sich auf seinen Sessel sinken. „Ich muss mit dir reden.“

Sie runzelte die Stirn. Solche Ansprachen gab es nicht sehr oft. Also nahm sie auf dem Sofa Platz und sah ihn erwartungsvoll an.

„Du kennst doch den Böcker-Kotten", sagte er. „Den sie an irgendwelche Leute aus Münster vermietet haben. Weißt du eigentlich, wer da im Moment wohnt?"

„Also, persönlich kenne ich die nicht. Aber die Frau ist Innenarchitektin oder so was. Und der Mann arbeitet bei der Provinzial. Frag mich jetzt nicht, wie die heißen. Wieso?"

Die Frau war verheiratet? Das machte es noch schlimmer.

„Nun ja. Ich war doch mit Annie da, beim Sternsingen. Und da ... also da habe ich was gesehen."

„Was gesehen? Jetzt mach's nicht so spannend."

Er holte Luft. „Sie hatte einen Mann da. Und zwar nicht ihren eigenen. Die Situation war ziemlich klar. Das würde mich gar nichts angehen, aber es war jemand, den wir kennen."

„Doch nicht etwa Martin?", fragte sie erschrocken.

Tönne musste lachen, trotz des Ernstes der Lage. Das war wirklich zu absurd. Das Letzte, was er sich irgendwie vorstellen konnte, war Martin in einer erotischen Situation. Dabei hatten er und Susanne zwei Kinder. Irgendwas in der Richtung musste also schon mal vorgefallen sein. Besser, er dachte nicht weiter darüber nach.

„Es war nicht Martin", sagte er und wurde wieder ernst. „Es war Miko."

„Oh."

„Ja. Ungefähr das habe ich mir auch gedacht."

„Weiß Gül davon?"

„Nein, da bin ich mir ziemlich sicher."

„Sind die beiden denn eigentlich ein Paar?"

„Nicht direkt. Aber es bahnt sich da was an."

„Du musst es ihr sagen, Papa."

„Muss ich das wirklich? Wie gesagt, die sind gar nicht zusammen. Und es geht mich im Grunde auch nichts an."

„Er hat eine Affäre mit einer verheirateten Frau aus Buddenbeck. Also, wenn du mich als Frau fragst, dann möchte man so was schon wissen, wenn man sich überlegt, mit jemandem was anzufangen."

„Aber sollte nicht besser *er* ihr das sagen?"

„Und wenn er das nicht tut? Also, sorry, ich finde das nicht okay. Und dann auch noch hier in der Bauernschaft. Kann der sich nicht woanders umgucken?"

Tönne starrte in den Ofen. Würde Lisbeth überhaupt wollen, dass er mit ihr darüber sprach? Wenn er sich nicht solche Sorgen um sie machen würde, hätte er das Ganze für sich behalten. Aber in dieser Sache wusste er wirklich nicht, was richtig war. Sie wirkte doch so verliebt. War denn dieser Junge überhaupt gut genug für sie?

Die Haustür wurde geöffnet, und wenig später schallte Martins Stimme durchs Haus. „Ich bin wieder da!", rief er.

Susanne stand auf. „Ich muss los. Sag es ihr, Papa. Das musst du tun."

Dann ging sie hinaus und ließ ihn allein. Tönne blieb noch eine Weile am Ofen sitzen und dachte über die verzwickte Situation nach. Aber dann raffte er sich auf. Er musste zu den Kerkerings. Also setzte er sich die Schirmmütze auf und war schon in den einen Ärmel der Arbeitsjacke geschlüpft, als er sich fragte, ob er in dieser Kleidung bei den Nachbarn überhaupt auftauchen konnte. Er hatte ja auch eine gute Jacke, an der Garderobe. Agnes hätte sicher darauf bestanden, dass er die anzog. Während er noch zögernd seine Jacke besah, tauchte Martin in der Küchentür auf.

„Tönne, da bist du ja."

„Nein, das sieht nur so aus. Ich bin schon weg."

„Warte doch kurz. Ich möchte mit dir reden."

„Nicht jetzt! Geh mal eben zur Seite. Ich muss los."

Aber Martin blieb, wo er war, und versperrte mit seinem Körper die Küchentür.

„Ich hab dir ja meine Hilfe angeboten. Und du sollst wissen, das Angebot steht. Wir sind eine Familie."

Tönne verdrehte die Augen. „Du kannst Susanne sagen, die Paletten sind morgen weg. Keine Sorge."

„Ich meine das ganz allgemein. Auch wegen der Sache bei den Kerkerings. Ich wollte nur sagen, mich hat das nicht kalt gelassen. Ich würde gerne mit dir darüber reden. Vielleicht kann ich dir helfen."

Wie sollte das denn aussehen? Wollte er zusammen mit ihm den Namen von Alfons tanzen, um seine Gefühle auszudrücken?

„Hat das nicht Zeit bis morgen?", fragte Tönne gequält.

„Ich glaube nicht. Ich muss dir da was sagen. Das ist auch bei uns oben Thema, weißt du? Wer diesen Mord begangen haben könnte."

Er sagte das ganz seelenruhig und versperrte dabei weiter die Tür. Dieser Junge konnte aber auch hartnäckig sein. Wahrscheinlich brachte er auf genau diese Art und Weise die Kleinen im Kindergarten dazu, dass sie nach dem Essen ihren Mittagsschlaf hielten.

„Ich glaube nicht, dass dir egal ist, was ich zu sagen habe. Deshalb solltest du dir ruhig die Zeit nehmen."

Zu Tönnes Überraschung drehte er sich um und rief nach Annie. Das Kind tauchte auf der Treppe auf und hüpfte fröhlich die Stufen herunter. Martin zog ein Handy mit pinkfarbener Hülle und bunte Trotteln hervor. Es gehörte Sophie.

„Annie hat das Foto gesehen, das ihre Schwester gemacht hat. Von diesem Mann, den Gül verfolgt hat. Den kannte ja keiner hier. Aber Annie sagt, sie hat ihn schon mal gesehen."

„Was? Wo denn? Bist du dir sicher?"

„Bin ich. Das denkt sie sich nicht aus. Sie hat ihn beim Sternsingen gesehen. Sie hat das ganz von sich aus gesagt, ich habe sie nicht gedrängt oder so."

Das war doch ganz unmöglich. Annie war den ganzen Tag bei ihm gewesen. Wie sollte die da etwas gesehen haben, das ihm entgangen war? Er ging alle Höfe durch, auf denen sie gewesen war. Aber einen Fremden hatte er nirgendwo gesehen.

„Was ist denn, Papa?“, fragte Annie, die neben ihnen aufgetaucht war.

Er hielt ihr das Handy mit dem Foto vor die Nase.

„Du hast doch gesagt, dass du diesen Mann gestern gesehen hast. Wo war das? Opa will das wissen.“

„Der saß doch in der Küche, Opa. Als Lara ihren Text vergessen hat.“

„Wo war das? Wo hat Lara ihren Text vergessen?“

„Bei diesem dicken Mann, der so laut gelacht hat. Der hatte Lakritzschnecken, aber die waren voll eklig.“

Tönne war sprachlos. Damit hatte er nicht gerechnet. Annie hatte wirklich etwas gesehen, das ihm entgangen war.

„Bist du dir ganz sicher, Annie?“

„Ja, schon. Darf ich jetzt wieder hochgehen?“

Ohne eine Antwort abzuwarten, drehte sie sich um und hüpfte davon. Tönne sah ihr verdattert hinterher. Er wusste genau, von wem sie gesprochen hatte. Der dicke Mann mit den Lakritzschnecken war Johannes Lütke-Hüsken gewesen. Der Bürgermeister von Buddenbeck.

Er sah entgeistert zu Martin. Aber der lächelte nur voller Genugtuung. Er hatte natürlich gemerkt, wie widerwillig Tönne sich auf eine Unterhaltung mit ihm eingelassen hatte. Der Triumph in seiner Stimme war nicht zu überhören.

„Du weißt doch, Tönne, ich helfe gern“, sagte er. „Du kannst jederzeit auf mich zählen. Mehr wollte ich gar nicht sagen.“

19

In der Polizeiwache lief das Radio in voller Lautstärke. Mal wieder die aktuelle Popmusik. Das hieß, Heinz war alleine. Seit Benjamin, der Azubi, sich neulich ungefragt ins Gespräch gemischt hatte, bekam sie ihn kaum noch zu sehen. Er hatte am selben Tag noch den Keller ausräumen müssen, und sie wollte gar nicht wissen, zu welcher Arbeit er jetzt verdonnert worden war. Alle anderen mussten ausgeflogen sein. Das war auch gut so. Es würde ihr die Situation erleichtern.

Sie entdeckte ihren Chef mit der Gießkanne in der Hand an der Fensterbank. Während er die Pflanzen goss, sang er lauthals mit: „I don't wanna go to school, I just wanna break the rules!" Es gab keinen Weg, unauffällig auf sich aufmerksam zu machen, also rief sie einfach laut seinen Namen.

Er fuhr zusammen. Eilig stellte er das Radio leise.

„Gül! Das ist ja eine Überraschung!", rief er jovial. „An deinem freien Tag! Du kannst es wohl nicht lassen. Hast du Heimweh nach uns bekommen?"

Und dann lachte er los, als wäre das sein bester Witz seit Langem gewesen.

„Ich muss mit dir reden, Heinz. Hast du einen Moment?"

„Natürlich. Für dich immer. Hier ist nicht viel los heute. Setz dich doch, da ist noch Kaffee in der Kanne."

Gül nahm am Besuchertisch Platz. Sie hoffte, dass Tönnes Plan aufging. Er hatte dabei auf die Neugierde ihres Chefs gesetzt, damit sollte sie ihn ködern. Aber Gül wusste nur zu gut: Heinz konnte ganz schnell auf stur stellen, wenn man die Sache falsch anpackte.

Sie sah sich in der Wache um, während ihr Chef sich an der Kaffeekanne zu schaffen machte. Ihr Blick fiel auf den Dienstplan an der Wand. Ein Computerausdruck, auf dem wild mit Kugelschreiber herumgekritzelt worden war.

„Hast du mich aus der Schicht mit Miko rausgenommen?"

Er runzelte verwundert die Stirn. „Das wolltest du doch, oder?"

Er stellte die Tassen auf den Tisch ab.

„Na ja, sooo wichtig war das jetzt auch nicht. Aber egal. Wir können es ja diese Woche ruhig so lassen. Und nächste Woche fahre ich dann wieder mit Miko zusammen. Dann kannst du die Schmiererei da von der Wand nehmen, sieht ja schlimm aus. Du hättest dir echt nicht so viel Arbeit machen müssen."

„Aber ..." Er wirkte plötzlich wieder überfordert.

„Du kannst das natürlich auch so lassen", beeilte Gül sich zu sagen. „Das sind schließlich deine Pläne. Ich will mich da nicht einmischen, das weißt du ja."

Darauf wusste er offenbar gar nichts zu sagen. Aber während er sich zu ihr setzte, starrte er den Dienstplan an, als wäre er ein abstraktes Gemälde, dessen Sinn sich ihm nicht erschloss. Gül hätte am liebsten vor seinem Gesicht mit den Fingern geschnipst, damit sie wieder seine Aufmerksamkeit bekam. Aber sie durfte nicht zu ungeduldig sein, das würde nur ihren Plan in Gefahr bringen.

„Eigentlich bin ich ja wegen einer anderen Sache hier", sagte sie.

Endlich wandte er sich ihr wieder zu.

„Es geht um Hilde Kerkering", fuhr sie fort. „Du kannst sagen, was du willst, aber sie hat ihren Mann nicht umgebracht."

„Sag mal, Gül, willst du die Sache nicht auf sich beruhen lassen?"

„Sie *war* es nicht, Heinz. Ich war heute in Münster, und da hab ich sie kurz gesehen ..."

„Wieso warst du in Münster? Bei der Kripo?"

Richtig, davon wusste er ja gar nichts. Jetzt gab es wohl keinen anderen Weg, als ihm die Wahrheit zu sagen.

„Ich hab erfahren, dass Werner Ohntrup Alfons Kerkering mit einem Batzen Geld bestechen wollte, damit der seine Unterschrift gibt. Ein paar Tage vor dem Mord. Ich dachte, das müsste ich den Kollegen stecken. Deshalb war ich in Münster."

„Was sagst du da? *Was* hast du erfahren?"

„Heinz, das ist doch nicht so wichtig. Was ich eigentlich sagen will ..."

„Ich bin doch dein direkter Vorgesetzter. Denkst du nicht, du solltest solche Sachen zuerst mit mir besprechen? Habe ich kein Recht zu erfahren, was hier vorgeht?“

Jetzt war er beleidigt. Das hätte sie sich auch denken können. Aber jetzt war es zu spät, um noch etwas daran zu ändern.

„Heinz, das ging alles so schnell. Ich wusste gar nicht, wo mir der Kopf steht. Ich war ganz durcheinander. Und wir haben uns gar nicht mehr gesehen. Ich hatte ja heute frei. Also bin ich direkt nach Münster gefahren.“

„Du hättest zuerst zu mir kommen sollen. Ich muss doch wissen, was in Buddenbeck los ist. Dass du einfach hinter meinem Rücken zur Kripo gehst. Also wirklich, Gül, das hätte ich nicht von dir gedacht.“

„Ich weiß, das war falsch. Es tut mir ja auch leid. Ich habe gar nicht darüber nachgedacht und bin einfach sofort losgefahren, etwas kopflos vielleicht.“

Aber auch das stimmte ihn nicht gnädiger. Gül sah schon ihre Felle davonschwimmen. In dieser Stimmung würde er ihr sicher nicht weiterhelfen.

„Das hat die Typen auch gar nicht interessiert, das mit der Bestechung“, sagte sie. „Die haben mich abgewimmelt wie eine lästige Kellnerin.“

„Typisch. So sind sie, die Jungs. Du hättest mich mit ihnen reden lassen sollen.“

„Ja, das weiß ich auch. Aber darum geht es gar nicht. Ich habe Hilde gesehen und konnte kurz mit ihr reden. Hör mir zu, Heinz! Sie sagt, Alfons wollte unterschreiben. Er hatte seine Meinung geändert. Er wollte auf den letzten Drücker unterschreiben, damit die Frist beim Bauamt eingehalten werden konnte.“

„Das hat sie dir gesagt? Sie hat mit dir über Alfons gesprochen? Und den Kollegen sagt sie nicht einmal ihren Namen?“

Seine Stimmung änderte sich schlagartig. Er schlug mit der flachen Hand auf den Tisch.

„Wusste ich's doch! Hab ich es nicht immer gesagt, Gül? Die müssen Hilde von einem Buddenbecker befragen lassen. Das waren doch meine Worte! Aber auf mich wollte ja keiner hören. Was hat sie noch gesagt?"

„Ich hatte nur ein paar Minuten Zeit. Eigentlich hätte ich gar nicht mit ihr alleine sein dürfen. Das ging alles so schnell. Für mehr war keine Zeit. Sie hat mir nur gesagt, dass Alfons unterschreiben wollte."

Er schüttelte verärgert den Kopf. Aber das galt jetzt nicht mehr ihrem Verhalten, sondern dem der Kripo. Er hatte recht gehabt. Das versöhnte ihn wieder.

Gül beschloss, nun die Katze aus dem Sack zu lassen.

„Ich denke, wir sollten mit dem Bauamt sprechen", sagte sie.

„Mit dem Bauamt? Wieso das?"

„Vielleicht war Alfons ja da und hat sich über das Projekt informiert. Oder die wissen was über den Antrag, was wir nicht wissen. Wenn Hilde ihren Mann nicht erschlagen hat, dann muss der Mord mit seiner Unterschrift zu tun haben. Ich weiß, das hört sich sehr vage an. Es ist eher so ein Gefühl, aber ..."

„Nein, Gül, du hast recht. Und ich vertraue deinem Gefühl. Hier stimmt was nicht, und wir müssen herausfinden, was es ist."

„Aber können wir da einfach so auftauchen? Ich mein, da gibt es doch den Dienstweg. Die können uns ja nicht ohne weiteres Auskünfte geben. Vielleicht sollten wir die Kollegen von der Kripo bitten, das zu machen."

„Alles mit der Ruhe. Wir müssen nicht gleich die Kripo einschalten. Eins nach dem anderen. Man brennt Rom auch nicht an einem Tag nieder, wie es so schön heißt."

Er stand auf und fischte sein Telefon vom Schreibtisch.

„Mein Schwager ist der Leiter vom Bauamt. Ich muss den sowieso mal wieder anrufen."

Gül hätte am liebsten die Faust in die Luft gestreckt. Es funktionierte. Tönne hatte Recht behalten. Heinz würde das auf dem kleinen Dienstweg regeln. Gül fiel es schwer, ein überraschtes Gesicht zu machen, aber sie gab ihr Bestes.

„Dein Schwager ist beim Bauamt? Das gibt's ja gar nicht."

Heinz bedeutete ihr, leise zu sein. Er wählte die Nummer und stellte das Telefon auf laut, damit sie mithören konnte.

„Heinz!", dröhnte eine Stimme am anderen Ende. „Was macht die Hühnerzucht?"

„Frag nicht, Wolfgang, frag nicht. Es hat sich schon wieder ein Marder durch den Zaun gebissen. Ich weiß langsam nicht mehr, was ich noch machen soll."

„Wie viele Hühner mussten denn dran glauben?"

„Nur eins. Aber trotzdem. Ich bin Polizist, weißt du? Wie sieht das denn aus, wenn ich nicht mal ein paar Hühner beschützen kann? Es ist eine Schande."

„Nimm das nicht persönlich. Wenn ihr diese Woche nicht genug Eier habt, dann ..."

„Von wegen. So weit kommt es noch! Ihr kriegt eure zwölf Eier, keine Widerrede. Wir lassen uns nicht von einem Marder in die Knie zwingen."

Gül winkte vor seinem Gesicht herum. Heinz sollte zur Sache kommen. Er nickte ihr ernst zu.

„Wolfgang, was ich dich fragen wollte. Du hast doch die Geschichte mit Alfons Kerkering mitbekommen, oder? Schlimme Sache, das alles."

„Ja, natürlich. War das jetzt eigentlich seine Frau? Wisst ihr das inzwischen?"

„Sicher wissen wir gar nichts", sagte Heinz und fügte bedeutungsschwer hinzu: „Wir ermitteln in alle Richtungen. Und da müsste ich dich mal was fragen. War Alfons letzte Woche bei euch im Bauamt wegen dem Windpark am Moorbach? Wollte er da mit jemandem sprechen?"

„Nein, der war nicht hier. Keiner war hier. Die Frist ist abgelaufen. Damit ist die Sache gestorben."

„Zu blöd. Und Alfons hat auch nicht angerufen?"

„Nein, wieso?“

„Keine Ahnung. Dafür unterschreibt ja jetzt Thomas Kerkering“, sagte Heinz, um das Gespräch am Laufen zu halten. „Der Antrag ist offenbar soweit fertig. Sobald die das Erbe geklärt haben, legen die ihn wieder vor.“

„Wenn es dann mal nicht zu spät ist. Das läuft hier alles ganz ordnungsgemäß. Hier wird nicht geschachert, nicht solange ich das Sagen habe.“

„Was meinst du damit?“

„Es gibt noch einen anderen Bauantrag. Das Planungsgebiet ist nicht weit vom Moorbach entfernt. Beide Anträge kommen sicher nicht durch, und es geht der Reihe nach. Wer zuerst den Antrag stellt, wird zuerst bearbeitet. So läuft das nun mal.“

„Einen zweiten Antrag? Aber davon weiß ich ja gar nichts.“

Er sah Gül fragend an, doch die schüttelte ebenfalls ratlos den Kopf.

„Es ist auch da noch lange nicht alles fertig. Wir haben denen eine Frist gesetzt. Wie sich das gehört. Wenn die alles fristgemäß erledigen, dann sind die zuerst am Zug.“

„Aber wer hat diesen Antrag denn gestellt? Kennen wir den?“

„Nein, ich glaube nicht. Das war ein Projekteur, der für einen Energiekonzern arbeitet. Die steigen ja jetzt überall groß in die Windenergie ein. Auch hier im Münsterland.“

„Ein Konzern? Aber Werner Ohntrup hat doch alles zusammen. Da fehlte nur noch Alfons’ Unterschrift, und das Problem hat sich erledigt. Die haben alles fertig! Du kannst doch keinem Konzern den Zuschlag geben.“

„Das läuft hier nicht nach meinem Gutdünken, Heinz. Wie stellst du dir das vor? Das geht alles nach Recht und Ordnung. Ich leite eine Behörde.“

„Aber dann geht doch das ganze Geld an irgendwelche Investoren. Das bleibt alles bei den Oberen Zehntausend hängen, und wir kriegen nichts. Die Wertschöpfung, Wolfgang! Die muss doch in der Region bleiben."

„Und deshalb soll ich die Vorschriften umgehen? Wir sind doch keine Bananenrepublik. Gerade du solltest das wissen. Oder läuft das bei der Polizei anders? Das würde mich doch sehr wundern."

Du liebe Güte, genauso stellte sich Gül einen Behördenleiter in der Verwaltung vor. Was für ein Korinthenkacker.

„Im Jahr 2019 ist das ohnehin alles vorbei", sagte der Schwager ihres Chefs kühl. „Dann gibt es eine neue Gesetzeslage, und die regionalen Investoren sind raus. Dann übernehmen die Konzerne das Geschäft ganz."

„Aber gerade deshalb muss man jetzt handeln", rief Heinz. „Wir können doch unsere Heimat nicht verramschen. Wir müssen uns doch wehren."

„Eine Frist ist eine Frist. Tut mir leid, aber da kann ich nichts machen. Und ganz ehrlich, Heinz, ich kann nur hoffen, dass du die Vorschriften genauso ernst nimmst. Ich möchte nämlich nachts ruhig schlafen können, weil ich weiß, dass die Polizei ihre Arbeit tut."

Alles Persönliche und Verbindliche war aus seinem Tonfall gewichen. Er war nur noch ein Amtsträger. Heinz wirkte geradezu verlegen, als wäre es ihm peinlich, mit so einem verwandt zu sein. Es war längst klar, dass sie nichts weiter über Alfons erfahren würden. Also beendete er das Gespräch und legte das Telefon entmutigt zur Seite.

„Du darfst nicht schlecht über ihn denken, Gül. Er ist sonst ein netter Kerl. Meistens jedenfalls."

Sie hatte jedoch das Gefühl, er wollte eher sich als sie selbst damit überzeugen.

„Dann baut hier ein Konzern", sagte er kopfschüttelnd.

„Hat Alfons Kerkering vielleicht davon Wind bekommen? Wollte er deshalb unterschreiben? Das würde doch zu ihm passen."

Heinz riss die Augen auf. „Meinst du, der Energiekonzern hat den Mörder geschickt? So muss es sein! Die schrecken vor nichts zurück, das weiß man ja.“

„Wegen so einem kleinen Windpark? Ich weiß nicht, Heinz. Das sind doch Peanuts für die. Das halte ich eher für unwahrscheinlich.“

„Aber das liegt doch auf der Hand! Wer sollte das sonst gewesen sein?“

„Die Konzerne schicken doch keine Auftragsmörder raus. Das haben die gar nicht nötig. Du hast deinen Schwager doch gehört. Die lassen sich einfach Gesetze von der Politik umschreiben. Wegen fünfzehn oder zwanzig Windrädern machen die sich nicht die Finger schmutzig.“

„Aber wer war es dann? Wer hat Alfons umgebracht?“

Das war die große Frage. Und auch wenn Gül noch keine Antwort darauf hatte, so war sie doch einen Riesenschritt weitergekommen.

20

Der Feldweg, der als Abkürzung zum Hof der Kerkerings herhielt, war völlig verschlammt. Tönne hätte vielleicht doch die Straße nehmen sollen. Oder sich wenigstens Gummistiefel überziehen. Er stakste über eine schmale Grasnarbe, um ein Schlammloch zu umgehen. Aber das Gras hatte so viel Wasser gespeichert, dass sein Fuß darin wie in einem großen Schwamm versank. Es war doch zum Mäusemelken. Was für eine Sauerei!

Auf dem Hof standen Autos. Das von Sandra und auch der Passat von Thomas. Sie waren also beide zu Hause, das war schon mal gut. Ein Lieferwagen einer Handwerkerfirma war auch zu sehen. Ein paar Männer waren damit beschäftigt, die Spannplatten rauszuschlagen, mit denen die Fenster der Melkkammer vernagelt waren. An der Wand lehnten nagelneue Sprossenfenster. Es ging also voran. Thomas hatte sich schon an die Arbeit gemacht.

Tönne trat auf das Hofpflaster und stampfte den Schlamm von seinen Schuhen. Dann hielt er sich an einem Zaunpfahl fest und wischte das Leder am nassen Weidegras ab. Einer der Männer löste sich aus der Gruppe und kam auf ihn zu. Es war Thomas.

„Tönne! Was führt dich denn hierher?"

Das klang beinahe wie ein Vorwurf. Er war doch ganz der Vater, auch wenn ihm da sicherlich nicht gefiel. Für Höflichkeiten hatte er genauso wenig übrig wie sein alter Herr.

„Ich wollte nur sehen, ob alles in Ordnung ist. Ob ihr vielleicht bei irgendwas Hilfe braucht."

„Nicht wirklich, oder? Du bist doch aus einem anderen Grund hier."

Tönne seufzte. Es hatte ja doch keinen Sinn. Also konnte er gleich mit der Tür ins Haus fallen.

„Ich bin hier, weil ich eure Mutter aus dem Gefängnis holen will. Dazu brauche ich eure Hilfe."

Thomas betrachtete ihn mit undurchdringlichem Blick. Einen Moment lang glaubte Tönne schon, er würde ihn zum Teufel jagen. Aber dann packte er seinen Arm und zog ihn entschlossen zum Haus.

„Komm mit. Sandra ist drinnen."

Wortlos führte er Tönne in die Diele. Sandra stand mit einem Putzeimer vor der Küchentür und wischte den Türrahmen ab. Den Sinn fürs Putzen hatte sie von ihrer Mutter. Es war doch immer wieder interessant zu sehen, wie sehr das alte Sprichwort vom Apfel stimmte, der nicht weit vom Stamm fiel.

„Onkel Tönne", sagte Sandra überrascht. „Ich wusste gar nicht, dass du kommst. Sonst hätte ich ..."

„Lass mal, Sandra", ging Thomas dazwischen. „Tönne will mit uns sprechen. Wegen Mutter. Gehen wir in die Küche."

Auch die Küche war geradezu klinisch rein. Das ließ die Ärmlichkeit der Einrichtung in den Hintergrund treten. Es sah nicht so aus, als wäre Hilde auch nur eine Stunde außer Haus gewesen.

„Ich kann dir gar nichts anbieten...“, sagte Sandra unglücklich. „Ich hab nicht mal Kaffee da.“

Also gut. Alles hatte sie dann doch nicht von Hilde geerbt.

„Möchtest du vielleicht ein Glas Wasser?“

„Nein, schon gut. Ich möchte nur mit euch reden.“

Sein Besuch bei den Kerkerings hatte sich zwar verzögert, aber das war ganz gut gewesen. Denn jetzt wusste er, wie die beiden ihm weiterhelfen konnten. Welche Fragen er stellen musste. Erst die Sache mit dem Foto auf Sophies Handy, und dann war da noch Lisbeth gewesen, die ihm brühwarm erzählt hatte, was sie beim Bauamt herausgefunden hatten. Allmählich setzte sich ein Bild zusammen.

„Ich muss euch was fragen“, begann er. „Das ist sehr wichtig. Wusstet ihr, dass euer Vater den Antrag für den Windpark doch unterschreiben wollte?“

Offenbar wussten sie es nicht, denn sie sahen Tönne mit offenen Mündern an. Thomas war der Erste, der die Sprache wiederfand.

„Er hat seine Meinung geändert? Aber wieso?“

„Das versuche ich gerade herauszufinden.“

Aus seiner Jackentasche wühlte er das Handy seiner Enkeltochter hervor. Die war völlig ausgerastet, als er sie gebeten hatte, es ihm kurz zu leihen. Man hätte denken können, er hätte sie für ein paar Jahre in ein Internat in der Schweiz stecken wollen. Dabei ging es nur darum, ihr Telefon für eine halbe Stunde zu entführen. Versteh einer die Kinder.

Er hielt ihnen das Handy demonstrativ entgegen. Dabei wippten die bunten Trotteln wild herum, und ein paar Strasssteinchen glitzerten im Licht. Sandra und Thomas sahen sich irritiert an, aber sie konnten ja auch nicht wissen, welchen Schatz er in den Händen hielt.

„Ich hab ein Foto auf dem Telefon“, sagte er und begann, mit dem Finger auf dem Display herumzuwischen. Aber was gerade noch so einfach gewesen war, als Sophie es ihm vorgemacht hatte, entpuppte sich hier als ernsthaftes Problem. Er kriegte dieses blöde Foto nicht mehr auf den Bildschirm.

„Zeig mal her“, sagte Sandra und nahm das Handy.

„Das ist das Letzte, was gemacht worden ist. Irgendwie musst du dafür ins Fotoalbum, glaube ich. Aber frag mich nicht, wie du das ...“

„Ich hab’s“, sagte sie und betrachtete den Display. „Die Sternsinger. Das ist Sophie mit ihrer Freundin, oder? Ich hab sie gar nicht gesehen, nur Annie. Sehr hübsch“, fügte sie höflich hinzu.

„Nicht das. Es muss das Nächste sein.“

Sie wischte über den Bildschirm, und Tönne reckte den Kopf. Da war er. Der Kerl, der seine Paletten von Dach gestoßen hatte.

„Da! Seht euch diesen Mann an. Kennt ihr den? Habt ihr den schon mal irgendwo gesehen?“

Sandra und Thomas steckten die Köpfe zusammen, aber in ihren Gesichtern waren nur Fragezeichen.

„Nein, noch nie. Wer ist das?“

Tönne nahm das Telefon zurück. Schade. Es wäre auch ein zu großes Glück gewesen.

„Das ist der Mann, der euren Vater ermordet hat“, sagte er.

Thomas riss ihm das Handy aus der Hand und starrte aufs Foto. Sandra sah ihm eilig über die Schulter. Die beiden versuchten offenbar, irgendeine Erinnerung abzurufen, aber vergebens.

„Bist du dir sicher? Wieso? Was hat er für einen Grund gehabt, so was zu tun?“

„Das weiß ich noch nicht genau. Aber es hat damit zu tun, dass Alfons seine Meinung geändert hat. Wahrscheinlich ging es ihm darum, den Windpark auf den letzten Drücker zu verhindern."

„Den Windpark zu verhindern? Aber warum? Es gibt doch keine Geschädigten hier. Alle profitieren davon."

„Ja, vielleicht. Aber da ist noch was anderes, was ich wissen muss. War Johannes Lütke-Hüsken in letzter Zeit bei eurem Vater gewesen?"

„Der Bürgermeister?", fragte Thomas verwirrt. „Was sollte der von unserem Vater gewollt haben?"

„Er war hier", sagte Sandra. „Das stimmt. Woher weißt du das?"

„Johannes Lütke-Hüsken war hier?", fragte Thomas. „Was wollte der denn?"

„Das weiß ich nicht. Aber Mama hat es mir erzählt. Bevor ... bevor die Polizei sie mitgenommen hat."

„Wann?", fragte Tönne. „Wann war er hier?"

„Am Abend vor ..." Sandra schluckte. „... vor dem Sturm."

„Na also. Hab ich es mir doch gedacht! Und Hilde hat dir nicht gesagt, was er wollte?"

„Das wusste sie nicht genau. Er war draußen und hat mit Vater gesprochen. Mama hat geglaubt, er wollte ihn höchstpersönlich von dem Windpark überzeugen, kurz bevor die Frist ablief. Sie fand das lustig. Der Bürgermeister dachte wohl, er könnte Eindruck schinden, wenn er sich selbst darum kümmerte. Als wenn sich Vater von so was hätte beeindrucken lassen. Du kanntest ihn ja. Das hätte ihn eher bestärkt, bei seinem Standpunkt zu bleiben."

„Aber er hat seinen Standpunkt geändert", sagte Tönne. „Und ich glaube, das hat sehr viel mit dem Besuch des Bürgermeisters zu tun."

„Bist du dir sicher?", fragte sie skeptisch.

„Ja. Nur ist es nicht im Sinne des Bürgermeisters gelaufen. Sondern ganz im Gegenteil."

Die beiden schienen eine Menge Fragen zu haben, aber Tönne hatte keine Zeit für so was. Er musste sich beeilen. Er hatte schon einen Plan. Also ließ er die verwirrten Geschwister in der Küche zurück und trat nach draußen auf den Hof.

Er brauchte sein Telefon. Das musste irgendwo in der Jackentasche stecken. Er wühlte wild drauflos, aber seine Finger verhedderten sich nur in den blöden Troddeln von Sophies Handy. Mit einem Fluch zog er den gesamten Tascheninhalt heraus. Zwischen seinem Stofftaschentuch und einem Schraubenschlüssel entdeckte er dann sein eigenes Handy. Er fischte es hervor und stopfte den Rest zurück. Als wäre es das Leichteste von der Welt, suchte er Werner Ohntrups Nummer hervor und rief ihn an. Zum Glück war er zu Hause und ging direkt ans Telefon.

„Werner!“ rief Tönne. „Ich brauche deine Hilfe!“

„Tönne, bist du das? Was ist denn los?“

„Du musst die Bauern vom Moorbach zusammentrommeln.“

„Die Bauern vom ...? Aber wieso denn?“

„Das kann ich dir sagen. Wir sind kurz davor, den Mörder von Alfons zu stellen. Aber ihr müsst mithelfen. Lasst alles stehen und liegen. Ich bin gleich bei dir. Sag den anderen, sie sollen auch kommen.“

„Aber was in Gottes Namen hast du vor? *Wie* können wir dir helfen?“

„Später, Werner. Ich habe schon ein paar Ideen, aber dafür brauche ich alle. Nur so viel: Ich möchte, dass ihr ausschwärmt und eure Kontakte nutzt. Den Rest erkläre ich dir später.“

Zufrieden steckte Tönne das Telefon wieder weg. Dann machte er sich auf den Weg zu Werner Ohntrup. Wenn die Bauern vom Moorbach zusammenhielten, ließ sich das Blatt sicher schnell wenden. Es wäre doch gelacht, wenn sie mit vereinter Kraft nicht Ordnung in Buddenbeck schaffen könnten.

21

Es war neblig und grau, als er die *Grüne Linde* erreichte. Antonius Brügge hatte die Gastwirtschaft heute eine Stunde früher geöffnet als sonst. Das hatte sicher Werner eingefädelt. Warmes Licht fiel hinaus auf den Kirchhof. Alles wirkte einladend und gemütlich. Besonders, wenn man von draußen kam, wo sich schon wieder Schneeflocken unter den Regen gemischt hatten. Dabei sollte es hier nicht besonders gemütlich werden, wenn es nach ihm ging.

Antonius stand hinterm Tresen und polierte ein Glas. Unter dem Zapfhahn stand eine Reihe halbvoller Biergläser, in denen die Krone langsam in sich zusammensackte. Man konnte über die *Linde* sagen, was man wollte, aber hier wurden noch ordentliche Sieben-Minuten-Biere gezapft. Alles andere wäre Antonius auch gegen die Ehre gegangen.

„Tönne, du also auch?“, begrüßte er ihn. „Das hätte ich mir denken können. Macht ihr jetzt neuerdings einen auf Geheimbund, oder was?“

„Dann sind die anderen also schon da? Die Bauern vom Moorbach?“

Er nickte. „Hinten im Zimmer. Was heckt ihr denn da aus? Mit mir redet ja keiner. Die tun alle so, als wären sie für den BND unterwegs.“

Das freute ihn zu hören. Je weniger Bescheid wussten, desto besser.

„Du wirst es noch früh genug erfahren, Tonius. Zapfst du mir auch ein Pilsken?“

Mit einem Grummeln stellte der Wirt das Glas ab und machte sich an die Arbeit. Er gab sich nicht weiter Mühe, nett zu Tönne zu sein, da der ihn ja ganz offensichtlich auch nicht einweihen wollte in das, was in seinem Hinterzimmer passieren würde.

Tönne wollte gerade den Durchgang ansteuern, als die Tür aufflog und Johannes Lütke-Hüsken seinen gewaltigen

Bauch hereinschob. Er war ganz außer Atem, wusste der Himmel, wo er seinen Mercedes abgestellt hatte, denn vom Parkplatz der *Linde* aus waren es ja nur ein paar Meter.

Es schien ihn zu überraschen, Tönne am Tresen zu sehen. Schwer atmend blieb er in der Tür stehen.

„Was machst du denn hier?“, begrüßte er ihn. „Du bist doch gar nicht in der Jagdgenossenschaft!“

Ein eiliges Treffen der Jagdgenossenschaft war der Vorwand, mit dem Werner den Bürgermeister dazugeholt hatte. Die Pacht der Ländereien am Moorbach musste für die Jägerschaft neu geregelt werden, am besten, bevor die Schonzeit vorüber war. Als Ehrenvorsitzender bei den Jägern hatte sich Johannes Lütke-Hüsken überreden lassen zu kommen.

„Ich habe auch Ländereien am Moorbach, auf denen gejagt wird“, behauptete Tönne. „Deshalb bin ich da.“ Er gönnte sich ein Lachen. „Und außerdem ist es ein guter Anlass, ein Pilsken zu trinken. Man hat ja viel zu wenige davon.“

Johannes Lütke-Hüsken schöpfte keinen Verdacht, obwohl Antonius hinter dem Tresen den Braten zu riechen schien. Jedenfalls sah sein Gesicht nicht so aus, als würde er auch nur ein Wort von dem glauben, was Tönne sagte.

„Gehen wir nach hinten. Die anderen sind schon da“, sagte Tönne schnell. „Tonius, mach dem Bürgermeister doch auch ein Bier.“

„Und ein Schnäpschen“, fügte der gutgelaunt hinzu. „Dein guter Korn, du weißt schon. Einen Kleinen.“

Die anderen Männer saßen bereits an ihren Stammplätzen rund um den Tisch. Auch sie machten zunächst gute Miene zum bösen Spiel. Johannes Lütke-Hüsken setzte sich ahnungslos dazu. Er schien bester Dinge zu sein. Mit ausladenden Bewegungen zupfte er sich sorgsam das Jackett über den Bauch, bis alles einigermaßen saß.

„Ich weiß noch, wie du letzten Herbst den Jungbock geschossen hast, Werner“, plauderte er drauflos. „Den hast du mir vor der Nase weggeschnappt. Aber warte ab, dieses Jahr bin ich dran. Noch mal kommst du mir nicht zuvor.“

Tönne betrachtete zufrieden die Runde. Beim letzten Mal waren es fünf Verdächtige gewesen und ein Ermittler. So hatte das ja auch nichts werden können. Diesmal waren es fünf Ermittler und ein Verdächtiger. Das gefiel ihm deutlich besser.

Er wartete, bis Antonius mit dem Tablett auftauchte und die Biere verteilte. Der Wirt blieb eine Weile neben dem Tisch stehen, als wartete er darauf, dass die Männer ihn einluden, sich dazuzusetzen. Aber alle blickten ihn nur fragend an. Schließlich drehte er sich um und verließ wortlos das Hinterzimmer. Als sie endlich ungestört waren, konnte Tönne beginnen.

„Bevor wir über die Jagd sprechen, Johannes, möchte ich noch mal auf Alfons Kerkering zu sprechen kommen. Das lässt uns ja alle keine Ruhe.“

„Tönne, die Sache ist zu Ende“, sagte Johannes Lütke-Hüsken. „Wie lange willst du denn noch darauf rumreiten? Hilde ist im Gefängnis. Wir sollten uns jetzt wieder um wichtigere Sachen kümmern. Um Buddenbecks Zukunft zum Beispiel. Und natürlich um die Frage, wie es mit der Jagd weitergeht.“

„Apropos Buddenbecks Zukunft“, sagte Tönne. „Jetzt, wo Thomas mitmacht, kann der Windpark doch endlich gebaut werden, oder, Johannes?“

„Lass doch endlich den blöden Windpark! Das will doch heute keiner hören! Oder was sagt ihr?“

Er sah in die Runde und stellte fest, dass alle Blicke finster auf ihn ruhten. Seine gute Laune war schlagartig verschwunden. Er schien zu begreifen, dass es hier keinesfalls um die Jagd gehen sollte.

„Habt ihr mich deshalb hergeholt?“, fragte er. „Um mit mir über diesen Unsinn zu sprechen?“

Er schlug mit der Faust auf den Tisch, aber Tönne konnte erkennen, es war nur ein letztes Aufbegehren. Seine Angst war förmlich zu riechen.

„Das ist doch ein starkes Stück!“, rief er „Wenn das so ist, dann gehe ich wieder. Ihr seid doch nicht bei Verstand. Ich gehe.“

Der Bürgermeister rückte den Stuhl zurück, um seinen mächtigen Körper hochzuhieven.

„Natürlich kannst du jetzt gehen“, sagte Werner. „Aber dann reden wir nicht mit dir, sondern mit der Polizei weiter.“

„Polizei? Wollt ihr mir etwa drohen? Denkt ihr, ich habe was mit der Sache zu tun? Das ist ja wohl das Allerletzte!“

Egal wie laut er war, es klang doch alles ziemlich defensiv. Hätte Tönne noch ein letztes Indiz gebraucht, um von seiner Schuld überzeugt zu sein, dann hätte er es ihm hiermit geliefert.

„Wir wollen dir nur ein paar Dinge verraten, auf die wir gestoßen sind“, erwiderte Tönne. „Um zu hören, was du dazu zu sagen hast. Das ist doch fair, oder? Wir wollen zuerst mit dir reden und nicht mit der Polizei.“

„Was soll das schon sein?“, fragte Lütke-Hüsken, zog ein Stofftaschentuch hervor und wischte sich eilig über die Stirn. „Es gibt nichts, was ihr herausfinden könnt. Weil ich über die Sache nicht mehr weiß als jeder andere. Das ist doch verrückt.“

„Ja, vielleicht. Aber ...“ Tönne machte eine dramatische Pause und nahm einen Schluck von seinem Bier. Es war kalt und herb und schmeckte köstlich. „Wo soll ich anfangen? Ja, vielleicht damit, was wir heute vom Bauamt erfahren haben. Es gibt ein zweites Projekt, das in den Startlöchern steht. Noch ein Windpark. Wusstest du das?“

„Schon. Aber das hat nichts damit zu tun. Es gibt immer eine Menge Anträge beim Bauamt.“

„Das andere Projekt kommt nicht aus der Region, sondern ist von einem Konzern in Auftrag gegeben worden. Beide Projekte hätten keine Genehmigung bekommen, nur eins kann umgesetzt werden. Es war ja ziemlich klar, welches das werden würde. Schließlich hatte Alfons Nein gesagt, und er konnte ein harter Hund sein, wenn er sich erst mal was in den Kopf gesetzt hatte. Das heißt, der Antrag vom Konzern hatte die größeren Chancen, auch wenn er später eingereicht worden war."

Johannes Lütke-Hüsken atmete schwer. Sein Blick huschte panisch durch den Raum, aber er blieb demonstrativ ruhig sitzen. Als würde sich alles noch abwenden lassen, wenn er nur Haltung bewahrte.

„Ein seltsamer Umstand, fanden wir", sagte Tönne. „Zumal Hilde erzählt hat, dass du am Tag vor dem Sturm bei Alfons auf dem Hof aufgetaucht bist. Sie dachte, du wolltest dich höchstpersönlich für seine Unterschrift einsetzen. Ich glaube ja, es war ganz anders. Du wolltest sichergehen, dass er es sich auf den letzten Drücker nicht noch anders überlegt."

„Das ist doch Quatsch. Warum sollte ich das tun?"

„Ja, das habe ich mich auch gefragt. Und deshalb haben wir uns ein bisschen umgehört."

Es war alles ziemlich schnell gegangen. Jeder der Bauern konnte etwas dazu beitragen, hinter das Geheimnis zu kommen. Es war eben ein Dorf, und jeder hatte seine eigenen, ganz speziellen Kontakte. Jupp Brinkhaus' Schwiegertochter Annegret zum Beispiel arbeitete beim Finanzamt. Tönne war das völlig neu gewesen, aber man lernte ja nie aus. Und was Annegret zu erzählen hatte, war ihre erste große Überraschung heute Nachmittag gewesen.

„Wie kann man so viele Schulden beim Finanzamt haben, Johannes?", fragte Jupp fassungslos. „Ich dachte, ich hör nicht richtig. Ausgerechnet beim Finanzamt. Das bezahlt man doch immer zuerst. Dir steht eine Pfändung ins Haus, weißt du das? Na, du musst es ja wissen. Also ehrlich, Johannes. Der schlechteste Gläubiger, den man haben kann, ist das Finanzamt. Die verstehen am wenigsten Spaß. Oder was meint ihr?"

Zustimmendes Gemurmel folgte. Werner schüttelte finster den Kopf und griff nach dem Bierglas. Der Bürgermeister starrte sie ungläubig an. Sein Mund öffnete und schloss sich wieder, ohne dass er irgendetwas sagte.

„Aber du hast nicht nur da Schulden, richtig?“, fuhr Tönne fort. Schließlich hatten sie auch Kontakte zur örtlichen Sparkasse. Bernhards Schwägerin arbeitete in der Kreditabteilung und konnte mit ihrem Computer auf alle seine Konten zugreifen. Das war ihre nächste Anlaufstation gewesen. „Bei der Bank ist es noch viel schlimmer. Also, wie deine Konten bei der Sparkasse aussehen ... meine Güte.“

„Das könnt ihr gar nicht wissen!“, stieß der Bürgermeister hervor. „Das ist unmöglich! Was habt ihr getan? Seid ihr da eingebrochen? Ich werde euch anzeigen!“

„Wir wollen nur mit dir reden!“, rief Werner. „Aber wenn du lieber mit der Polizei sprechen willst ...?“

Das brachte Johannes Lütke-Hüsken wieder zum Schweigen. Keine Polizei – darauf konnten sie sich also einigen.

„Schulden, Hypotheken und noch mal Schulden“, fasste Tönne zusammen. „Aber die Sache geht noch weiter. Da gibt es nämlich eine Einzahlung über sechzigtausend Euro. Von einem Konto in der Schweiz. Keiner kann sagen, von wem. Außer der Kontonummer ist nichts bekannt. Aber das Geld kam auf den letzten Drücker, könnte man sagen. Damit kannst du wenigstens das Finanzamt bezahlen und deine wichtigsten Kreditraten.“

„Wir haben uns gefragt, von wem das Geld gekommen sein könnte“, sagte Werner. „Ein Nummernkonto aus der Schweiz! Da geht ja gleich die Fantasie mit einem durch.“

Johannes Lütke-Hüsken sackte in sich zusammen. Er schien zu erkennen, dass es vorbei war. Sein letztes bisschen Kampfgeist schien erloschen.

„Ich glaube, das Geld ist eine Art Gegenleistung“, meinte Tönne. „Dafür, dass der Antrag von diesem Energiekonzern durchkommt. Du solltest dich nur darum kümmern, dass Werners Antrag keinen Erfolg hatte. Dafür wurdest du bezahlt. Diese Leute hatten offenbar keine Ahnung, dass du nicht den geringsten Einfluss auf den Leiter vom Bauamt hast. Und Wolfgang ist alles andere als bestechlich. Es sah ja zunächst ganz gut aus, was Werners Antrag anging. Alfons hatte sich quergestellt, und wenn der sich erst mal was in den Kopf gesetzt hatte – du liebe Güte, dann Gnade allen anderen. Aber du hast einen Fehler begangen, Johannes. Einen schweren Fehler sogar. Du bist am Tag vor Fristende bei Alfons aufgetaucht. Du wolltest sichergehen, dass er auch wirklich bei seiner Meinung bleibt. Sag mir, hat er Lunte gerochen? Oder hat er einfach gemerkt, dass der Bürgermeister höchstpersönlich den Windpark abwenden wollte? Was auch immer es war – jedenfalls hat es ihn dazu gebracht, seine Meinung zu ändern. Dem Bürgermeister eins auszuwischen, das hat ihm sicher noch besser gefallen, als die Nachbarn gegen sich aufzubringen."

Johannes Lütke-Hüsken starrte apathisch auf sein Bierglas, als wäre er bereit, jeden weiteren Schlag still und demütig hinzunehmen.

„Und dann hast du wirklich in der Patsche gesessen. Alfons aus dem Weg zu räumen war die letzte Chance, das Geld zu behalten. Du musstest also handeln", fuhr Tönne fort. „Aber was ist in der Mordnacht passiert? Ich habe lange gedacht, du kannst das gar nicht gewesen sein. Und schon gar nicht mit deinem Auto. Du fährst einen Mercedes, und es war ein Geländewagen, nachts auf dem Hof von Kerkering."

„Tönne hatte vergessen, dass du noch einen Zweitwagen für die Jagd hast", erklärte Werner. „Deinen Jeep."

„Ja, der Jeep", sagte Tönne. „Der wird es gewesen sein. Aber trotzdem. Ich konnte mir immer noch nicht vorstellen, dass du so was selber machst. Du hast jemandem den Wagen geliehen, oder? Die Polizei hat keine Spuren am Tatort gefunden, weder von dir noch von demjenigen, der diesen Einbruch inszeniert hat. Und der Alfons ermordet hat."

Das war das Vertrackteste an ihren Recherchen gewesen. Gerd Vaalbrock hatte die Idee gehabt, dass sich der

Bürgermeister einen Schutzanzug besorgt haben musste. So einen, den auch die Beamten von der Spurensicherung trugen, wenn sie einen Tatort untersuchten. Damit nirgendwo Spuren blieben. Aber wie sollte man das beweisen? Auf Lütke-Hüskens Konto gab es keine Abbuchung, die einen Hinweis gegeben hätte. Sie hatten es bei Fachgeschäften für Arbeitskleidung versucht, wo man solche Einwegschutzanzüge bekam. Doch letztlich waren sie ganz woanders fündig geworden. Bernhards jüngste Tochter studierte in Münster Sozialpädagogik, und ihre Mitbewohnerin jobbte nebenher in einem Geschäft für Surfzubehör. Dort gab es unter anderem Surfanzüge. Die Mitbewohnerin konnte sich gut an Johannes Lütke-Hüsken erinnern, was kein Kunststück war, denn es kamen sicher nicht viele Kunden von seiner Statur in den Surfladen. Dazu noch am Freitagabend kurz vor Ladenschluss. Vor allem aber konnte sie sich daran erinnern, dass er einen Anzug in Größe fünfzig gekauft hatte, in den er selbst nicht mal mit dem Fuß reingepasst hätte.

„Du hast jemanden gehabt, der die Drecksarbeit für dich macht", sagte Tönne. „Es war ein Mann um die Dreißig, mit Bart und langen Haaren. Habe ich Recht? Der war in der Sturmnacht bei den Kerkerings, ist in die Werkstatt eingebrochen, hat die Flex und das Schweißgerät ins Auto gepackt, und dann hat er so viel Lärm gemacht, dass Alfons ihn hören musste."

Da passierte etwas, womit Tönne nicht gerechnet hatte. Johannes Lütke-Hüsken begann zu heulen. Er drückte sich die dicken Finger gegen die Augen und schluchzte still. Sein goldenes Armkettchen glitzerte im Schein der Deckenlampe.

„Ich dachte, ich muss überhaupt nichts tun", jammerte er. „Es war ja längst klar, dass euer Antrag nicht durchkommt. Was für ein Glück, habe ich gedacht. So viel Geld soll ich kriegen für ... nichts. Es war wie ein Geschenk."

Er nahm sein Stofftaschentuch und schnäuzte sich geräuschvoll. Dann wischte er die Tränen weg, die über seine Wangen rollten.

„Wäre ich doch nur nicht zu ihm gegangen! Warum habe ich das nur getan? Es wäre alles glatt gelaufen. Aber ich war nervös. Ich wollte Alfons den Rücken stärken, was seine Sturheit anging. Das war ein großer Fehler. Er hat sofort gemerkt, was los war. Ich habe mich um Kopf und Kragen geredet."

„Aber jemanden ermorden?", kam es entrüstet von Werner. „Und dann auch noch einen Buddenbecker. Einen von uns! Wie konntest du nur?"

„Ich stand mit dem Rücken zur Wand. Ihr wisst doch, was bei mir los ist. Es war der einzige Ausweg. Ich wollte das nicht, wirklich nicht. Aber die Idee war plötzlich da. Und alles schien so einfach."

„Und wer ist der Kerl, der diesen Job für dich erledigt hat?", erkundigte sich Tönne.

„Jemand, um den ich mich kümmere, eine Art Schützling von mir. Er ist ein Straffälliger, den ich in Münster auf einem Kongress kennengelernt habe, bei dem es um Lokalpolitik ging. Genau genommen habe ich ihn erwischt, als er mein Hotelzimmer nach Bargeld durchsucht hat. Ich wollte die Polizei rufen, aber ... Er war im Grunde ein lieber Junge. Er tat mir leid. Ich habe versucht, ihn auf den richtigen Weg zu bringen."

„Das ist dir ja wirklich gelungen", kommentierte Werner bissig, aber Johannes Lütke-Hüsken achtete nicht auf ihn.

„Das Ganze ist schon zwei Jahre her", erzählte der Bürgermeister. „Wir haben immer wieder Kontakt gehabt. Ich habe ihm geholfen, einen Job zu finden, als Lagerist. Er war mir so dankbar."

„Und das hast du ausgenutzt, als du Alfons aus dem Weg räumen wolltest?", fragte Tönne.

„Nein! Aber ich wusste ja nicht, an wen ich mich sonst wenden sollte. Ich dachte, er hat vielleicht irgendwelche

Kontakte. Kennt Leute, die so was machen. Ich war bereit, zehntausend Euro für die Sache zu bezahlen. Er sagte mir dann, er kennt tatsächlich einen, der das durchziehen würde. Und zwar er selbst. Ich... was hätte ich denn tun sollen? Es war Freitagabend, und in wenigen Stunden lief die Frist ab. Alfons durfte auf keinen Fall vorher unterschreiben. Es musste alles ganz schnell gehen."

„Und dann hast du deinen Schützling die Drecksarbeit für dich machen lassen", schloss Tönne.

Johannes Lütke-Hüsken sah schuldbewusst zu Boden. Das war es also. Das letzte Puzzleteil hatte sich ins Bild gefügt.

„Du musst dich stellen, Johannes", sagte Werner. „So viel Anstand muss sein. Wir werden der Polizei nichts sagen, aber du musst auf die Wache gehen. Am besten jetzt gleich."

Er nickte. Dann nahm er sein Taschentuch und schnäuzte sich so kraftvoll, als wollte er sich selbst damit Mut machen.

„Wo ist dein junger Freund jetzt?", fragte Tönne. „Du kannst ihn nicht mehr beschützen. Auch der muss für seine Taten geradestehen. Das ist dir hoffentlich klar."

„Ja, ich weiß. Der arme Junge. Was habe ich nur getan?"

„Sag mir einfach, wo er ist. Wir werden uns darum kümmern. Die Polizei muss von diesem Treffen hier nichts erfahren. Los, stell dich selbst. Das wird dir zugutekommen."

Er nickte schwach. „Aber ich weiß nicht, wo der Junge steckt. Er wollte sich heute um irgendwas kümmern. Spuren verwischen, sagte er. Was auch immer er damit gemeint hat. Aber ich hab mir gedacht, das wird schon nicht verkehrt sein."

Tönne wurde klar, dass Johannes Lütke-Hüsken gar nichts von dem Zwischenfall mit den Paletten in seiner Scheune wusste. Das hatte der Kerl auf eigene Faust getan. Johannes wusste nur, dass Tönne und Lisbeth in dem Fall herumstöberten und ihnen beiden gefährlich nah gekommen waren. Und das, obwohl die Kripo sich nur auf Hilde konzentrierte.

Plötzlich bekam er einen Schreck. Lisbeth. Tönne war dem Anschlag entgangen, aber was, wenn es der Kerl auch auf Lisbeth abgesehen hatte? Sie steckte genauso in dieser Sache drin wie er.

„Wir müssen ihn finden!", sagte er so energisch, dass die anderen Männer am Tisch verwundert aufsahen. „Sofort! Du musst uns helfen, Johannes! Wo ist dieser Mann jetzt? Wie können wir ihn aufhalten?"

„Aufhalten? Ich weiß nicht, was du meinst."

„Denk nach, Johannes! Wo kann er stecken? Wir müssen ihn kriegen. Und zwar schnell. Bevor noch ein Mord passiert."

22

Gül hatte Glück. Frau Lütke-Hüsken war offenbar zu Hause. Sie hörte, wie hinter der Tür ein Schlüssel ins Schloss gesteckt wurde, und kurz darauf öffnete sie sich. Eine spindeldürre Frau in den Fünfzigern stand vor ihr. Caprihose, ein enger pinkfarbener Wollpulli und eine übertrieben protzige Perlenkette auf dem Dekolleté, das von den vielen Besuchen auf der Sonnenbank ein wenig gegerbt wirkte. Ein seltsames Ehepaar gaben die Lütke-Hüskens ab. Während ihr Mann aus allen Nähten platzte, sah die Ehefrau aus wie eine ausgehungerte Bergziege am Ende einer Dürrezeit. Gül wäre gern mal dabei gewesen, wenn die beiden zusammen essen gingen.

„Sie wollen bestimmt zu meinem Mann", wehrte Frau Lütke-Hüsken das Gespräch sofort ab. „Der ist im Moment leider nicht da."

„Das macht nichts. Vielleicht können Sie mir auch weiterhelfen. Ich bin auf der Suche nach einem Mann. Wegen einer Ordnungswidrigkeit."

„Und wie sollte ich Ihnen da helfen?"

Gül nahm ihr Handy, suchte das Foto hervor, das sie sich von Sophie hatte schicken lassen, und hielt es der Frau unter die Nase.

„Kennen Sie diesen Mann, Frau Lütke-Hüsken?“

Die Frau des Bürgermeisters spielte unruhig mit ihrer Halskette. „Ich weiß nicht. Da sollten Sie besser meinen Mann fragen.“

„Ich merke doch, dass Sie ihn kennen. Bitte, Sie müssen mir helfen.“

„Mein Mann kennt ihn“, räumte Frau Lütke-Hüsken voller Unbehagen ein. „Aber ich nicht, zumindest nicht persönlich. Er ist ein paar Mal hier gewesen, mehr kann ich dazu nicht sagen. Da müssen Sie wirklich meinen Mann fragen. Eine Ordnungswidrigkeit, sagen Sie? Was hat er denn getan?“

„Wann war er das letzte Mal hier? Wissen Sie das?“

„Vor ein paar Tagen vielleicht? So genau kann ich das nicht sagen.“

Sie hätte es sogar sehr genau sagen können, das merkte Gül sofort. Aber sie wollte offenbar nichts Falsches sagen. Nicht ohne vorher zu wissen, was ihr Mann davon halten würde. Sorgenvoll blickte sie zu ihrer Küche.

„Ich muss jetzt weitermachen. Im Moment habe ich wirklich keine Zeit. Ich sage meinem Mann, dass Sie hier waren, ja?“

„Wie heißt der Mann auf dem Foto?“, fragte Gül.

„Wie er ...? Ich ... also, ich weiß nicht, ob ...“

„Frau Lütke-Hüsken!“

„Er heißt Christian.“

„Christian also. Und weiter?“

„Vogt“, sagte sie zögerlich und wirkte dabei ziemlich schuldbewusst.

Christian Vogt. Gül nickte zufrieden.

„Wo hält er sich im Moment auf?“, fragte sie.

„Das weiß ich nicht. Er hat eine Wohnung in Münster, mehr kann ich nicht sagen.“

„Kennen Sie die Adresse von dieser Wohnung?“

„Nein. Da müssen wir meinen Mann fragen. Bitte, ich habe jetzt wirklich keine Zeit mehr.“

Sie verabschiedete sich eilig und schloss die Tür vor Güls Nase. Nicht besonders höflich, aber immerhin hatten sie jetzt einen Namen. Wie sie den Typen einschätzte, war er sicher vorbestraft. Auf der Wache würde sie am Computer schnell mehr über ihn erfahren.

Sie kehrte zu ihrem Auto zurück. Hinter den Fenstern des Wohnhauses war nichts zu erkennen. Frau Lütke-Hüsken war abgetaucht. Die hatte offenbar beschlossen, sich erst mal totzustellen. Gül öffnete die Fahrertür.

Da bemerkte sie einen Schatten. Eine Bewegung wie aus dem Nichts. Ehe sie begriff, was passierte, spürte sie einen dumpfen Schlag auf den Hinterkopf. Die Welt begann zu schwanken, alles verlor seine Konturen. Ein weiterer Schlag folgte, und der Steinboden raste auf sie zu. Dann wurde alles schwarz. Und still.

Das Erste, was sie wahrnahm, als ihr Bewusstsein zurückkehrte, waren die Schmerzen. Ein dumpfes aggressives Pochen in ihrem Kopf. Auch ihre Handgelenke taten weh, und sie fror. Kein Wunder, anscheinend lag sie auf einem nackten Steinboden. Vorsichtig öffnete sie die Augen. Der Schmerz in ihrem Kopf explodierte. Ein Stöhnen entfuhr ihr.

Sie fragte sich, wo sie war. Lag sie auf dem Asphalt vor ihrem Auto? Das Bild vor ihren Augen nahm Konturen an. Getünchte Wände, eine geschnitzte Holzbank, Kerzen. Nein, das war nicht ihr Auto. Sie befand sich in einer Kapelle. Die Tür stand offen, und von draußen fiel graues Licht herein. Am liebsten hätte sie die Augen wieder geschlossen und sich dem Dämmerzustand hingegeben. Aber das durfte sie nicht. Sie spähte vorsichtig hinaus. Das Haus des Bürgermeisters war nicht weit entfernt. Jetzt wusste sie, wo sie sich befand. Die alte Kapelle am Waldrand.

Gül versuchte sich zu bewegen. Sie konnte ihre Arme nicht rühren. Ihre Handgelenkte schmerzten. Es dauerte, bis sie begriff. Sie war gefesselt, offenbar mit einem Kabelbinder. Die Arme waren stramm hinter dem Rücken fixiert. Sie versuchte es mit den Beinen. Die ließen sich bewegen. Wenigstens etwas. Sie sah sich um. Offenbar war sie allein in der Kapelle. Im Altarraum lagen eine alte Matratze und ein Schlafsack. Daneben ein paar Lebensmittel. Eine leere Tüte Chips und ein Tetrapack mit Orangensaft. Das war alles.

Draußen waren Geräusche zu hören. Das musste dieser Typ sein, der sie niedergeschlagen hatte. Sie robbte unter Schmerzen zur Tür, und dann sah sie ihn. Er stand hinter ein paar Sträuchern neben der Kapelle und buddelte mit einer Schaufel ein Loch in die Erde. Das nahm offenbar seine ganze Konzentration in Anspruch, denn er hatte nicht bemerkt, dass sie wieder bei Bewusstsein war. Gül begriff sofort. Das sollte ein Grab werden, womöglich für sie.

Ihr Kopf begann wieder klar zu arbeiten. Eilig blickte sie sich um. Sie musste etwas finden, womit sie den Kabelbinder aufschneiden konnte. Da waren Kerzenständer aus Messing. Der Steinaltar hatte auch eine scharfe Kante. Aber würde das reichen? Sie robbte lautlos darauf zu. Neben dem Schlafsack entdeckte sie einen Topf Margarine und eine angebrochene Packung geschnittenes Brot. Da war ein Messer. Ein einfaches Tafelmesser mit relativ stumpfer Klinge. Aber es war wohl das Beste, was hier aufzutreiben war. Besser als der Altar war es allemal.

Sie rollte sich über den Schlafsack. Ein strenger Geruch stieg auf. Sie verzog den Mund. Das war ja ein Gestank wie im Affenhaus. Noch ein Stück, dann würde sie das Messer erreichen. Ihr Fuß verfing sich jedoch im Schlafsack, und sie wollte sich instinktiv mit dem Arm abstützen, aber mit verbundenen Händen war das natürlich nicht möglich. Daher landete sie mit dem Gesicht in einem ausgeleierten T-Shirt, das im Schlafsack lag. Wochenalter Schweißgeruch und noch etwas anderes, das sie gar nicht identifizieren mochte. Sie schüttelte sich und spuckte, aber das bewirkte nur, dass sich das T-Shirt um ihren Kopf wickelte. Am liebsten hätte sie vor Ekel laut aufgeschrien.

Sie wand sich und robbte herum, doch als sie sich endlich von dem T-Shirt befreit hatte, stand der Typ in der offenen Tür. Er hatte bemerkt, dass sie wieder zu sich gekommen war. Sein kalter Blick ruhte auf ihr. Ein Blick, der sie schaudern ließ. Sie musste handeln. Sonst wäre sie verloren.

„Christian Vogt", sagte sie klar und deutlich. Sie durfte sich nur keine Angst anmerken lassen. „Ich weiß, wer Sie sind."

Seine Hand umklammerte den Stiel der Schaufel. Ansonsten war da keine Reaktion.

„Und nicht nur ich kenne Ihr Geheimnis. Tönne Oldenkott ist gerade bei der Polizei. Nach der Sache mit den Paletten heute ist er sofort zur Polizei gegangen. Das hat nicht funktioniert, oder? Die werden gleich hier sein."

Inzwischen hatte sie das Messer erwischt. Mit beiden Händen. Sie setzte sich auf und wandte ihm Gesicht und Oberkörper zu. Wenn sie weiterredete, würde das hoffentlich vom Messer ablenken. Aber die Klinge war stumpfer als gedacht. Es fühlte sich an, als wollte sie die Kabelbinder mit einem Kugelschreiber aufsägen.

„Dachten Sie, Sie kommen damit durch? Das hier ist ein Dorf. Fremde Gesichter fallen auf, das müssen Sie doch wissen. Es gibt ein Foto von Ihnen. Wir wissen, wer Sie sind. Wir wissen, dass Sie vorbestraft sind."

Er reagierte immer noch nicht. Stand einfach da und funkelte sie mit seinen dunklen Augen an. Gül sägte um ihr Leben. Aber es dauerte zu lange mit der stumpfen Klinge. Die Hände blieben fest verbunden.

„Es ist aus, Herr Vogt. Sie haben keine Chance mehr. Stellen Sie sich. Das ist das Einzige, was Sie jetzt noch tun können. Mich aus dem Weg zu räumen, macht alles nur schlimmer. Stellen Sie sich."

Er schwieg, aber seine Gedanken schienen zu rasen. Vermutlich suchte er nach einem Ausweg, nach irgendwas, das ihn retten könnte. Schließlich riss er die Schaufel in die Luft und rannte mit einem Urschrei auf Gül zu. In letzter Sekunde rollte sie sich zur Seite. Die Schaufel landete mit einem dumpfen Schlag auf dem Schlafsack. Er riss sie wieder in die Luft. In seinen Augen loderte der blanke Hass. Die Schaufel schoss ein zweites Mal auf sie nieder. Wieder entkam sie ihr nur um Haaresbreite. Diesmal traf sie einen der Kerzenständer, der klirrend zu Boden fiel. Mittlerweile hatte sich der Mann in seine Wut regelrecht hineingesteigert. Erneut riss er die Schaufel hoch, die Gül nur ganz knapp verfehlte. Mit ohrenbetäubendem Lärm schrappte sie über den Sandstein des Altars.

Dann flogen ihre Hände auseinander. Sie hatte es geschafft. Sie hatte den Kabelbinder durchtrennt. Als die Schaufel diesmal niederschoss, schnappte sie nach dem Griff. Sie ignorierte die Schmerzen in den Gelenken, packte den Stiel und rammte ihn gegen seine Brust. Ein verblüfftes Aufstöhnen, dann kippte er hintenüber. Gül war sofort über ihm. Sie war für solche Situationen ausgebildet. In Sekundenschnelle hatte sie seine Arme auf dem Rücken verschränkt und hockte rittlings auf ihm.

Ich kriege dich!, schoss es ihr durch den Kopf. Noch mal entkommst du mir nicht. Er bäumte sich unter ihr auf, mit der Kraft eines in die Enge getriebenen Tieres. Sie hatte ihre liebe Mühe, oben zu bleiben, aber sie wusste, was zu tun war. Sie verdrehte seinen Arm weiter im Rücken, bis er kampfunfähig war. Er jaulte auf, dann wurde sein Körper schlaff. Gül atmete schwer.

„Ich hab dich!“, sagte sie mehr zu sich selbst als zu ihm. „Diesmal hab ich dich.“

Plötzlich war da eine Bewegung im Augenwinkel. Sie sah zur Tür. Draußen waren Autos, Männer liefen mit gezogenen Waffen auf die Kapelle zu. Das Ganze geschah völlig lautlos. Und ehe sie überhaupt realisieren konnte, was passierte, stürmten sie auch schon in den Kirchenraum.

„Keine Bewegung!“, brüllte einer.

Gül war nur einen winzigen Moment lang unkonzentriert gewesen, aber Christian Vogt ergriff sofort die Gelegenheit. Mit geradezu übermenschlicher Kraft warf er sie nach oben. Gül flog einem der bewaffneten Männer gegen die Brust, der sie sofort packte und festhielt. Auch sein Kollege hatte zunächst nur Augen für Gül. Da war Vogt aber schon auf den Beinen und stieß den zweiten Polizisten gegen einen Dritten. Das alles passierte unfassbar schnell. Ein furchtbares Chaos entstand, und noch ehe irgendwer den Überblick zurückgewinnen konnte, war Vogt ins Freie gerannt. Ein Kollege wollte ihn draußen packen, doch Vogt war schneller und verschwand aus Güls Blickfeld.

„Stehenbleiben!“, hörte sie den Kollegen rufen.

Ein Warnschuss wurde abgegeben, aber schon im nächsten Moment jaulte ein Automotor auf. Das war doch nicht möglich! Er haute tatsächlich ab!

„Ich hatte ihn!“, rief sie verzweifelt. „Diesmal hatte ich ihn!“

Gül riss sich von den Männern los, die offenbar völlig überrumpelt waren von den Geschehnissen, und lief ebenfalls hinaus.

Draußen starteten weitere Autos und nahmen die Verfolgung auf. Christian Vogts Wagen schlängelte sich wie ein besoffener Aal über die nasse Wiese. Sein Vorsprung war nur gering, er würde es nicht schaffen. Ganz sicher nicht. Die Chancen standen eins zu hundert.

Sie entdeckte Kriminalhauptkommissar Thorsten Schmidt aus Münster. Er stand vor einer geöffneten Wagentür, redete hastig in sein Funkgerät und faselte etwas von Straßensperrung und Verstärkung. Heinz Bertling war ebenfalls da. Als er die beiden Männer sah, die aus der Kapelle auf Gül zuliefen, um sie zu packen, brüllte er: „Sofort loslassen! Sie ist Polizistin!“

Thorsten Schmidt warf das Funkgerät zurück ins Auto. Er warf Gül einen düsteren Blick zu. Offenbar gefiel es ihm gar nicht, sie hier zu sehen. Aber dann kamen ein paar seiner Kollegen auf ihn zu, und er wandte sich wieder ab.

Inzwischen stand Heinz vor ihr und zog sie von den beiden Polizisten weg, als wollte er eine Sechsjährige aus einem Pädophilenring befreien.

„Gül, ist alles in Ordnung? Bist du verletzt? Geht es dir gut?“

„Geht schon. Aber ...“ Sie sah sich irritiert um. „Woher wusstet ihr, dass er hier ist? Woher wusstet ihr überhaupt, was los war?“

Heinz deutete zum Haus des Bürgermeisters. Da stand Tönne in Schirmmütze und Arbeitsjacke mitten auf dem Hof, neben seinem Auto. Er nickte ihr ernst zu.

„Tönne hat uns Bescheid gegeben“, erklärte Heinz. „Und dann haben wir die Kripo eingeschaltet.“

Bevor er weiterreden konnte, winkte Thorsten Schmidt ihn zu sich. Er versicherte sich, dass er Gül kurz allein lassen konnte, dann ging er zum Kripochef hinüber. Gül blieb allein zurück. Sie massierte sich die schmerzenden Handgelenke und ging Tönne entgegen.

„Lisbeth“, sagte er. „Geht’s dir gut? Wir haben uns Sorgen gemacht.“

Gül blickte sich um. Die vielen Männer, die Polizeiautos, die Flucht von Christian Vogt – das alles sackte nur langsam. Es fiel ihr schwer, einen klaren Gedanken zu fassen.

„Lisbeth! Ob es dir gut geht! Bist du verletzt? Jetzt sag doch etwas!“

Tausend Dinge gingen ihr durch den Kopf. Aber das einzige, was sie sagen konnte, war: „Ich hatte ihn doch schon.“

23

Sie blieben auf dem Hof und warteten auf Neuigkeiten. Die Dämmerung hatte eingesetzt, schon bald würde es stockdunkel sein. Thorsten Schmidt hatte noch kein Wort mit Gül gesprochen. Er nuschelte immer wieder in sein Funkgerät und machte dabei ein düsteres Gesicht. Die Verfolgung war offenbar schwieriger als gedacht.

Gül hatte sich zu Tönne auf die Motorhaube seines Wagens gesetzt. Irgendwer hatte Kaffee organisiert, und sie wärmte sich die Hände an dem Pappbecher. Es blieb ihnen nichts anderes übrig, als zu warten.

„Und du hast also die Polizei informiert, Tönne?“, fragte sie.

Er nickte. „Ich habe geahnt, was er vorhat, Lisbeth. Und ich hab mir Sorgen um dich gemacht. Deshalb habe ich Heinz Bertling gebeten, die Kripo einzuschalten. Ich habe ihm erklärt, dass du in Lebensgefahr schwebst. Von Johannes Lütke-Hüsken wusste ich, wo dieser Kerl steckt. Der Bürgermeister hat sich nämlich der Polizei gestellt, musst du wissen. Wir sind gleich zusammen auf die Wache gegangen. Er will jetzt mit der Polizei zusammenarbeiten. Sie werden diesen Typen doch kriegen, oder? Ich mein, der hatte doch so gut wie keinen Vorsprung.“

„Früher oder später schon. Es ist ja schon ein Wunder, dass er überhaupt entkommen ist. Das wird nicht lange dauern.“

„Gut. Johannes ist jetzt sicher schon in Münster. Es geht ihm nur noch darum, irgendwie mildernde Umstände zu erreichen. Also wird er alles preisgeben, was er über den Mord weiß. Außer unser Treffen in der *Linde* vielleicht, aber das ist ja nicht von Bedeutung.“

„Wir werden sicher auch von der Kripo befragt werden. Ich hoffe, das gibt keinen Ärger.“

„Für dich? Wieso denn das? Die müssen ja nicht alles erfahren, oder?"

„Trotzdem. Das mit Alfons' Unterschrift werden sie sicher spitzkriegen. Aber da sitzt Heinz mit im Boot, zum Glück. Das bleibt nicht allein auf mir sitzen."

„Du kannst ja behaupten, du wusstest nicht, dass das wichtig sein könnte."

„Weil ich ja gemerkt habe, dass die Sache mit der Bestechung für die Kripo auch nicht wichtig war?"

„Ganz richtig."

Sie legte den Kopf schief und machte einen Schmollmund. „Ich bin nur ein Dummchen vom Land", piepste sie. „Ich weiß nicht, was wichtig ist und was nicht. So was können Männer viel besser beurteilen als ich."

Tönne lachte. „Siehst du, klappt doch ganz gut."

„Er wird mich für völlig bescheuert halten", sagte sie, während sie den Hauptkommissar beobachtete, wie er breitbeinig an seinem Auto stand und mit wichtiger Miene ins Funkgerät sprach. „Aber das tut er sowieso."

„Er will sicher auch wissen, was du hier überhaupt zu suchen hattest. In der Kapelle."

„Naja, da gab es ja das widerrechtlich aufgestellte Schild auf Werners Acker. Ich mein, wir sind hier in Buddenbeck. So was lässt mir keine Ruhe als Polizistin. Ich konnte ja nicht ahnen, dass der in einem Mordfall verwickelt ist." Theatralisch legte sie ihre Hand aufs Herz. „Wenn ich das geahnt hätte! Dann hätte ich nicht mehr ein noch aus gewusst."

Tönne lachte wieder. Nach allem, was passiert war, tat es gut, hier zusammen zu sitzen und zu lachen. Gül merkte, wie sie sich langsam entspannte.

„Aber was ist mir dir?", fragte sie. „Du kannst dich auch auf einigen Ärger gefasst machen."

„Weshalb das denn?"

„Na, erst mal wegen der Sache mit den Paletten. Das war versuchter Mord. Da ruft man doch die Polizei."

„Ich kann machen, was ich will. Keiner hat mir zu sagen, wie ich reagieren muss, wenn ich ermordet werden soll. Schon gar nicht diese Lackaffen aus Münster."

Thorsten Schmidt fühlte sich offenbar gerade unbeobachtet, denn er kratzte sich nachdenklich im Schritt.

„Und was ist mit euren Recherchen?", fragte Gül. „Bei der Sparkasse und beim Finanzamt und weiß der Himmel, wo sonst noch? Ich glaube, euch stehen ein paar schlaflose Nächte bevor. Das kommt doch raus, dass ihr da Informanten hattet! Und wenn man sich dann eure familiären Verhältnisse zu diversen Finanzamts- und Bankmitarbeitern ansieht, dann kracht's."

„Ach, Unsinn. Wieso sollte die Polizei davon Wind bekommen? Johannes wird denen nichts sagen, er will ja unbedingt mildernde Umstände, weil er sich selbst gestellt hat. Da wird er sicher nicht erzählen, dass er von uns dazu gezwungen worden ist. Und die Männer vom Moorbach können schweigen. Nein, Lisbeth, die einzigen Sorgen, die ich mir mache, ist, dass Aenne Vaalbrock Wind davon bekommt. Gerd Vaalbrock will schweigen wie ein Grab, das hat er geschworen. Aber als er nach Hause musste, da hat er ausgesehen, als ging's zum Schafott."

„Du solltest in der Kirche eine Kerze für ihn anzünden."

„Vielleicht mache ich das tatsächlich."

„Ein Gutes hat die Sache. Hilde wird heute noch nach Hause kommen."

Tönne wirkte nachdenklich. Von seiner entspannten Laune war plötzlich nicht mehr viel zu sehen.

„Woran denkst du?", fragte sie.

„Ich frage mich, warum sie den Spaten versteckt hat."

„Vielleicht hat sie auch gedacht, es waren die Nachbarn. Wegen dem Windpark. Sie wollte doch, dass es mit dem Hof wieder bergauf geht. Wenn Werner Ohntrup wegen Mord ins Gefängnis gekommen wäre, dann wär's das mit dem Windpark gewesen. Ganz sicher."

Er hob die Schultern. So richtig überzeugt schien er nicht zu sein.

„Oder sie hat ihn entsorgt, weil sie Angst hatte, der Verdacht fällt auf sie“, schlug Gül vor. „Damit hat sie es dann zwar nur schlimmer gemacht, aber das würde mich trotzdem nicht wundern. Viele Leute handeln in Stresssituationen völlig unlogisch.“

„Möglich“, sagte Tönne. „Wir werden es wohl nie erfahren. Ich glaube nicht, dass Hilde mit uns oder irgendwem sonst noch mal darüber spricht.“

Gül leerte ihren Kaffeebecher. Der Kopf schmerzte noch immer höllisch, und auch ihre Handgelenke brannten. Aber nach dem heißen starken Kaffee fühlte sie sich schon wieder erheblich besser. Sie betrachtete die Beamten, die abseits von ihnen miteinander sprachen.

„Jetzt sind wir gar nicht mehr dabei, wenn der Fall abgeschlossen wird“, sagte sie. Der Gedanke stimmte sie traurig. Nachdem sie so viel herausgefunden hatten, waren es andere, die den Ruhm ernteten und die Sache zum Ende brachten. „Alles wird uns aus der Hand genommen. Und wenn wir keine ernsthaften Probleme bekommen wollen, dann schweigen wir besser darüber, welchen Anteil wir an der Lösung des Falls haben. Und hoffen, dass alle anderen auch stur genug sind, um dichtzuhalten.“

„Ja, so ist es wohl. Aber eins darfst du nicht vergessen.“

Er lächelte schief, und seine Augen begannen zu leuchten. „Was denn?“, fragte sie.

„*Wir* wissen es. Da können uns die anderen doch völlig egal sein.“

Bei den Männern von der Kripo kam Unruhe auf. Sie versammelten sich und redeten aufgeregt miteinander. Etwas war passiert. Christian Vogt war gefasst worden, das war die einzige Erklärung. Aber es war keine Erleichterung zu erkennen. Eher im Gegenteil. Köpfe wurden geschüttelt, ein Beamter spuckte aus, und Thorsten Schmidts Gesicht wirkte steinern.

Heinz löste sich aus der Gruppe. Später würde Gül sicher haarklein erfahren, was da im Minutentakt besprochen worden war. Jetzt wollte sie wenigstens wissen, was diese plötzliche Aufregung zu bedeuten hatte.

Die Männer stiegen in ihre Autos. Motoren wurden angelassen, Wagen auf der Wiese gewendet. Heinz kam auf sie zu. Auch sein Gesicht wirkte düster.

„Was ist denn passiert?“, fragte Gül.

„Es gab einen Unfall. Der Flüchtige ist von der Straße abgekommen. Da war ein Baum.“

Er presste die Lippen zusammen und schüttelte den Kopf.

„Nichts zu machen“, sagte er. „Der Typ war nicht mal angeschnallt. Da kann man nur noch die Leiche aus dem Wrack rausschneiden.“

24

Seit dem Unfall waren mehr als drei Wochen vergangen. Die Kripo in Münster hatte ihren Mörder, und der Fall galt als gelöst. Natürlich wurde in Buddenbeck eine Menge getratscht und gemunkelt. Besonders in den ersten Tagen nach dem Zwischenfall in der Kapelle war es hoch hergegangen. Die Information über das angebliche Treffen der Jagdgenossenschaft in der *Linde* war sehr schnell durchgesickert, woran Antonius Brügge sicher nicht ganz unschuldig war. Aber was Genaues wusste keiner. Zu Güls Überraschung nicht einmal Aenne Vaalbrock. Die suchte zwar nach jedem noch so kleinen Hinweis, aber ihr eigener Ehemann hielt offenbar dicht.

Johannes Lütke-Hüsken inszenierte sich vor dem anstehenden Prozess als reuiger Sünder. Er habe diesen Mord nie gewollt, behauptete er, vielmehr sei es ihm darum gegangen, Alfons nur einen Schrecken einzujagen. Aber mit gespielt großer Geste nahm er trotzdem die Schuld auf sich.

Er sei für den jungen Mann verantwortlich gewesen, und wenn der etwas falsch verstanden habe, dann sei das deshalb auch seine Schuld. Sicher kam ihm bei der Neubewertung der Umstände gut zupass, dass Christian Vogt nicht mehr gegen ihn aussagen konnte. Was auch immer in der Mordnacht genau passiert sein mochte und wie groß sein Anteil tatsächlich gewesen war – der Prozess würde das wohl nicht mehr ans Licht bringen.

Gül hatte heute ihren freien Tag, und sie war froh, nach den anstrengenden Wochen weder Heinz noch die anderen sehen zu müssen. Bislang hatte sie den Tag hauptsächlich vor dem Spiegel verbracht. Zum x-ten Mal hatte sie sich umgezogen. Es war ziemlich kompliziert, an einem Tag wie heute das richtige Outfit zu finden. Schließlich konnte sie nicht völlig aufgetoastet ins Kino gehen, noch dazu in die Nachmittagsvorstellung. Aber zu ungezwungen sollte es auch nicht werden. Sie wollte schon was hermachen, allerdings auf unauffällige Art und Weise. Erschwerend hinzu kam, dass sie ihre Kostümproben in künstlichem Licht machen musste. Es war heute überhaupt nicht richtig hell geworden. Sie hatte langsam wirklich die Schnauze voll vom Winter.

Am Horizont zog eine tiefschwarze Wolkenwand auf. Ein Unwetter war vorhergesagt worden, noch so eine Sache, die sie bei der Kleiderwahl berücksichtigen musste. In einen Regenguss zu kommen, war nie besonders toll, aber es gab Sachen, die ganz besonders unvorteilhaft aussahen, wenn sie nass wurden.

Ein leises Grummeln war zu hören. Das hörte sich nach einem Gewitter an. Dieses blöde Unwetter kam wirklich zur falschen Zeit. Nicht, dass der ganze Nachmittag am Ende noch abgesagt werden musste.

Bevor sie das Haus verließ, ging sie in die Küche, um ihrer Mutter Bescheid zu sagen. Die stand an der Anrichte und räumte die Reste vom Mittagessen weg. Obwohl Gül ihr

Outfit wirklich zwanglos gehalten hatte, wusste ihre Mutter natürlich sofort, was los war.

„Gehst du etwa noch aus?", fragte sie. „Bei diesem Wetter? Hast du den Verstand verloren?"

„Ich gehe nur mit einer Freundin ins Kino. Nach Münster."

„Aber siehst du nicht, was da aufzieht? Da verlässt man doch nicht das Haus. Wir sollten stattdessen Türen und Fenster verbarrikadieren und uns im Keller verkriechen! Bei diesem Unwetter setzt ihr euer Leben aufs Spiel, Gül!"

„Mama! Es ist nur ein bisschen Regen. Was soll mir schon passieren? Und jetzt muss ich los, sonst fängt der Film ohne uns an. Also bis später."

„Ach, Gül ... hast du kurz eine Sekunde?" Die ganze Dramatik, die die Mutter gerade noch zur Schau gestellt hatte, war wie weggewischt. „Es ist wichtig."

Gül war zu neugierig, um jetzt zu gehen. Ein paar Minuten hatte sie ja noch.

„Was gibt es denn?"

Ihre Mutter zögerte. Sie nahm einen Lappen und wischte über die Anrichte.

„Deine Tante Fatma hat mal wieder angerufen. Das macht sie in letzter Zeit fast täglich. Sie will herausfinden, was aus diesem Mann geworden ist. Den sie im Mokkasatz gesehen hat."

Gül verdrehte die Augen. Ging das schon wieder los?

„Sie will vor allem wissen, ob er ein Türke ist und wann ihr heiraten werdet."

„Da *ist* kein Mann! Wie oft soll ich das noch sagen?"

Dabei stimmte das gar nicht. Miko und sie waren ein Paar geworden. Ein richtiges und echtes Paar. Sie musste sich zusammenreißen, um nicht allein bei dem Gedanken daran übers ganze Gesicht zu strahlen.

Aber ihre Mutter schien ihr gar nicht zuzuhören. Sie umklammerte den Lappen, als müsste sie sich irgendwo festhalten, und schaffte es nicht, Gül anzusehen.

„Es ist okay“, sagte sie wie zu sich selbst. „Du führst dein eigenes Leben. Ich sollte mich da nicht einmischen. Und Fatma erst recht nicht.“

Weil sie Gül immer noch nicht ins Gesicht sehen konnte, schnappte sie sich eine Pfanne, die in der Spüle lag, und drehte das Wasser an.

„Die alte Spülmaschine schafft das nicht mehr“, erklärte sie und begann, die Pfanne zu schrubben. „Nicht diese angebrannten Reste. Ich hab deinem Vater gesagt, wir brauchen eine neue Spülmaschine, aber du weißt ja, wie er ist. Er will erst mal das alte Monster auseinanderschrauben und sehen, was sich da machen lässt.“

„Ich kann ihn ja mal mitbringen.“

Gül hatte gar nicht darüber nachgedacht, sie war einfach einem Impuls gefolgt. Die Pfanne fiel laut scheppernd in die Spüle. Wasser spritzte durch die Küche.

Doch ihre Mutter schien gar nicht böse zu sein, dass ihre Tochter sie angelogen hatte. Ganz im Gegenteil.

„Ach, Gül, das wäre ja wunderbar! Wer ist es? Wie heißt er? Seit wann kennst du ihn?“

„Er heißt Miko. Und wir sind erst seit zwei Wochen zusammen, ich schwöre. Sonst hätte ich schon längst was gesagt. Es ist noch ganz frisch.“

„Miko?“, fragte sie erstaunt. „Was ist das denn für ein Name?“

„Er kommt aus Polen. Deshalb.“

„Es ist kein Hans? Kein Deutscher? Aber ... wenn du ohnehin keinen Deutschen willst, warum suchst du dir dann nicht gleich einen Türken?“

„Mama! So läuft das doch nicht.“

„Schon gut, schon gut“, sagte ihre Mutter und drehte endlich den Wasserhahn zu. „Ich werde mich nicht einmischen.“

„Ich bringe ihn einfach mal mit, ja?“, sagte Gül.

„Zum Essen! Das wäre doch schön. Lade ihn zum Essen ein.“

Hektisch sah sie sich in der Küche um, als ginge sie im Kopf bereits durch, was sie kochen würde.

„Aber bitte ganz zwanglos, Mama. Er wird dabei nicht um meine Hand anhalten. Es wird *nicht* geheiratet, hörst du?“

„Natürlich, Gül. Das weiß ich doch.“

Dann riss ihre Mutter eine Schranktür auf und wühlte zwischen Konservendosen und Gewürztütchen herum.

Gül seufzte. „Ich muss jetzt los. Bis später.“

Ihre Mutter hielt inne. „Gehst du mit ihm ins Kino? Mit diesem Miko?“

Sie nickte schuldbewusst, aber ihre Mutter sagte nur: „Pass auf dich auf, mein Schatz“, und lächelte liebevoll.

„Das mache ich. Versprochen.“

„Ach, Gül ...“

„Ja? Was ist denn?“

„Also ... Du musst mir aber mit Tante Fatma helfen. Sie darf nichts davon erfahren. Wir müssen sie ja nicht direkt anlügen, verstehst du? Aber sie darf das mit Miko auf keinen Fall wissen. Es gibt also keinen Freund, schon gar keinen Polen. Ich muss mich da voll und ganz auf dich verlassen können, ja? Versprichst du mir das?“

Gül lächelte. „Das verspreche ich dir, Mama. Ich schwöre.“

Draußen auf dem Kirchplatz holte Gül tief Luft. Sie fühlte sich wie nach einem Schleudergang. Aber da war auch ein Gefühl von Befreiung. Das würde schon gutgehen, wenn sie ihn zu Hause vorstellte. Ihre Eltern würden Miko mögen, davon war sie fest überzeugt.

Die Kirchenglocken läuteten. Der Turm war im grauen Dunst abgetaucht, und die Spitze war nicht mal mehr zu erahnen. Ein kleines Grüppchen alter Leute trottete aus der Kirchentür ins Freie, mit schlichten weißen Kerzen in der Hand. Offenbar hatte es einen Gottesdienst gegeben, wenn auch einen sehr spärlich besuchten.

Da war Tönne. Er blickte den alten Leuten hinterher, die in alle Richtungen davongingen. Dann sah er auf die Uhr und setzte sich auf eine Bank vor dem Eingang. Gül ging fröhlich auf ihn zu.

„Tönne! Das ist ja eine Überraschung! Ich wusste gar nicht, dass nachmittags noch was in der Kirche stattfindet."

Er machte ein düsteres Gesicht. „Heute ist ein wichtiger Feiertag im Kirchenjahr, auch wenn man das nicht denken würde. Eine Schande, wie wenige noch kommen."

„Ach ja? Was ist denn bei euch los?"

„Wir feiern Mariä Lichtmess. Das Ende der Weihnachtszeit. Und vieles mehr."

Anscheinend machte es ihm zu schaffen, dass die Kirche fast leer gewesen war, deshalb fragte sie höflich nach: „Und worum geht es sonst noch an diesem Tag?"

Er hielt die weißen Kerzen hoch. „Die Lichtmess-Kerzen werden geweiht. Wir zünden sie dann das Jahr über an, wenn wir Schutz brauchen. Bei Krankheit oder in Sturmnächten. Sie werden geweiht, wenn der Winter endet und das Licht zurückkommt. Denn dafür stehen sie, für das Licht Christi, das wir uns ins Haus holen."

Gül war sich nicht ganz sicher, was sie für ein Gesicht machen sollte. Das Licht Christi, hm.

„Es sieht gar nicht so aus, als wenn der Winter aufhört", war alles, das ihr dazu einfiel.

„Die Tage werden heller. Und es ist der Beginn des Bauernjahrs. Früher haben die Knechte an diesem Tag ihren Dienst beim neuen Herrn angefangen. Und es hieß, an Mariä Lichtmess sind die Hälfte der Wintervorräte verbraucht. Man hat sich auf den Frühling vorbereitet."

„Das wusste ich alles gar nicht."

Er machte eine wegwerfende Handbewegung. „Ach, keiner weiß das. Nicht mal Susanne. Geschweige denn ihre Kinder. Diese Traditionen werden wohl bald aussterben."

Gül wollte das Thema wechseln. Tönnes Stimmung schien heute nicht besonders gut zu sein.

„Warum sitzt du denn hier rum?“, fragte sie. „Hast du noch was vor?“

„Ich will gleich mit dem Bus nach Münster fahren. Ich habe noch ein paar Erledigungen zu machen. Und mit dem Auto fahre ich nicht mehr in die Stadt. Das ist nichts für mich.“

„Aber wir können dich mitnehmen! Ich fahre mit Miko ins Kino. Er muss jeden Moment auftauchen. Komm doch mit uns. Dann musst du nicht mit dem Bus fahren!“

„Nein, nein. Das lasst mal. Ich möchte nicht stören. Außerdem kann ich im Bus ein bisschen schlafen.“

Das war doch Blödsinn. Als ob er stören würde. Und schlafen wollte er ganz sicher nicht. Aber weil Gül erkannte, dass es ihm ernst war und er auf den Bus bestehen würde, ging sie nicht weiter darauf ein. Vielleicht lag es an seiner getrübten Laune.

„Du bist jetzt mit dem Jungen zusammen, nicht wahr?“, fragte er. „Ihr seid ein Paar?“

Gül strahlte. „Ja, und du musst ihn unbedingt näher kennenlernen, Tönne. Er wird dir gefallen.“

„Hatte er denn keine Freundin in der letzten Zeit? War er frei, als du mit ihm zusammengekommen bist?“

Was war das denn für eine Frage? Als ob einer wie Miko nicht Single sein könnte. Sie war es doch auch gewesen, und an ihr gab es schließlich gar nichts auszusetzen.

„Er hat halt auf mich gewartet“, erklärte sie.

Ein Hupen unterbrach sie. Da war Miko, in seinem Alfa Romeo. Er hielt am Rand des Kirchplatzes, sprang aus dem Wagen, winkte sie herüber und öffnete die Beifahrertür.

„Ich muss jetzt gehen, Tönne. Wir sehen uns.“

„Gül, bist du auch dir sicher, dass er der Richtige für dich ist? Bist du dir ganz sicher?“

„Warum denn nicht? Natürlich ist er das.“

Aber Tönne schien die ganze Sache nicht zu gefallen. Er warf Miko finstere Blicke zu.

„Er ist nicht gut genug für dich. Glaub mir."

War das zu fassen? Endlich hatte ihre Mutter es geschafft, über ihren Schatten zu springen, und da begann Tönne sie vor Miko zu warnen. Aber da war irgendwas in seinem Blick, das sie innehalten ließ.

„Was ist denn los, Tönne? Alles in Ordnung bei dir?"

„Aber ja. Geh schon. Er wartet auf dich."

In diesem Moment fielen die ersten Tropfen, begleitet von einem weiteren fernen Grummeln. Etwas irritiert ging sie zu Miko.

„Du bist wunderschön", sagte er auf diese Art, die sie so mochte. Er küsste sie, dann trat er zur Seite und hielt ihr die Tür auf. Gül lachte, obwohl es keinen besonderen Grund dafür gab. Sie war einfach glücklich. Und so warf sie jeden Zweifel und jeden Gedanken an Tönne über Bord und schwang sich in den feuerroten Alfa Romeo.

25

Am Münsteraner Bahnhof hatte Tönne sich einen Regenschirm gekauft. Es schmerzte ihn um das schöne Geld, wo er doch zu Hause einen Schirm stehen hatte, der immer noch in gutem Zustand war. Aber bei dem Wolkenbruch, der eingesetzt hatte, wäre er völlig durchnässt worden. Und das wollte er nicht. Nicht heute. Vielleicht würde er den Schirm ja wieder verkaufen können. Allerdings hatte der nur fünf Euro gekostet. Fünf Euro. Was sollte das schon für eine Qualität sein? Gute Sachen wurden kaum noch hergestellt. Die Menschen kauften nur noch Wegwerfprodukte. Er würde den neuen Schirm sorgfältig aufbewahren. Sicher würde sich einmal eine Gelegenheit bieten, bei der er jemandem damit eine Freude machen konnte. Regnen tat es ja oft genug im Münsterland.

Er machte sich auf den Weg durch die Stadt. Es wurde bereits dunkel, obwohl es nicht einmal drei Uhr war. Die Wolkenwände schluckten das letzte Licht, und zum Regen kam nun auch noch ein starker Sturm hinzu. Die Straßen waren beinahe menschenleer. Nur hie und da huschte eine einsame Gestalt unter einem Regenschirm eilig vorbei.

Tönne wurde das Bild nicht los, wie Lisbeth glücklich in das Auto von diesem Kerl gehüpft war. Hätte er ihr sagen sollen, was er am Dreikönigstag gesehen hatte? Er hatte in den Tagen danach noch versucht, etwas über die Sache rauszufinden. Unauffällig natürlich. Aber Miko und die Frau vom Böcker-Kotten waren offenbar sehr diskret gewesen bei ihrer Affäre. Keiner wusste etwas davon. Wenigstens das musste er dem Jungen zugutehalten. Zu seinem Verhältnis mit einer verheirateten Frau hatte er völliges Stillschweigen bewahrt. Trotzdem. Gefallen tat Tönne die Sache überhaupt nicht.

Aber vielleicht war er ja zu altmodisch. Die jungen Leute heutzutage waren viel laxer, was solche Dinge anging. Miko und Lisbeth waren streng genommen noch gar kein Paar gewesen an diesem Tag, und Miko war somit nicht wirklich fremdgegangen. Aber auch das machte es für Tönnes Geschmack kaum besser.

Er würde später in Ruhe darüber nachdenken. Jetzt gab es etwas anderes zu tun. Er hatte sein Ziel erreicht. Ein rotes Backsteinhaus aus der Nachkriegszeit. Die Haustür war nur angelehnt. Er drückte sie auf, ging ins Treppenhaus und die Stufen hinauf ins oberste Stockwerk. Einen kurzen Moment verschnaufte er auf dem Treppenabsatz, dann trat er vor und drückte die Klingel.

Sandra Kerkering war zu Hause. Er hörte, wie ein Riegel zur Seite geschoben wurde, dann stand sie vor ihm. Sie hatte sich eine lange Strickjacke um die Taille gebunden und trug dicke plüschige Hausschuhe.

„Onkel Tönne!“, sagte sie überrascht. „Was machst du denn hier?“

„Tut mir leid, dass ich hier unangemeldet auftauche. Ich kann sofort wieder gehen, wenn es nicht passt. Ich war nur gerade in Münster, und da habe ich mir gedacht, ich gucke mal, wie es dir geht. Ein spontaner Einfall. Ich hätte dich auch angerufen, aber ... du weißt ja, diese Handys. Für meine Generation ist das nichts mehr.“

„Nein, nein! Ich freue mich, dass du da bist. Komm doch rein.“

Es war das erste Mal, dass er ihre kleine Dachgeschosswohnung betrat. Er fragte sich, wieso er und Agnes nie vorbeigekommen waren. Vermutlich war es ganz einfach im täglichen Geschehen untergegangen. Gemütlich war es hier. Alles ziemlich eng und niedrig, aber Sandra hatte die Wohnung mit viel Liebe eingerichtet. Die Wände waren in warmen Farben gestrichen, überall hingen Bilder und verzierte Spiegelchen. Im Wohnzimmer standen Korbsessel und ein cremefarbenes Sofa, das mit bunten Kissen überhäuft war. Und offenbar liebte sie Pflanzen. Eine große Birkenfeige stand mitten im Raum, die wesentlich besser aussah als die auf der Fensterbank in der *Grünen Linde*.

Regen trommelte von draußen gegen die Scheiben, ein Blitz zuckte hell, aber hier drinnen war es warm und wohlig. Der Wintersturm war ausgesperrt.

„Was machst du denn bei so einem Wetter in Münster?“, fragte sie.

„Ach, dies und das. Ein paar Erledigungen. Ich hab gehofft, das Unwetter zieht vorbei.“

„Geh doch schon mal ins Wohnzimmer. Ich mach dir einen Tee.“

Sie ging in die Küche, und eine Katze tauchte in der Tür auf. Ein schlankes, graugetigertes Tier, das Tönne argwöhnisch betrachtete.

„Du hast ja eine Katze“, sagte er.

„Das ist Nancy", rief sie aus der Küche.

Er beugte sich trotz des steifen Rückens vor und streckte dem Tier die Hand entgegen. Zögernd näherte sich die Katze und schnupperte. Er dauerte nicht lange, da schmiegte sie schon ihren Kopf an seine Hand, und als er wieder aufstand, strich sie ihm schnurrend um die Beine. Sandra streckte den Kopf durch die Tür und lächelte.

„Sie mag dich. Normalerweise wird sie nicht so schnell warm mit Fremden."

Tönne ging ins Wohnzimmer, und Nancy sprang hinter ihm her. Er zog den Mantel aus und ließ sich schwer in einen der Korbsessel sinken. Die Kälte steckte ihm in den Knochen. Ein Tee würde ihm gut tun. Ohne es selbst zu bemerken, hatte er begonnen, Nancys Kopf zu kraulen. Dabei hielt er sonst nicht viel von Hauskatzen. Diese Tiere waren dafür da, auf dem Dachboden Mäuse zu fangen. Und ihre Jungen warfen sie im Stroh. Aber in der Stadt war das natürlich was anderes. Und jeder Mensch brauchte Gesellschaft.

Sandra tauchte mit zwei dampfenden Gläsern Gewürztee auf, stellte Zucker und Milch dazu und nahm auf dem Sofa Platz.

„Hilde scheint die Untersuchungshaft ganz gut überstanden zu haben", sagte er. „Und bei euch auf dem Hof passiert eine Menge. Thomas geht schon das Dach an. Ich habe ihm gesagt, er soll damit bis zum März warten. Aber da war nichts zu machen. Es kann ihm alles nicht schnell genug gehen."

„Ja, es wird sich eine Menge ändern. Aber das ist bestimmt auch gut so. Ich bin froh, dass er da ist und sich um Mama kümmert."

„Ich habe gehofft, dass du jetzt auch wieder öfter bei uns in Buddenbeck bist. In dem großen Haus ist genug Platz für euch alle. Aber seit deine Mutter freigekommen ist, habe ich dich da nicht mehr gesehen."

„Mein Platz ist hier, Onkel Tönne. Ich werde nicht zurück nach Buddenbeck gehen."

Ein Donnergrollen erfüllte den Raum. Das Licht begann plötzlich zu flackern, dann war alles vorüber. Nur die plötzliche Angst in Sandras Gesicht, die verschwand nicht ganz so schnell.

„Eine ungewöhnliche Wetterlage", sagte Tönne und beobachtete sie genau. „Wintergewitter gibt es nicht so oft. Es ist immer etwas Besonderes."

„Sie sind anders", sagte Sandra. „Die Geräusche, die Kälte, die Dunkelheit. Das ist anders als im Sommer. Irgendwie bedrohlicher."

Tönne wusste nicht, wie er die Sache am besten angehen sollte. Er zog eine der Kerzen aus seinem Mantel, den er auf dem freien Sessel neben sich abgelegt hatte.

„Kennst du die noch? Das ist eine Lichtmess-Kerze. Die haben wir früher in solchen Nächten immer angezündet. Um das Haus vor Unheil zu schützen."

„Ach, heute ist der 2. Februar. Mariä Lichtmess. Das gibt es also immer noch? Warst du in der Kirche?"

„Ja. Mit dem letzten Häufchen Aufrechter. In ein paar Jahren werden wir ausgestorben sein."

Sie lächelte traurig. „Sollen wir sie anzünden?"

„Wenn du das möchtest, gerne."

Sandra nahm den Kerzenständer, der auf dem Couchtisch stand, und tauschte die Kerzen aus. Kurz darauf brannte der Docht, und die Kerze warf ein sanftes, stilles Licht in den Raum.

„Früher waren solche Stürme viel bedrohlicher", sagte Tönne. „Da hat keiner ein Auge zugetan. Wir haben uns dann in die Küche gesetzt und den Rosenkranz gebetet. Aber das ist alles schon lange her."

Sandra starrte ins Kerzenlicht. Sie schien in Gedanken weit weg.

„Ich kann in solchen Nächten auch nicht schlafen", sagte sie leise. „Das kann ich nie."

Ahnte sie, weshalb er da war? Tönne wartete, aber Sandra ließ den Blick auf der Flamme ruhen. Draußen trommelte weiter der Regen gegen die Scheibe. Ein Wetterleuchten flackerte auf. Die Stille im Raum war mit Händen zu greifen. Er war sich jetzt beinahe sicher, dass sie den wahren Grund seines Kommens wusste. Sie hob den Blick und sah ihm fest in die Augen.

„Du warst da, oder?“, fragte er.

Sie hielt seinem Blick stand. Aber Tönne spürte, wie dünn die Schicht ihrer Selbstbeherrschung war. Und wie groß die Verzweiflung, die darunter lag. Trotzdem. Sie leugnete es nicht.

„In der Sturmnacht. Du warst auf dem Hof deiner Eltern.“

Ihr Schweigen war wie ein Eingeständnis. Er hatte Recht behalten. Sie wollte ihm die Wahrheit sagen, das spürte er. Aber sie wirkte ziemlich verloren und schien es nicht über sich zu bringen, von allein damit anzufangen. Tönne konnte ihr das Geständnis nicht abnehmen. So gern er das auch getan hätte. Sie selbst musste sagen, was geschehen war.

„Ich habe lange darüber nachgedacht, warum Hilde den Spaten versteckt hat“, sagte er. „Es gab nur eine Antwort darauf. Weißt du noch, wie du mir gesagt hast, dass ein Einbrecher in der Nacht auf dem Hof war? Ich habe dir geglaubt. Obwohl du das gar nicht wissen konntest. Aber du warst dir ganz sicher. Hast du ihn gesehen?“

„Nein“, sagte sie leise, ohne das Kerzenlicht aus den Augen zu lassen. „Er war schon weg.“

„Und Alfons? War er tot?“

„Ja.“

Ihm fiel ein riesengroßer Stein vom Herzen. Er hatte gehofft, dass sie das sagen würde. Dann war es Christian Vogt gewesen. Er hatte Alfons erschlagen. Das machte es leichter für ihn.

„Alfons’ Gesicht muss ziemlich schlimm ausgesehen haben. Ich habe mir schon gedacht, dass das nicht der Einbrecher war. Er hat ihn erschlagen, das ja. Aber ich schätze mal mit einem gezielten Schlag auf dem Kopf. Und dann hat er die Beute ins Auto gepackt und ist abgehauen."

Sie widersprach ihm nicht. Also lag er auch damit richtig.

„Was ist passiert, Sandra? Möchtest du es mir sagen?"

Sie ließ sich Zeit mit der Antwort. Als müsste sie erst Anlauf nehmen. Aber dann begann sie zu sprechen.

„Es war eine Sturmnacht. Genau wie diese. Vor vielen Jahren. Da ist es passiert. Mein Vater hat mich ..."

Sie stockte und verfiel wieder in Schweigen. Er wartete. Er wollte sie nicht drängen. Sie sollte die Zeit bekommen, die sie brauchte. Der Wind drückte gegen die Fenster, sie ächzten unter der Kraft. Dann folgte ein ohrenbetäubender Donner. Nancy sprang aufs Sofa, schmiegte sich an Sandras Arm und sah sie mit großen traurigen Augen an. Die Katze schien zu spüren, was in ihr vorging. Sie miaute herzzerreißend, und Sandra legte den Arm um sie und begann sie zu streicheln.

„Weißt du noch, wie mich Mama kurz vor dem Abitur nach Frankreich geschickt hat? Ich war ein halbes Jahr als Au-Pair in Toulouse, und dann habe ich da das Abi gemacht. Sie wusste, was passiert ist. In dieser Sturmnacht. Was Vater getan hatte. Sie hat mich weggeschickt. Ich denke, um mich zu schützen. Aber sie hat nie wieder ein Wort über die Sturmnacht verloren. Bis heute nicht."

Es sah aus, als wollte sie ihm jetzt sagen, was passiert war. Als wollte sie das Wort laut aussprechen. Sie kämpfte mit sich. Dabei hatte Tönne längst verstanden. Er fühlte sich unendlich alt. Hätten er und Agnes etwas merken müssen? Agnes hatte sich sehr gewundert über die Sache mit Frankreich. Ihrer Tochter so eine großartige Möglichkeit zu geben, das war gar nicht typisch gewesen für die Kerkerings. Das hatte eine Menge Geld gekostet. Geld, das eigentlich gar nicht dagewesen war. Hätten sie da stutzig werden müssen? Und begreifen, was dahinterstecken könnte?

„Meine Eltern haben geschwiegen“, fuhr Sandra fort. „Sie haben so getan, als wäre das nie passiert, und weitergemacht wie vorher. Ich hatte das Gefühl, ganz unsichtbar zu sein. Als wäre ich das Problem. Als hätte ich was getan, das so unaussprechlich ist, dass man mich einfach ignoriert. Dass man so tut, als würde ich gar nicht existieren. Und ich habe mitgemacht, verstehst du? Ich habe auch geschwiegen. Ich konnte nicht anders.“

Die Katze rückte immer enger an sie heran. Es sah aus, als wollte sie sich am liebsten um Sandras Körper herumrollen wie um ein Junges, das sie beschützte. Aber dafür war Sandra natürlich viel zu groß.

„Das ging so weit, dass ich manchmal selbst daran gezweifelt habe, ob es überhaupt passiert war. Ob ich es mir nicht einfach einbilde. Aber in solchen Nächten, wenn ein Wintergewitter aufzieht … dann ist alles wieder da. Als wäre kein einziger Tag vergangen.“

„Du wolltest dir Gehör verschaffen. Du wolltest es endlich laut aussprechen.“

„Ich habe kein Auge zugetan. Wie immer in diesen Sturmnächten. Ich bin in meiner Wohnung auf- und abgelaufen. Und dachte, ich werde verrückt. Dann habe ich mich ins Auto gesetzt. Ich hatte gar nicht vor, nach Buddenbeck zu fahren. Ich wollte nur aus der Wohnung raus. Ins Freie. Ich bin durch die Gegend gefahren. Es war sonst keiner unterwegs. Ich war ganz allein auf den Straßen. Und dann plötzlich ... Ich wollte nicht mehr schweigen. Auf einmal war da so viel Zorn. Und so viel Mut. Ich dachte, ich muss das sofort machen. Bevor der Sturm wieder abzieht. Ich wollte ihm sagen, was er getan hatte. Das warst du! Das hast du mir angetan! Du! Ja, ich wollte es endlich laut aussprechen. Das Schweigen beenden.“

„Dann bist du nach Buddenbeck gefahren. Aber als du auf dem Hof angekommen bist, war Alfons schon tot. Nicht wahr?“

„Er war tot. Einfach tot", sagte sie, als könnte sie es immer noch nicht glauben. „Die Werkstatt war aufgebrochen, und Vater lag davor im Schneematsch. Er war erschlagen worden, mit dem alten Spaten. Er war tot. Ich konnte es ihm nicht mehr sagen. Es war zu spät. Er hatte gewonnen. Er hat das, was damals passiert ist, für immer ungeschehen gemacht. Da war so viel Wut in mir. Ich war wie weggetreten. Ich hab den Spaten genommen und auf seinen Kopf eingeschlagen. Als ich erst mal angefangen hatte, konnte ich nicht mehr aufhören. Ich ... ich konnte nicht mehr aufhören. Bis Mama plötzlich da war und mich festgehalten hat."

Tönne verstand. Hilde hatte den Spatenstiel abgewischt, um Sandras Spuren zu entfernen. Deshalb waren nur ihre eigenen Fingerabdrücke auf dem Stiel gewesen. Sie war nicht wieder eingeschlafen, wie sie gegenüber der Polizei behauptet hatte. Sie war auf den Hof gegangen, um zu sehen, wo ihr Mann blieb. Da war Christian Vogt längst weg gewesen, nicht aber Sandra.

„Ich konnte nicht aufhören, Onkel Tönne."

Er wollte nicht weiter nachfragen, was in der Sturmnacht damals passiert war. Er wollte sie nicht zwingen, das Wort laut auszusprechen. Er konnte sich auch so zusammenreimen, was Alfons ihr angetan hatte. Sie hatte so viel gesagt, wie sie ertragen konnte.

„Es tut mir so leid, Sandra. Wir tragen sicher eine Mitschuld. Agnes und ich hätten besser hinsehen sollen. Wir hätten viel mehr achtgeben müssen."

„Nein!" Sie schüttelte heftig den Kopf. „Nein. Tante Agnes und du ... ihr wart das Beste, was mir je passiert ist. Bei euch war es immer so hell und so warm. Ihr wart das einzig Gute damals. Bitte, so was darfst du nicht sagen."

Wie sie da auf dem Sofa saß, wirkte sie unendlich einsam. Tönne hätte so gern etwas Tröstendes gesagt. Aber was hätte das schon sein können? Mehr als alles andere wünschte er sich, Agnes wäre hier. Er rückte an Sandra heran und strich ihr unsicher über den Arm. Er war nicht sehr gut in so was, außerdem wusste er nicht, ob Sandra Körperlichkeit bei einem Mann überhaupt ertragen konnte, ganz egal ob ungelenk oder nicht. Aber Sandra schien genau darauf gewartet zu haben. Sie umarmte ihn. Klammerte sich an ihm fest wie eine Ertrinkende. Etwas Seltsames passierte. Tönne verlor jede Scheu. Er hielt sie fest im Arm. Es fühlte sich alles ganz natürlich an. Er hielt sie, wie er sein eigenes Kind nie gehalten hatte. So fest er nur konnte.

„Ist ja gut“, sagte er. „Es wird alles gut werden.“

Wieder war wieder ein Donnerschlag zu hören, doch er war leiser als die vorherigen. Das Gewitter zog vorbei. Das Zentrum des Sturms tobte sich woanders aus. Er hatte das Gefühl, das Schlimmste würde ihnen heute Nacht erspart bleiben.

26

Am nächsten Morgen brach tatsächlich die Sonne durch die Wolken. Die Luft war klar und rein, und irgendwo zwitscherte ein Vögelchen. Tönne trat vor die Haustür und atmete tief durch. Die Sonne schien ihm ins Gesicht. Sie hatte schon mehr Kraft, als er gedacht hätte. Nach dem langen düsteren Winter tat es gut, sich das Gesicht wärmen zu lassen. Vor der Hauswand entdeckte er ein paar Schneeglöckchen, deren Knospen sich zaghaft öffneten. Der Frühling würde auch in diesem Jahr kommen. Die Natur war nicht aufzuhalten.

Auf der Straße näherte sich ein Radfahrer. Schon allein daran, wie wackelig und besorgniserregend langsam er sich bewegte, erkannte Tönne seinen Nachbarn Alwin Osterholt. Er schloss die Haustür und ging zur Straße. Alwin wollte die Hand zum Gruß heben, aber er drohte dabei die Kontrolle über das Fahrrad zu verlieren und umklammerte daher schnell wieder den Lenker. Als er Tönne erreicht hatte, stieg er vorsichtig ab.

„Alwin! Drehst du wieder deine Runden?“

„Man muss fit bleiben! Aber wem sag ich das.“

Fit bleiben, natürlich. Dabei hatte Alwin sicher nur nachsehen wollen, wie seine verpachteten Ländereien nach der Sturmnacht aussahen.

„Stell dir vor, heute Nacht ist an meinem Acker unten am Moorbach die alte Buche umgefallen“, platzte sein Nachbar heraus. „Ich dachte, ich guck nicht richtig. Mitten auf die Straße.“

„Die alte Buche? Dass die da überhaupt noch stand.“

„Mein Reden, Tönne. Mein Reden. Ich hab dem Pächter immer gesagt, der Baum muss weg. Ich kann das ja selber nicht mehr machen. In unserem Alter, du weißt schon. Aber der stellt dann einfach die Ohren auf Durchzug. Ich sag dir, diese Leute haben nur noch Ahnung von ihren Industrieabläufen und der Computerfütterung. Und was ist jetzt? Die Feuerwehr muss ran und die Straße räumen. Hab ich nicht immer gesagt, der Baum muss weg? Aber auf mich hört ja keiner.“

„Wem sagst du das, Alwin.“

„Das nächste Mal wird der Pächter sich anhören müssen, was ich zu sagen habe. Da sorge ich schon für.“

Das war ja alles interessant. Aber Tönne war nicht zur Straße gekommen, um über Alwins Pächter zu reden.

„Der Prozess geht bald los, nicht wahr?“, sagte er. „Gegen den Bürgermeister.“

Schließlich war Alwins Neffe in Münster bei der Staatsanwaltschaft. Der wusste bestimmt das Neueste in der Sache.

„Ja, das stimmt. Der Bürgermeister tut jetzt so, als könnte er kein Wässerchen trüben. Aber das wird ihm sicher keiner glauben. Anstiftung zum Mord, das ist die Anklage. Sollte mich wundern, wenn der sich da rauswinden kann.“

„Hoffentlich nicht. Oder glaubst du ihm etwa?“

„Ach, was! Mein Neffe glaubt ihm auch nicht, keiner in der Staatsanwaltschaft. Die Frage ist, ob der Richter das glaubt. Aber der Junge sagt, er rechnet nicht damit. Nein, Johannes wird für viele Jahre ins Gefängnis gehen, da bin ich ziemlich sicher.“

Das war gut zu hören, denn schließlich wusste Tönne ganz genau, was der Anteil des Bürgermeisters bei dem Mordfall gewesen war. Keiner der Männer vom Moorbach würde der Polizei je sagen, was Johannes in der *Grünen Linde* gestanden hatte. Natürlich nicht, und das wusste auch Johannes. Trotzdem wäre es gut, wenn die Gerechtigkeit siegen würde. Er wollte das Beste hoffen.

„Wenn man bedenkt, dass dieser Mörder die ganze Zeit über in Buddenbeck war“, sagte Alwin. „Das muss man sich mal vorstellen: Unsere Kinder waren als Sternsinger unterwegs, während hier ein Mörder frei rumgelaufen ist. Da will man gar nicht drüber nachdenken.“

„Nein, besser nicht. Ach ja, das Sternsingen ... Ich hab dein Enkelkind im Pfarrheim gesehen, die Lara. Deine Tochter hat ihr ein schönes Kostüm gemacht.“

„Das war ich, Tönne.“ Alwin hob die Hand, als wollte er sich verteidigen. „Es hatte keiner sonst Zeit, nur der Opa. Was soll ich denn machen?“

Tönne verkniff sich ein Grinsen. „Ja, wir müssen da helfen, wo wir gebraucht werden. So ist das als Großeltern.“

„Ich hab ihr den Rosenkranz meiner Mutter gegeben, fürs Kostüm. Ein Geschenk meiner Tante. Die war zu Lebzeiten eine Nonne im Klarissenorden. Der Kranz war damals was ganz Besonderes gewesen. Und weißt du was? Gestern frage ich sie, was aus dem Rosenkranz geworden ist. Und da stellt sich raus, sie hat die unteren drei Perlen und das Kreuz abgemacht, um sich das an die Gürtelschnalle zu kleben. Sie meint, das sieht voll cool aus. Tönne, kannst du dir das vorstellen? Der war im Vatikan mit Rosenwasser geweiht worden. Im Vatikan!“

„Die Kinder von heute“, sagte Tönne. „Die haben keinen Respekt mehr.“

„Das kannst du wohl sagen.“

Alwin schüttelte düster den Kopf. Aber dann schien ihm etwas anderes einzufallen.

„Hast du schon gehört?“, fragte er. „Der Windpark kommt. Werner hat die Baugenehmigung gekriegt.“

Tönne hatte schon davon gehört. Es war auch für ihn eine ziemliche Überraschung gewesen. Am Sachverhalt hatte sich ja nichts geändert. Werners Frist war abgelaufen, und es gab immer noch den anderen Antrag. Er vermutete, dass letztlich Heinz Bertling dahintersteckte. Der hatte seinem Schwager offenbar ins Gewissen geredet. Keiner konnte dem Konzern die Bestechung nachweisen, dafür waren diese Leute viel zu klug. Es hatte irgendein Bauernopfer gegeben, und alle anderen wuschen ihre Hände in Unschuld. Trotzdem war allen hier klar, was gelaufen war. Auch dem Schwager von Heinz Bertling. Aber er war nun mal ein richtiger Amtsschimmel, und von allein hätte er sicher nichts gemacht.

„Der Schwager vom Heinz sagt, Alfons habe ihm vor dem Mord mitgeteilt, dass er unterschreiben wollte“, sagte Tönne. „Das sei zwar nur mündlich gewesen, aber in diesem Fall würde es reichen.“

„Das hat er sich doch ausgedacht, oder?“, meinte Alwin skeptisch. „Vermutlich ist er noch mal in sich gegangen. Und hat sich gefragt, ob er das alles vor seinem Beamtengewissen vertreten kann, was er da macht.“

„Das schätze ich auch. Aber das ist doch irgendwie beruhigend, oder? Es gibt noch Grund, an das Gute im Menschen zu glauben.“

Alwin ließ seinen Blick über die Ländereien am Moorbach wandern.

„Alles wird sich hier ändern“, sagte er.

„Das tut es doch sowieso. Es ändert sich immer alles, ob wir wollen oder nicht.“

„Ja, da hast du Recht. Was soll man machen?“

Alwin machte Anstalten, wieder aufs Fahrrad zu steigen. Aber da schien ihm noch was einzufallen.

„Ach, ehe ich’s vergesse. Hast du schon gehört, dass letzte Nacht bei Übbinghaus eingebrochen worden ist?“

„Nein! Ist das denn zu glauben?“

„Ich sag es dir, Tönne. Die haben die Werkstatt ausgeräumt.“

„Macht denn die Polizei gar nichts?“

„Ich weiß auch nicht. Na, wie auch immer. Ich muss mal weiter. Wir sehen uns, Tönne.“

Dann stieg er aufs Fahrrad und fuhr wackelig weiter. Tönne sah ihm lange nach. Schon wieder ein Einbruch. Das konnte so nicht weitergehen. Man war ja nicht mehr sicher in Buddenbeck. Er würde mit Lisbeth sprechen. Sie mussten sich diesen Einbrecher schnappen, mit vereinten Kräften. Es wurde wirklich allerhöchste Zeit.